中国政府出版品国际营销平台精选图书·文学书系　　王昕朋　主编

婚姻往事

Once upon a Time in a Marriage

曹明霞　著

中国言实出版社

图书在版编目（CIP）数据

婚姻往事 / 曹明霞著 .-- 北京：中国言实出版社，
2021.1
（中国政府出版品国际营销平台精选图书·文学书系 /
王昕朋主编）
ISBN 978-7-5171-3187-8

Ⅰ .①婚… Ⅱ .①曹… Ⅲ .①中篇小说—小说集—
中国—当代②短篇小说—小说集—中国—当代 Ⅳ .① I247.7

中国版本图书馆 CIP 数据核字（2020）第 254384 号

出 版 人　王昕朋
责任编辑　张国旗　李昌鹏
责任校对　宫媛媛

出版发行　**中国言实出版社**
　　　　　地　　址：北京市朝阳区北苑路 180 号加利大厦 5 号楼 105 室
　　　　　邮　　编：100101
　　　　　编辑部：北京市海淀区花园路 6 号院 B 座 6 层
　　　　　邮　　编：100088
　　　　　电　　话：64924853（总编室）　64924716（发行部）
　　　　　网　　址：www.zgyscbs.cn
　　　　　E-mail：zgyscbs@263.net

经　　销　新华书店
印　　刷　北京中科印刷有限公司
版　　次　2021 年 1 月第 1 版　　2021 年 1 月第 1 次印刷
规　　格　880 毫米 × 1230 毫米　1/32　8.625 印张
字　　数　171 千字
定　　价　58.00 元　　ISBN 978-7-5171-3187-8

有风骨讲美学接通全球

——"中国政府出版品国际营销平台精选图书·文学书系"总序

王昕朋

中国言实出版社是国务院研究室主管主办的国家级出版单位，出版定位是：主要出版党和国家重大政策的研究成果以及相关的辅导读物。1995 年成立以来，我们一直坚持这一出版定位，围绕党和国家中心工作开展出版活动，因而，国内外读者很少见到由中国言实出版社出版的文学类图书。但是，近几年文学界对中国言实出版社已不陌生。这源于出版理念的一次变革。习近平总书记在文艺工作座谈会上的重要讲话指出："一部小说，一篇散文，一首诗，一幅画，一张照片，一部电影，一部电视剧，一曲音乐，都能给外国人了解中国提供一个独特的视角，都能以各自的魅力去吸引人、感染人、打动人。"这给了我们启示、启迪，文学也是讲好中国故事、传播中国好声音的重要途径。所以，我们也用心、用功、用力打造文学板块，并将它推向世界。2018 年 8 月，由中国言实出版社出版的李春雷报告文学作品《朋友——习近平与贾大山交往纪事》获第七届鲁迅文学奖，同时入选"丝路书香"出版工程在国外出版，于是文学界发现，中国言实出版社在文学出版领域同样有不俗的表现。中国言实出版社的文学图书品种少而精，中国文学的声音在通过中国言实出版社持续传播到海外，承载着文化和文学信息的《温文尔雅》翻译成英文、日文、俄文、德文、法文、意大利文、西班牙文、葡萄牙文、阿拉伯文等多种语言向全球推介，英文版、中文繁体版荣获第十三届"输出版引进版优秀图书"奖，长篇小说《京西胭脂铺》一举登榜"中国图书世界馆藏影响力图书 20 强"。付秀莹、金仁顺、乔叶、魏微、滕肖澜、叶弥、戴来、阿袁等 8 位"当代中国最具实力女作家"的作品集同时推出，之所以在名称中冠以"中国"二字，是出于对外推介的考量，其中付秀莹、魏微、戴来等人的小说集后来入选"经典中国"项目在美国出版，产生良好反响。

近年来，中国言实出版社加快国际出版步伐，与英、美、日等多家国外出版单位建立战略合作关系，近百名当代中青年作家的作品陆续推介到美国纽约、日本东京、德国法兰克福等多个国际书展，被多个国家的图书馆收藏，图书受到国外图书界关注，连续 6 年入选中国图书世界馆藏影响力百强出版单位。2015 年经财政部批准立项，中国言实出版社建设并主办中国政府出版品国际营销平台，为推动"文化走出去"提供支持。2020 年，有感于体量庞大的中国当代文学无法快捷地被全球关注所带来的传播学遗憾，有感于年度文学选本出版周期较长，有感于众多具有潜力、实力、影响力的青年作家的作品没有很好的对外传播渠道，中国言实出版社整合资源，决定专门为中国政府出版品国际营销平台的文学板块打造出一种比年度选本出版周期短、对当代文学创作反应更为灵敏的季度文学选本。《中国当代文学选本》应运而生，书名由王蒙题写，选稿编委梁鸿鹰、李少君、王干、付秀莹、古耜皆为业内名家行家，所选作品为国内新近发表的文质兼美的力作。作为一种有公信力的季度文学选本，《中国当代文学选本》因"让国外读者快捷阅读当代中国文学精品"的窗口作用，以及"为中国作家走向世界铺筑交流合作桥梁"的桥梁作用，受到作家、汉学家、国内外读者一致好评。《中国当代文学选本》传播中国声音，讲述中国故事，产生良好社会效益。有鉴于此，中国言实出版社决定打造这套"中国政府出版品国际营销平台精选图书·文学书系"。

　　出版社并不承担培养作家的使命，但是这套"中国政府出版品国际营销平台精选图书·文学书系"的入选作品多是出自青年作家之手，原因在于，我们始终关注着中国当代文学最具活力与实力的鲜活部分，求取风骨与审美的统一，始终在精心遴选极具当代性的中国文学好声音，始终把推动中国当代文学与全球接通作为出版人的责任，这套"中国政府出版品国际营销平台精选图书·文学书系"的入选作家和作品便是如此。有风骨、讲美学，是选取这套丛书的思考维度。"有风骨"是要对民族精神有所反映，要为人民而文学，要关怀民生，帮助读者把无病呻吟、凌空蹈虚的作品以独特筛选眼光来淘汰掉；而"讲美学"是指中国言实出版社遴选书稿时看重作品的文本质量，内容和形式互为表里，是为美。美为作品飞向全世界插上翅膀，中国言实出版社人始终认为，美是全人类可通融的共同语言，有风骨、讲美学才能接通全球，成为文学精品。这些优秀作品里，都跳动着时代的脉搏，展现着当代中国日新月异的面貌，蕴含着深厚的文化自信。出版是文学生产的终端，对于中国言实出版社而言是文学传播的开始。中国言实出版社将始终秉持"好作品主义"，重视名家不薄新人，盘点、整合中国文学资源，积极开展对外译介和推广工作，自觉地将有风骨、讲美学的文学精品作为永不改变的出版追求。

2020 年 12 月

目 录
CONTENTS

锦　瑟

　　苏云峰深谙对付女人之道，从年轻始，基本就是要文有文，要武有武。不然，他娶不到刘洋。

　　刘洋也算文武兼备，昆乱不挡。演过戏，又有点文化，懂风月亦解风情，只要她愿意，几分钟内，就能让男人壮怀激烈，心旌摇曳。比如，她对权力欲强的男人，会用一些"龙颜""圣上"这些看似调侃实则阿谀却并不肉麻的小词儿；碰到有点浪漫的，那更是有了用武之地，三言两语，同类对暗号一样，瞬间化身知己。她这一本事，跟苏云峰分不开，耳濡目染，日久熏陶，相当于一个人不经意间跟了一名名教练——有禀赋者，杠上开花；天资平平的，也不会再死木头一块。

　　不说话时，她款款落落，低眉敛眼，无论从哪方面看，她都像一个有几分内秀的才艺女子，跟风尘又有不同，也远离了演戏的兰花指习惯。总之吧，你也说不上是哪儿，她总是流露出那么几分与众不同。后来，网上比较流行"撩汉"一词儿，对，她的不经意间，就是有点撩汉。苏云峰沿用了东北话，说她"撩骚儿"，说她闷巴出出，不显山不露水的，最能撩骚儿，也是骚浪。

刘洋反驳他不礼貌、粗俗，管他叫焦大、老焦、焦大哥。当然，这都是指《红楼梦》里的那个马夫了。有时，她还称他西门、西门同志、老西，即《金瓶梅》里的那个色徒。老苏都不同意，也严重反对。他觉得以自己目前的状态，应该是贾政贾老爷，贾老爷的生活，怎么能跟那些下流坏联系在一起呢？由此，他看刘洋的眼神，加了几分轻蔑、愠怒。这样的脸色，对刘洋来说，也是陌生的。从前，他可不是这样啊！老苏年轻时是搞戏曲研究的，一个冷门得没有观众的行当，一个百无一用的书生。如今，三十年过去，老苏已脱离了本行，转战成一名机关干部，进而，老干部。在他心中，曾经熬心费力评过的那些花花草草、脂脂粉粉，现在想来，似朝露，如云霞，天边的锦绣……

刚才，刘洋边洗碗边让老苏递给她一件什么东西，老苏慢腾腾的。她催促他，老焦，焦大哥，能不能快点？

头没抬，也能感觉到空气凝重了，变沉了。老苏那只正递东西的手，铸在半空中，面沉似水，他像没听懂一样问：什么？你说什么？谁是焦大？

三个连问句，让刘洋有点蒙。那语气，冷得如寒流。平时不是经常这样开玩笑的吗，怎么这一段儿越来越长脾气了？最近老是出现这种空气紧张，说话不默契，到底，哪儿出了问题？

刘洋嘻地一笑，说琏二爷，琏二爷怎样？

老苏"啪"的一声把那块毛巾掷到灶台上，转身进屋了。

刘洋洗碗碟的手像她的心跳一样，加快了。一个时期了，老苏的脸翻得比狗还快。从前，他们不是一直这样吗？刘洋触景生情地给他起过很多绰号，他也没少叫她呀，孙二娘、小金莲儿，古今中外的舞台上下，但凡有名的，他觉得她像什么，就随口叫她什么。随时随地，移步换景，她从来没生气。倒觉得清贫的老苏嘴上镶了金边儿，别人的嘴里说出的话有时像话，有时像屁。而老苏，每一句话从他嘴里吐出来，都拐多少弯儿，滚来滚去，有珍珠的效果——好听，好看，好玩儿。比金银钻戒还让女人开心呢。那时，练水袖功却喜欢跳狂野现代舞的刘洋，被老苏诔为"中国的艾斯米拉达"，刘洋也像艾斯米拉达一样，从心底爱上了这个不俊的男人。他们就成婚了。

生活到底是个什么东西呢？它流走了岁月，也流走了人心？从前只会演戏的刘洋，现在也经常哲人一样思考了。老苏变了，变了很多。他从清瘦的一百多斤，变成了现在这近二百的吨位，光那个肚子，就得占一半分量吧？主要是胃肠，都变得铁石一样硬，能不沉吗？从前，老苏还是苏研究员时，他们可不是这样，那时他们假戏真做，贫穷而快乐，吃着吃着饭，就能舞唱起来，又是挑水又是耕田的，董永七仙女说扮就扮。而现在，她白天无论穿得多么漂亮，他都视而不见了。只有夜晚，夜晚的时候，还算对她横竖不嫌。说他是焦大，琏二，委屈他了吗？

刘洋是个胳膊折在袖子里的人物，任事不低头。可以撩汉，但绝不肯伏低做小。她弄不清楚老苏的脾气为什么越来越大，也懒得弄清。他想装贾政，扮大老爷，她还不愿意当那个呆木头一样的王夫人呢。刘洋把碗洗完，又去卫生间把自己洗漱干净，回到沙发上，认认真真地看起电视，自娱自乐，不惯着他。

电视演了有一集的工夫吧，老苏出来说闷，热，走，楼下凉快凉快去。

纳凉？也好，这七八月的华北，白天黑夜，屋里屋外，都不是好待的。刘洋见好就收，她披挂上长裤、高帮鞋，小区里的狗太多，去楼下要防止它们舔着。刘洋非常非常讨厌那些满地出出溜溜的狗。

小区的人很多，这是一片城中村，当初开发商没有经验，把村民和外来户的房子完全盖在了一起，这样房价就非常便宜。刘洋他们那时两个孩子，都在上中学，经济困窘，就把房子买在了这里。小区的村民们，没了地种，就开始一年四季都在楼下坐着。无论冬夏、早晚，他们像上班一样，到了时间就出来，东一堆西一堆，一般的时候是冬天随着太阳，夏季乘着阴凉。远看，围坐一圈的他们像在开会，周围吐满了痰渍。刘洋是个洁癖近乎病态的女人，她走道要小心翼翼，有时突然一扯老苏，因为老苏走路喜欢仰脸朝天。对于这种突然的一扯，吓一跳的老苏，当然也很愤怒，他会教育她什么水至清无鱼之类，刘洋不理那套，警告他一会儿进家门，鞋子要脱在门口。他们为了这些，经常吵嘴，有时，甚至几个小时几天不说话。到了这种时候，无论是苏云峰的文武之道，还是刘洋的雪月风花，都苍白无力，自娱自乐也提不起神儿。刘洋非常后悔把黄金地段的五十平，置换到这么偏陋的城中村，光图宽绰了，周围环境的日益不妙，让她糟心，一天比一天沮丧。有一次，她去看从前一个小姐妹的演出，自己也弄得花团锦簇的，可是，出了门，第一脚踩上狗屎；第二脚，裙子被剐了。坐马车换驴车地费了大劲赶到剧场，戏看完，再向回走，乌泱泱的人流，一会儿就变成杳无人烟了——老苏那天还出差，她一人跌撞走回家，黑黑的小区又是一脚狗屎。当天晚上，及至后来的很多天，刘洋趴在床上，呆看墙壁，不说话。

一个狗屎，就吓成那样？

走路远点，就活不了了？

看个戏，这么多天回不过神儿？

以上是老苏的理解。刘洋对他摇了摇头。眼神儿神圣。第一次，她没有跟他开玩笑，没有用俏皮话对付他。

后来的日子，刘洋就抱怨小区了，她跟好友王玲玲描述，在她们小区，每天，狗屎是随便踩的，擦肩一过的人们，大多还保持着甩鼻涕的习惯，赶上风天，很倒霉。有个小伙子尿急，还把尿撒在了电梯里，尿流冲断电闸，电梯停摆一天。刘洋家在二十多层，爬上爬下，腿上的肌肉直哆嗦——"心惊肉跳"这四个字，让她亲眼看见了自己的实践。不仅如此，后来，一些人养的大狗，也在电梯里撒尿。大热的天，能把人骚死。还有，刘洋非常不理解，那痰，你往哪儿吐不好呢，为什么偏偏要吐到电梯的地面上？那么小的地方，又是钢板，你怎忍心？刘洋愤懑地向王玲玲倾诉，也对老苏提出这些质疑。老苏一般的时候给予沉默。偶尔，四两拨千斤予以回击。

她说：

这就不是人住的地方！

尿点尿吐点痰，就不是人住的地方了？

老苏家在农村，对农民有感情。

不光是尿点尿吐点痰的问题，是素质，素质太差！

你还血统论呢，谁的素质不差？

知道讲卫生的人，就不差。人跟狗，还是要有一点区别的。不能像猪狗。

脏点，乱点，就是猪狗了？

我看还不如猪狗！

张嘴猪狗，闭嘴猪狗，按你这标准，农村人都该送到集中营去呗？

你个女希特勒，女暴君。多亏你只是个演戏的。老苏又加了一句。

我没有希特勒的能耐，也没那么大的权。我管不了那么多。我只想离开，离开，不在这儿住了！

你想住到哪儿？哪儿好？哪儿对得起你？老苏眯起了眼睛，他讥讽地说，那个什么什么海，好，那里好，你去得了吗？人家要你吗？

老苏没把那个什么海说出来，刘洋也明白。她说我去不了，你也照样没份儿。

老苏说我压根儿就没想去啊。城中村，接地气，天天看乡亲，挺好。

你这是放屁！刘洋很愤怒。

老苏说那个什么海你去不了，省府大院儿也行，也不错，24 小时热水，有保安，有——没等他说完，刘洋的一只枕头向他飞来。

又一日，刘洋说：现在的人，都用未来的钱，享受当下的生活。咱们也按揭，也花未来的钱，过今天的好日子。

她报了一个小区的名字，老苏知道，那个小区，一套一百多平方米的房子，要四百万，还是毛坯。

她还鼓动：人家那些年轻的，都能想开，要靠攒，得什么时候攒到头啊。再说了，现在的钱这么毛，攥在手里冰棍儿一样化，到头来吃亏的还是咱们。

老苏说，老夫当不了愚公了，背不动大山了。老夫还想多活两天呢。

喜儿呀，老爹实在不行了，太穷。你还是另嫁吧。女人想过上好日子，还得嫁一嫁。

另起炉灶吧。

又一只枕头飞来。

若论穷，你老苏年轻时不是比这更穷吗？房无一间，钱无一沓，手中有的，是一个半大的儿子。那时他许诺，虽然现在一无所有，但是等孩子长大了，能自立了，他就会给她幸福，让她天天快乐。现在，两个孩子都长大了，他们也老了，他给她的幸福，在哪儿呢？

一出门，就一股闷热的气浪。华北的夏天，真是热死人。刚才迈入电梯时，刘洋下意识地捏了一下老苏的胳膊，扯他。电梯地面不干净，老苏走路喜欢仰着脸，他不在乎脚下。她一扯，他一梗，态度非常坚决，并不领她的情。刘洋恍悟，老苏这是有谈判的意思了。一段时间了，总是他提议散步，出来走走。走走间，不经意，他就会打退堂鼓，表示他愿意给刘洋自由，让她过好日子。老苏的闷葫芦里，到底卖的什么药呢？年轻时两人争争吵吵，高兴不高兴，也闹了无数次，但从来没有说过分开。现在，他一再地提到这个话茬儿，表示愿意单过。富易妻，贵易友，他个苏门庆，苏焦大，当了个破副处长，也要又易妻又易友了？不是这样，他到底是什么别的打算？想到这，刘洋的心里又愤怒又灰暗，腿一软，她不想走了，几步奔到凉亭，挤一挤，坐下来。

土土鳖鳖的凉亭，已经坐满了纳凉的妇女，且多是中老年。城中村，装饰却力求现代，隔不远就铸着一尊水泥雕塑，还又是水塘又是断桥的。刘洋坐着，苏云峰站着，那样站了有一分钟，两分钟，老苏不会抽烟，就那样戳着，刘洋心软，还是拿他当自己的男人，心疼他，站起来扯上他的手，又往另一处走去。人工断桥，水都抽干了，塘里露着石头，黑乎乎趴着像一只只巨蛙。木板桥身，走在上面吱吱呀呀，他们勉强找了一处地方坐下，不远处好像有人踩到狗粪了，对着黑夜大骂。近处，一老人掀开衣服，露出肚皮，默默地搓泥。刘洋恶心，又拉起苏云峰，向小区深处走去，在偏门的一角，终于找到一条石凳，两人坐了下来。

刘洋不知死，还唠叨，说现代人其实误会了西门庆，冤枉了人家西门大人，给人家扣了那么多顶帽子，又是色鬼又是淫棍的，其实，老西同志是多好的同志啊，热爱妇女，真心真意，又买房子又置地，一房一房地往家娶。不像有些人，等靠混，连个房子都买不起。唉，老西同志和今天的男人比，算好男人啦。

老苏笑了，笑她傻娘儿们。人家都要把她"七出"了，她还在这儿振振有词呢。真应了那句"笼鸡有食汤锅近"，有她哭都找不着坟头的那天！

刘洋还继续，说你还不如人家西门呢，人家老西让女人锦衣玉食，有房子有地。你连买了房子自己住，都心疼钱！

老苏这回没笑，他沉默了一会儿，郑重其事地说：咱俩，该分开了。在一起，也确实没有好日子过。过几天，我就搬出去。搬出去以后，你自己也多保重。

刘洋一下子不热了，倒有点冷。搬出去？搬出去不就是分开吗？搬出去，搬出去不就是两个人离婚？当初，老苏是搬进来的，现在，他要搬出去。搬出去不就是和原来又一样了吗？

离婚，不说离，而说搬，搬走。不愧有文化的男人啊。嘴巴真巧。

刘洋研究黑夜一样盯着黑暗，研究了很久。从前，他们也有为某一事生气，比如孩子、老人等。那时，闹掰了，老苏什么也不说，像出门上班一样，失踪几天，又回来了。而现在，他这样说，还是头一次。看来，他是另有打算了。

他为什么要这样呢？刘洋悲伤地想。

但她很坚强。决不示弱。

苏云峰又慢悠悠地说，你嫌我这嫌我那，嫌我是农村人，嫌我那些亲戚不长记性，没骨气……唉，细想想，你也没有错，哪个女人不想过好日子？我搬出去，你就自由了。以后，你跟了谁，都会住上好小区，大房子。

刘洋的眼珠儿都不转了。黑暗中，她看看周围那些妇女，一个个的，泥巴一样死塌塌地糊在那里，她们肯定都家庭圆满，可是没有一个男人来陪着她们。只有她此时，还算成双对儿，可是，可是，却在谈离婚。中年危机，以前只当耳旁风了，现在，她身临其境，深刻体会了。看来，以后的日子要一个人了，像这些泥巴女人一样，皮糙肉厚，经磕经造，随便怎么糊在日月的犄角旮旯，你就像那猪狗一样，不，要比猪狗还皮实，还顽强，不然，你活不过去，整不好，要撂到这边儿。五十岁左右死的，不是一个又一个吗？

操他老爹的！

春天时，她和他对坐在饭店。这家叫"风休住"的饭店，很干净，很清雅，墙上贴着绸缎感极好的壁纸，和刘洋家新换的窗帘相似。门壁右侧，是一幅高仿宋画，钤着历代大咖的收藏印，其中就有乾隆的。环境和人很配，大川穿着黑色的衬衣，扎着黑色的腰带，手腕上，是一块黑屏也掩不住奢华的手表。他瘦削的脸，无赘肉的腰，让刘洋扫过第一眼，就认为，中年男人，瘦是王道。瘦比胖好。只有老苏那样的傻胖子，才胡吃海塞不知死。

一年过去，刘洋又瘦成了年轻时的模样。从后面看，她依然是一个演员的身段，削肩膀，蜂王腰，走起路来款款落落。只是转得前来，看她的脸，眉眼间，那份恓惶，落寞，是多厚的粉底，也遮盖不住的。人倒架儿不倒，刘洋是个要脸的人，内心多么灰丧，出得门来，穿着、搭配，还是颇讲究。粗打量，忧伤，楚楚，像个有钱人的遗孀。

苏云峰走了。王玲玲又成了她的心理理疗师。她一遍遍地跑到王玲玲家，问王玲玲为什么。"世无英雄，小子们都成了处级干部"。王玲玲说，小人得志呗！贵易友富易妻呗！这些世俗的猜测，缓解不了她内心的难过。她说老苏一个小屁处吏，还是副的，算什么富贵呀。玲玲说，那没办法，他自己拿自己当皇帝了呗。老家那么穷，几辈子都没出个读书人，现在人家读了书还当了官儿，有人供着敬着，抖抖威风，也是情理之中。

刘洋发蒙。说实话，她是不相信老苏会真的跟她分开的，她以为就像从前一样，他出去一段儿，凉快凉快，很快又会回来了。结果，她想错了。老苏走后，再无音信，只是听别人说，他好像下乡了，去哪里扶贫，而且，这一走又要三五年。刘洋暗忖，官儿迷啊，副的打不住，要奔正呢。从前怎么就没发现，他还是个有官瘾的人呢？脂粉班头儿那会儿，光见他体贴女人了，原以为是个情种，却原来是个吏痴。

一个人的日月，又开始像年轻时那样，隔三岔五，来王玲玲家。她们是艺校时的姐妹，玲玲也有过短暂婚史，之后，玲玲就把婚姻当毒品，戒了，再不碰了。她把全部的精神头儿，都投入到工作上，是省台的大姐大，有权又有钱。玲玲的大部分时间，都在工作上。有人问她没有丈夫没有孩子，将来的归宿怎么办呢？玲玲说我的健康和才干，就是我最好的归宿。她的这个论调，也说给刘洋，刘洋不认同，她说，如果一个人在这个世界上，没有丈夫没有孩子，那她还活个什么劲儿呢？

刘洋也是把婚姻当毒品了，只是她戒不掉。

她还说，女汉子实在不是什么好词儿。

玲玲看她花痴，就说以毒攻毒吧。辗转帮她介绍了大川。

现在，他们已经是第三次见面了。大川在省府的某个不太重要的部门工作，据他说，他的未来，是要找爱情的。如果还是那些平平淡淡的日子，还是从前的柴米油盐，他自己过就很好了，何必再多一个？介绍人说了刘洋的情况，当年舞台上的那个金嗓子，大川年轻时还听过她的戏呢，那是明星般的人物啊。一见面，果然有几分与众不同。头两次两人聊的都是家庭基本情况，这一次，话题已经是三观了，漫忆式的，很开阔。

大川给她斟茶，那是自带的紫砂小泥壶，茶叶也是自带的。大川还掏出了两样小吃，上好的干果，精致的甜点。单从这两样，可以管窥大川的生活。刚才的路上，大川接刘洋时，还提前把副座椅加热了，后背也垫了薄厚适中的靠垫。这些细节，都让刘洋暖心。她之前跟王玲玲说，再也不找文痞了，要找就找理工科，工程技术人员。那些工程师们，他们的情感，还像他们所从事的技术一样，中规中矩，没有被踏烂。大川就是学化工的，干过建设厅，后来到了政策研究室。大川做事确实有板有眼，要去哪里，都是提前勘察好路线。比如今天这个地方，刘洋听都没听说过，是大川寻宝一样勘出来的。

他们品着茶，等待服务员上菜。大川轻咳了一下，边擦嘴边说早晨窗子开得时间太长了，有点着凉。

这么冷的天，你怎么还开窗？

屋里暖气太热，燥。

你们暖气还没停？

这不倒春寒嘛，还给着呢。大川说。

刘洋的眼珠，咕噜一下向下坠去了。他们小区，半月前就给停掉暖气了，每年都是这样，该来时，晚送。不该停时，又早停。连平时的水电燃，也被物业截几道，叫耗损，想扣多少就扣多少，全由他们说了算。谁闹，停水电。有一个退休的干部，自以为有几分文化，去理论，回来的路上还没等到家，就被人开了瓢，当街头破血流。

省府大院儿好哇，这时候了还有暖气。刘洋看着大川高谈阔论的嘴巴，忽然想起老苏说过的，那个什么什么海，你是去不了了。省府大院不错，没有狗尿没有痰的，还水电从来不断……讽刺成了谶语？刘洋的眼珠儿又升起来了，帝王将相宁有种乎？帝王将相就是带着命啊。住在省府大院里的，也是天生命定呢。

大川告诉她，他每天，都过得非常快乐，打打麻将钓钓鱼，这差不多是他的全部生活。打麻将巩固了交际，钓鱼，则颐养身心。现在这样的日子，吃不愁穿不愁，住也不愁，还有工资花。这样的好生活，还有什么理由不快乐呢？

那你要说，感谢党感谢政府了呗？刘洋接话。

大川愣了一下，他不明白是什么意思。看来，他平时不大看电视。

你们有这么好的日子，当然要感谢党感谢组织。那，那些农民，偏远地区的山民，他们过得不好，是不是，要恨政府、怨政府呢？

大川又愣了一下。愣一下然后说，他们当然也得感谢啊。没有政府，他们哪来现在的日子？你不知道吗，现在什么提留都没有了，农民没有税，不用交任何税。这可是几千年来都没有的政策啊。政府对农民有这么大的恩惠，他们怎么能不感谢呢。

看不出，你一个演戏的，还挺忧国忧民。大川说。

刘洋歪了一下脑袋。眼神是失魂的。她的忧国忧民，在王玲玲看来，有点扭曲，有点变态。玲玲说洋洋，老苏走后，你像变了一个人。

我忧国忧民吗？一个女流之辈。刘洋问了一下自己。

又晃了晃脑袋。

大川给她续上茶，爱怜地看着她。

服务员端来了一盘盘精美的菜肴，挺拔的小伙子，婷婷美好的姑娘，他们一个上菜，一个斟茶。大川挥了挥手，让他们可以出去了。然后，自己布菜，斟茶。他告诉她，离刘洋家不远的那幢大楼，当年就是他盖的。那时他还没到现在的部门，还很忙。从预算到审批到轻轻松松落成，两个多亿，他活动脑筋，给领导省出两千多万，让领导接下来的蓝图又好画，又好干。其中一大部分，都给员工们创了福利。现在，领导升了，他也走了，但是，大家都记住了他们，没有不念他好儿的。做人，就是要雁过留声，抓铁有痕。大川的自豪溢于言表。

刘洋看着他，幽幽地说："当年盖奥斯威辛那帮儿，也一定认为自己很敬业。"

大川愣住了，显然，他不知道奥斯威辛是什么。待刘洋去了趟洗手间，再回来，大川用了"度娘"，他面有不悦，说：我们盖大楼，你把它比喻成那个集中营？

不是比喻，是，是，我是想说，现在好多人，每天都在糊糊涂涂，糊糊涂涂地干，认为自己很忠诚，干得很好。

你说我们糊涂？大川的黑眼珠快顶到了脑门儿里，略歪的脖子也表明他吃惊不小。他一定奇怪刘洋怎么这样说话，她精神不好吗？

他几乎是愤怒地再问一遍：我们盖大楼，你把它比喻成那个集中营？

不是。不是那样比喻。我是想说，因为我们的体制，每天，有很多人，都在干着低效、浪费，甚至无效、糟蹋的事，比如行业利益。财政的大楼比我们艺校的大楼气派，你能说是因为他们能干吗？公安厅的楼也比文化厅的好，也不是因为谁更能干。你说你为你们系统的员工创了福利，那，得利的这些人，利益从哪儿来？自然，是损害了另一帮、更大一批人的利益。可是有些人，根本不知道这些道理，还沾沾自喜。就像当年押送犹太人的那帮兵，他们一定以为，自己很尽职呢，完全不明白，其实自己在犯罪。

你说我们犯了罪？大川的脸上黑云压顶了。

你不会再把我比喻成那帮刽子手吧？——大川把"刽子手"念成了"快子手"。

还好，没念成"会子手"。刘洋笑了。

大川把一杯茶一饮而尽。先前，那小盅，是一口一口的。现在，咕咚一下，咽到肚里，看得出，他是真生气了。

刘洋说我没有说你是那些押送的士兵。我只是说，我们有太多太多的糊涂虫，每天，附在体制上，苟且碌碌，还活得很欢。

大川挪开了目光，开始看墙壁了。他看了一会儿，说，怪不得你每天都不快乐，原来你操这么多的心！还都是跟你不挨边儿的事。盖个大楼，你也能扯上奥斯威辛，那些都跟你有什么关系啊？别说国外，就是国内，轮得着你操心吗？管好你自己得了。

刘洋没笑也没怒，她说都有人说了，一个人专操心与自己无关的事，他要么很伟人，要么是精神病！

你看我像伟人？

我看你像精神病！

都说演戏的是疯子，看来，大伙儿还真没说错。

大川站起了身。

交通靠走，通讯靠吼，治安靠狗，取暖靠抖——老苏的家乡如今依然是这般模样，"山清水秀风光好，只见大哥不见嫂"——这是上一次王玲玲采访李寨村时，做专题片用的题目。现今，当年的大哥小伙儿，已变成了叔叔大爷。玲玲此番前来，是在做一个知青多少周年的纪念片儿，内容当然少不了感人的爱情故事。据传，这个李寨村，如今只剩了一名女知青。女知青扎根这里，除了跟当地的农民生了一堆娃，更关键的，是她暗恋一名同村的男教师。男教师当年给过这个女知青很多美好、温暖。后来，男教师从民办，考上了大学，又进城，又做了官。一个副处级的干部，也相当于副县长了。男教师富贵了不忘乡亲，回村扶贫。知道这个女知青罹患重病，不久于人世。男人圆了她的梦——陪着她，度过了人生最后一段艰辛的时光……

玲玲见到采访对象，她惊得张大了嘴巴。

她拿起电话就往外跑，"刘洋，你说我看到谁啦？"

当刘洋打开微信，慢慢接收玲玲传来的一张张图片，她的嘴，也张大了。这个中年男人，怀里抱着稻草人一样的女人。男人也瘦了，抬头纹那么深，一道一道的像木刻。老苏啊，你个死胖子，你怎么瘦成了这样？

秋天的时候，刘洋坐在土土鳖鳖的凉亭上，她在晒太阳。医生告诉她，这样可以补钙。她大风能刮走的身材，现在，太需要补钙了。小区里没有人，正午的阳光暖洋洋的，那些喜欢晒太阳的农民，也学会睡午觉了。小凉亭低矮，宽笨，像一架大床，刘洋越来越喜欢这里了。她抱着小枕头，小垫子，累了，就躺下来，也像那些农民一样，睡在大自然。隔着廊柱，遥看天地间，那大太阳，缕缕的金芒，像上帝顺下来的金缕天梯——金芒中，她眯着双眼，苏云峰向她走来了，还是当初穷教书时的模样，灰不溜秋的廉价西装，两边的衣角都对不齐……她还在台上，一捧接一捧的接着观众的献花。老苏腋下夹着个黑皮塑料本，要对她专访……老苏中年了，肥了，胖了，她叫他焦哥，他叫她黛胖儿，说哪有这么胖的黛玉啊，为她伴奏，帮她宽衣，还诵起了李商隐的《锦瑟》："锦瑟无端五十弦，一弦一柱思华年。庄生晓梦迷蝴蝶，望帝春心托杜鹃……"刘洋问，你不是上电视了吗？不是在演《伟大的爱情》吗？说着她泪如雨下——"沧海月明珠有泪，蓝田日暖玉生烟……"，老苏说我已完成使命，回来了。"还走吗？""不走了。"——"此情可待成追忆，只是当时已惘然。"

　　——天上的云，变成了蔚蓝的海水，无边的浪，载沉载浮着他们。刘洋觉得老苏的两只有力臂膀，像两面小舢板。海水又变成白云了，鲛珠泪，玉生烟……辽阔的天地，金芒耀眼，刘洋在恍惚间，也学会念诵"庄生晓梦迷蝴蝶，望帝春心托杜鹃"——她久久地，久久地，不愿意睁开眼睛。你这锦绣的天地，你这繁华的人间……

铁 骊 镇

1

贾永堂敲着堂锣，"勤劳奉仕了，勤劳奉仕了，各家各户听好了，勤劳奉仕啦！——喤——喤！"

三婶子说，这养汉老婆养的，又催命。奉仕奉仕的，不就是白使唤人嘛。

三婶子正坐在炕上抽烟袋，眇着一只眼睛，瘪嘴吧嗒有声，烟锅里的烟丝儿随着她的吧嗒声，暗暗明明。她骂贾永堂养汉老婆养的，贾永堂是甲长。骂人家媳妇金花，养汉老婆。如果从辈分上论，她肯定是骂错了，他们俩是夫妻，金花又不是他的妈，怎么就成养汉老婆养的了呢？这样随心所欲的骂，是三婶子实在看不上他们两口子，贾永堂总替日本人传信儿，也算报丧，这个勤劳奉仕，就是让她刚刚十六岁的儿子，要去白白服三个月的苦力，她不愿意，她很心疼。

养汉老婆养汉老婆的，你天天嘴这么欠，让日本子听见，拿去，非给你吃一顿大宽面条子不可。三叔小声但牙关紧咬地说。"吃一顿宽面条子"，即是被宪兵所抓去，用大板子狠狠抽一顿。如果言论上再胡吣，也可能送"思想矫正院"。送到"思想矫正院"的，多是男人，通匪通共的。像三婶子这样的老婆子，一般是打一顿了事。

我不是心疼那两个瘪犊子嘛。三婶子说。她的瘪犊子，指的是两个亲儿子。侄子庆山去年服奉仕役，回来累成了大眼儿灯。今年，该轮到亲儿子庆路了。

这里是满洲，呼兰河边的一个小镇子，因为一匹有功的战马，黑色闪电一样，立下过赫赫战功，而得名铁骊镇。皇帝叫溥仪，他多数时候听日本人的。这里有朝鲜人、蒙古人、满族人、日本人和汉人，还有锡伯、鄂伦春，几十个族群，混杂而居，但日本军方主要挑了五大族，他们的口号是"五族协和，大东亚共荣"。

溥仪同意这个意见，他让中国的老百姓，也这么干。五年计划，农业发展纲要，青年训练所，壮年男丁轮流服"勤劳奉仕"役，等等等等，都是大东亚发展共荣的举措。贾永堂迈着他的肥裆大棉裤，不时地用手闷子，到鼻子上戳一下——数九寒天，鼻子冻成了摆设，不及时活动，进屋一扒拉能掉下来。

老贾壮硕的身板，像黑熊，大棉袄大棉裤糊在身上，更像肥硕的笨熊。冬天的铁骊镇上没有几个行人，老贾拎着堂锣，走几步敲一下，走几步敲一下，步履缓慢，身体沉重。双脚都冻木了，走上一会儿，要身体整个向上一蹿高儿，双脚离地蹦几下，活动活动快不会走道的两腿，嘴中咕哝，老天爷，算你尿性，硬是把天整成了冰窟窿！

2

三婶子家，一盏煤油灯，暗如豆。几个孩子围在桌前，三婶子倚在墙角抽烟。贾永堂在外面吆喝一声，她"嗞儿"地向外吐出一口，唾沫射程很远，饱含了她对外面叫魂儿催命的痛恨：勤劳，奉仕，说得挺好听，不就是让傻小子们白给他们干活嘛！日本子都不是人搋的，他贾永堂，更是个汉奸！

"日本子日本子，我看你早晚得让欠嘴和脑袋一块儿搬了家！"三叔轻轻但是狠狠地蹾了一下他的小酒盅，酒盅没有拇指高，左手酒盅，右手一粒儿盐，嘬一口，喝一口烧酒，三叔的一粒儿盐已经下酒几个月，饭桌上清汤寡水的土豆汤都没有盐滋味，喝一口直犯恶心。橡子面饼子，硬得像石头。日本人不许老百姓吃白米饭，常常突击检查，谁家桌上有白米饭，是"反满抗日"的罪。

不给劳金，白让干活，就不是娘养人搋的！三婶子倒是硬，她咕叽滋出一口唾沫，磕了磕烟锅儿，眇目鄙夷地睃了一圈空气，说我管他日本子还是汉奸。

"娘，今年我去。听说，奉仕队发劳保，那衣服可扛穿了。白面大馒头，也管够儿造！"庆路举着手里的橡子面饼子，咬一口，在嘴里倒半天，难以下咽。沙子一样的东西，即便强吞下，第二天第三天第四天，都屙不出屎。

三婶子烟袋杆儿比她的胳膊还长，听庆路这样说，抡圆了朝庆路的脑袋刨去，一个炕上，一个地下，刨只是吓唬，那烟袋锅儿是铜头的，真刨到脑袋上，如锤子敲了鸡蛋。亲儿子，她哪舍得真刨。这一抡，虚刨，一锅烟灰在土屋内飘洒，烟锅也空了。庆路熟练地躲开。三婶举着烟袋，侄子庆山有眼力见儿地赶紧给她镶上，凑油灯过去点燃。三婶子骂，没出息的王八羔子，就知道吃，吃，还白面大馒头，管够儿造。你咋不说，人家把你当骡马使，使唤死你们呢！——就图那口料，还不如好的大牲口儿呢！

牲口不牲口的，反正比饿得前腔贴后腔强！庆路一梗脖子，摔下手中的面饼子，说这破玩意儿，牲口吃了也照样屙不出屎。

哥，饭桌上总屎屎的还让不让人吃饭了？妹妹玉敏细声细气，她瘦黄的小脸长满雀斑，头发枯干得打着绺儿。手中的橡子面饼，她也吃不下。听庆路这样说，她更吃不下了。

三婶子家开着大车店，长年破破烂烂，家里这摊子，是侄子庆山撑着。姑娘玉敏，才十二岁。这几年兵荒马乱，又是关东军又是少年训练队，抗日山林队，还有土匪，歇脚的越来越少了。满大垓，也见不着几个人。一家人的吃喝拉撒，全靠着庆山。庆山是三叔的侄子，从小没了爹娘，在叔婶家长大。三婶子喜欢抽，三叔喜欢喝，一抽一喝，日子像两个坑，怎么也填不起来。庆路跟堂哥只差了两岁，可他还像个小孩子，每天袖口锃亮，那是抹鼻涕抹的。一说话，还吸溜鼻涕。三婶子骂他白吃饱儿，他不服，他说这天天三根肠子闲着两根半，肚皮饿得前腔贴后腔，即使挖大渠，种大地，当牲口使，也比饿死强啊。

我愿意去！他又说。

他弟弟庆海，才十四岁，也跟着说：我也去！

"啪叽！"——三婶拿起脚边的线梭子，像飞出一支镖，扎向了桌上两个为了吃而愿意去当牲口使的瘦犊子。庆路偏偏脑袋，庆海动了一下肩膀，躲这个他们有经验，别说线梭子，就是烟袋锅儿，又有哪次能成功刨上呢？镖落地，庆山放下碗，去捡起来，吹了吹上面的灰，放回三婶的脚边。三婶一伸小脚，想把针线笸箩给踢翻了，庆山手快，又救起针线笸箩，把它举到离三婶子远些的柜子上。一笸箩的手边武器，算暂时安全了。

铁骊镇的村公所，每到腊月，要先撸一遍国兵。那些长得标标溜直儿的，小伙子有文化家境也好的，会被挑去当国兵，服国兵役。国兵役待遇高，吃得好也穿得好，出来就是军官。三婶子家的庆山、庆路，去年都验过国兵，没去成。他们个子矮小，面目也不英俊，邻居崔老大说他家是黄皮子下豆鼠子，一窝儿不如一窝儿。三婶和三叔都是小个子，个子小心眼儿多，心眼儿把个儿坠住了。邻居们这样说。

没被挑走的，叫"国兵漏子"，这些人接下来要编入"勤劳奉仕"队，冬月训练一阵子，春上，就拉走了。工厂、矿山、机场，还有一些抢险救灾的，哪儿危险、艰苦，他们上哪儿。"奉仕役"一般分三年服完，每年干三个月，常常是不等三个月干完，人就累死了。也有超期的，三个月不放你走，干四个月、半年，最后有些人逃跑了，还有一些，成了白骨。

"勤劳奉仕了，勤劳奉仕了，今年的岁数放低，够十六的，统统报名。一家出一个，不出的，按反满抗日论处——嗖——嗖——"贾永堂冻木的嘴巴，四周是白花花的霜。他打算这趟喊完，就回家了。

"看着没，十六的都让出工了。再这么整下去，开裆裤的孩子都跑不了了。"三叔说。

"咋不让他自己的儿子去呢？养汉老婆养的都不如！"三婶子咒到。她恨贾永堂，也恨他媳妇金花。金花开着小卖铺，卖酱油，卖大烟，也叫福寿膏。三婶子还怀疑她卖大炕，金花跟日本人有来往。金花这女人不知咋整的，瘦瘦的身板，罗圈着腿，一笑，小脸大嘴的她，一脸的牙。三婶子实在是瞧不出她哪点儿招人稀罕，可就是手面大，在哪儿都吃得开。丈夫当着甲长，两个儿子一个山林队警察，一个铁路警，都是铁骊镇手中有权把子的人物。三婶子骂金花养汉老婆，主要是冲她的本事骂的，不养汉，哪来那么大的能耐？这种骂法，有点爱恨交织，内容远比"破鞋"广阔，在铁骊镇，被人骂"破鞋"的，顶多是有一两次简单的男女关系。而"养汉老婆"，养汉精，那可不是一般所指，含义大了去了，几乎任凭想象，辽阔无边。

庆山递上一碗稀粥，一块橡子面干粮。三婶子三锅烟都抽完了。抽烟不顶饭，三锅烟抽完，是该吃饭的信号。可三婶子也不想吃这难以下咽的糟食。三婶子说，放那儿吧，猪都不吃的老硬面儿，我也吃不下啊！

"娘你天天抽，我爹天天喝，就是庆山哥再能干，咱们家也赶不上小满桌儿她家，也吃不上白面。"玉敏常为这个能干的堂哥抱不平。她坐在四叉小木凳上，冻皴的小手捏着饼子，咬不动，小小的口痕鼠嗑的一样。"满桌儿家不但顿顿有白米饭，还天天有狗肉，辣白菜，可好吃呢！"

臭丫头片子，还敢管我来了？有能耐，你早点出门子去，嫁汉子去，有了婆家，跟婆家要好日子去！三婶眇目有笑意。东北人管女儿出嫁，叫出门子。

庆路说：不去奉仕，就上山。反正不能天天这样前腔贴后腔了。太对不起我的肠老肚儿了。

看儿子要上山当土匪，三叔哐地又蹾响了他的小酒盅，一双小眼睛扇翅膀一样快速地眨嘛了很多下，骂："吃吃吃，就知道吃，我咋养了你们这些没有志气的瘪犊子！白吃饱儿！"

庆路和庆海一起歪着脑袋望向他们，每天都吃不饱，为什么还天天骂他们白吃饱儿。庆海举着的饼子，半天也咬不上一口，像拿着一件工艺品。小小的年纪一张苍白的脸，脸上瘦得只剩下了眼睛，三叔也常骂他们大眼儿灯。

"家家都赶紧的合计合计啦，合计好喽，明早五点，麻溜儿地，南绠大河滩集合。谁家也别躲，躲奉仕役的，要蹲笆篱子！——噌——噌——"

笆篱子，是铁骊镇人对监狱的叫法。

"还傻瞅，这回，想不去都不行了！"三叔"噗"地吹灭了桌上的煤油灯，"吃饭还照什么亮儿，也吃不到鼻子里去。天天点灯熬油的！"灯灭了，一屋子死寂。有吸溜粥的声音。

3

贾永堂向家走，整条大街，只有一盏路灯，把他的影子拉得老长。快走到电线杆跟前时，他听到雪地上似有水落的声音，很轻，很稠，喳儿的一声，像落叶。紧接着，滴滴答答，密集起来。贾永堂快走几步，昏黄中，已冻得不好使的鼻子，还是闻到了血腥。泥污的雪地上，血滴滴滴落下，再往上看，一篮子的人头。其中一个单独挂着，长长的脸，一把头发当成了绑杆上的缨绳。

贾永堂吓得差点没叫出声。他一下子就不像熊了，身段如一只狐狸，转身就向家飞蹿。

厚厚的棉门帘，贾永堂哧溜一下钻进来。媳妇金花正从厨房端盘子出来，一见，赶紧撂下手中的盘，上去为丈夫扑打满身的霜。贾永堂扔下堂锣，急急地问金花，东烈，东烈，东烈这段没信儿吧？

不是前一阵子，说他们钻山了嘛。在山上也好，说那林子密，大冬天的飞机都找不着。金花愣愣地，看着丈夫。

金东烈是金花的弟弟，朝鲜人。

贾永堂磕着牙说，我刚才，看见，电线杆子上，那个，像他。

真的？金花一下子白了脸。她接过贾永堂的手闷子，放到炉子火墙上烤，每天丈夫回来，帮他烤鞋，烤手闷子。现在，她的手一哆嗦，手闷子掉到了地上。她捡起来，再放上，抬眼问丈夫：你，看清了？

像，像，我哪敢多停。贾永堂跺着脚，这天冷得太邪乎。

金花眼泪掉下来了。她两手抓住围裙，一屁股坐到炕沿儿上。去年，就砍过一筐了，人头和身体分离，那人脸，就长得不像原来了。日本人，保安队，杀鸡吓猴，砍了人，头挂到高高的电线杆子上去，身子，冻得木头棒子一样，柴火般垛成垛，开春时呼兰河一化，都推进河里。大冬天的，没人埋，地太硬，刨坑没人出得起那个力气。当地人说那些鬼魂根本沉不了底儿，都变成了雪花，到处飘着。天这样嘎嘎冷，冷得邪乎，就是冤魂太多呢。

贾永堂脱下他的大头鞋，坐到金花身边。这么瘦小的女人，一把就搂进怀里。贾永堂说，是，咱们也不能去。现在他们等着的，就是抓后面的。

金花垂着脑袋，无力地点点头，像一只得了瘟的小鸡。

满桌儿从里屋出来，金花赶紧擦掉了眼泪。她推丈夫往炕里坐，贾永堂盘起了双腿，炕上的小饭桌，早已放好。一壶烧酒，也已烫热。金花支使满桌儿去拿辣白菜，她掀开盖着的一盘土豆丝，给丈夫倒酒，说今天，我也陪你一块儿喝。

中朝中满呢？他们都没回来？贾永堂望向屋里。

中朝中满一个在山林队当警察，一个是铁路警儿，从前，金花的腰杆儿很硬，现在，随着筐里的人头越砍越多，她的腰杆儿，也开始变弯了。贾永堂说这一通锣敲下来，后脊梁骨快被戳折了。

咱没做亏心事，不怕鬼叫门。金花说。

老洪家，那个三婶子，不定用那独眼儿，咋剜我呢。

小脚老婆子你不敲，她也会剜。一只眼睛都瞎了，再剜，另一只早晚也得完。

唉，这世道。贾永堂叹气。

活着吧，能活下去，就是胜利。金花举起了酒盅儿，她目光涣散，心神不宁，弟弟牺牲了，两个儿子，还让她提心吊胆。和丈夫喝酒压惊，心里筹谋着，什么时候，怎么能不被保安队发现，把弟弟弄个全乎的尸首。

世道越来越不太平了。贾永堂夹了一口菜说。这时候，满桌儿端着那盘辣白菜走了进来。金花对贾永堂说，开春儿，满桌子也该上学了，我思谋着，这两天，去给她改个名儿，叫贾中日，怎么样？

她是跟丈夫商量，可满桌儿听了个清清楚楚。满桌儿说我不叫贾中日！要叫你叫！说着把那盘菜像扔链球一样，抡圆了向他们的桌上扔去。稀里哗啦，一盘菜洒得他们满身都是，盘子打了。金花怒喝，小丫头片子，你懂什么？！

满桌儿转身走，嘟囔说你懂，你还天天觍脸说哪，人家骂你们什么都不知道——高丽棒子大裤裆，吃狗肉，喝尿汤。和二鬼，有一腿，假积极，糊弄谁！

金花追上来，一个嘴巴子糊到满桌儿脸上，打得她陀螺一样转了个圈儿，小脸儿都红了。她愤怒地看着母亲，然后，两只小手去抓刚扔飞的辣白菜，当回击的武器，一把一把掷向金花，说我让你起，让你起，中朝中满都让人笑掉大牙了，说你们汉奸呢，还给我改贾中日！你能不能知道点磕碜呢！满桌儿的两只小手沾满鲜红的辣椒汁，像沾着两手鲜血……

这孩子，脾气真奘性，难怪七月十五生的，鬼托生！是鬼！金花哭了。

4

早晨，南绠河滩，一辆大卡车，两边的车帮上拉着横幅，一面是“五族协和，大东亚共荣”，一面是“勤劳奉仕，为国效力光荣”。一条木桌，上面有花名册，念到谁家，谁家的人上去摁一个手印。贾永堂跺着脚，很多人也都跺着脚，再或用两脚互磕，天实在是太冷了。每个人的脸上，都白花花的，呼出的热气，瞬间成了霜，挂在唇须上，帽檐上，眉毛上。只有一个日本人，坐在条桌旁，威严地看着自己脚前的狗。旁边的协和会长崔老大，维持着，讲解着。贾永堂摘下手闷子，负责往册子上写人名。他写一行，就冻得把手到嘴上哈哈热气，抄到手闷子里，再抽出来，写。

三婶子一家子都来了。庆路报了名，三婶子舍不得，也得报。一家子来，是送行，也是看热闹。铁骊镇呼兰屯，一年四季也没什么热闹看，原来还有萨满，跳大神的。后来，日本人不让跳了，说支那人，装神弄鬼。在这个世界上，只有一个神，就是他们日本的天照大神。别的神，都是人造的，不许再弄。这样，就只剩下一个热闹了，河滩上杀人。再或，征兵送兵。

玉敏和满桌儿站到一起，满桌儿问庆山哥怎么没来，玉敏说给老板子们铡草呢。正说着，她家的大黑跑来，大黑是土狗，平时顶半个人用，能上山拉爬犁，拉烧柴。它跑来，庆山也就来了。满桌儿热巴巴地叫了声庆山哥，金花听了，瞪她一眼，论辈分，她是该叫庆山叔叔的。因为她妈妈金花管三婶子叫婶子呢。

所有的人集合，站队，贾永堂点名。然后，崔老大按照上面的要求，宣布《勤劳奉公十训》，教大家唱了一遍《勤劳奉公》歌儿。最后，每人开始发劳保，土黄色的粗布衣裤，白毛巾白绑腿带，一双黑胶靴，还有一只小水壶，一摞白面饼。庆路持着，当即拿出一张饼子吃下去了，脸上露出灿烂的笑容，好吃。劳保用品，也喜欢得爱不释手，从小长大，还没穿过一双囫囵的胶鞋。他的样子，让三叔三婶很不满意，三婶拿那只眇目狠狠地剜了他一眼，三叔也眨嘛着小眼睛，心说：等着吧，吃宽面条子的日子在后面呢。

好像听到了他的命令，那个拎棍子的二狗子，啪啪，就给了庆路两棍子，更生布的棉袄本来就不结实，两棍子，抽开了花。

傻了眼的庆路不明白这两棍子是为什么，眨着眼睛一脸蒙。

谁让你现在就吃？饿死鬼托生的。二狗子说。

他家的大黑，呼地冲上去，一口咬住了拿棍子的手，晃着头想把他掠倒。崔老大和贾永堂，同时惊惧。桌旁的那个日本人叫武下，他松了狗绳，脚旁的狼狗嗖地就蹿过来，大黑狗不是个儿，被它扑倒了。但大黑狗顽强，一拨浪脑袋站起来，反咬。武下开枪，大黑狗呜地一声闷叫，倒下了。

热血咕嘟咕嘟，雪地上顿时小井一样打出了一个坑。

三婶子扑上去，抱住狗哭：你们这帮养汉老婆养的呀，太欺负人了，连狗，也欺负我们的狗。呜呜呜……

车开拔了。看热闹的人们散去。三婶的烟袋锅，灭了，她提着它，像拖着一根细拐杖。大黑狗被庆山拉回家，想把狗埋了。三叔说死也死了，扒了皮吃肉吧，狗皮褥子还隔寒。庆山看三婶，三婶也没有不同意见，庆山闷闷的，说要扒找人扒去，我下不去手。说着，又去铡草了。

5

一块白木板，上面用红漆写着"昭和区柳西屯报国农场"。

一趟趟的平房，南北大通铺，墙上写着"日满精神如一体""日满一德一心"等标语。早晨，天刚亮，一声长长的哨响，通铺上的人，被电一样弹跳起来，嗖嗖嗖，速度极快，边跑边穿好了衣服鞋子。一排排刀切出来一样的方阵，才三个月，这些人，已训练得机器人一样了。站不直的，挨打。背不出"勤劳奉仕公训"的，吃"宽面条儿"。庆路渴望的猪肉炖粉条，白面大馒头，是给队长们吃的。一千多人，分成了六个队，只有一个日本人武下。队长，分队长，支队长，还有最小的，管庆路他们的，叫"不寝番"，只有这些人，才能吃猪肉白面馒头。庆路他们每天，棒子面窝窝头，白菜汤。超负荷的劳动，军训，让庆路更瘦了，站在那像一根细棍儿。他跟大伙站好，背诵《勤劳奉仕公训》，唱《勤劳奉仕》歌儿，只嘎巴嘴，不出声儿，省力气："天地间，有了个新满洲；为他流血，为他流汗，我们愿意在报国农场写下壮丽春秋……"

庆路嘴上嘎巴着，心里，每天都在计划着怎么跑，怎么逃掉。跑回家去，回家吃橡子面，有了力气，上山，找山林队，打日本人，报仇。

这是他目前唯一的心思。

6

三婶子坐在小板凳上搬着玉敏的脑袋给她抓虱子。三婶子屠杀虱子的方式是捉住它们，填进嘴里，嘎嘣咬死。别人家的母亲，抓住虱子多以拇指指甲盖毙之，而三婶子，更愿意吃其血啖其肉。玉敏的头被摁得越来越低，头痒，她也不愿意被母亲这样地捉，对付虱子，她有她的办法。她说娘，不抓了，一会儿我自己整。

三婶把她的脑袋往起提了提，几乎是薅着头发，这不抓咋行？都这么大的个儿了，还是母的，得下多少虮子？你自个儿看看，那白磕磕的虮子都成溜儿了，不抓下来，几天就把你的血喝光！看你小脸白的，惨白，还有点血色儿没有？你自个儿去照镜子看看。

玉敏用两手的手指当梳子，拢巴拢巴，拧起一个辫子，说我知道了，虱子我能整。眼巴前的是咱家这院子，屋里，锅台，都得整净呢。整不净，一会儿崔老大，贾胖子他们来了，还不得又说罚款又整义务劳动的？

他敢！三婶子抓过她的长烟袋，向地上扣了扣，烟叶子都断顿儿好几天了，没有烟抽，她整天打哈欠。日本人规定，家家都要大搞卫生，锅台，墙缝儿，不许有蟑螂，院内不能有鸡屎鸭屎猪粪什么的，否则，罚款，抓去劳动。

这时，小满桌儿跑进来，她的怀里抱着一小捆烟叶，一看就是从她娘小卖铺偷的。她说三婶子三婶子，我给你送烟来了，你抽吧。

三婶子那只眇目都笑了，看见烟，比什么都亲。

有了烟，三婶子踮着小脚去炕上抽烟去了。玉敏说满桌子你来得正好，来，帮我倒洋油，咱们箅虱子。

玉敏去除虱子的办法，是用煤油熏，撕块棉袄露出的旧棉，蘸点煤油，顺着头发，一绺一绺抹——那虱子喝的血再多，也没体力抗这洋油味，人被熏了眼泪都哗哗流，何况它们。相比三婶子一根头发一根头发的捋，玉敏觉得同样是疼，洋油熏来得更快。她说满桌子，这回的爱国卫生运动，你爸他们咋整这么狠呢？连锅台都看，查得也太细了。日本子也是，管得真宽，真是闲的。

满桌儿接过玉敏的洋油，慢慢往棉花上倒，说我爸说了，日本子嫌咱埋汰，说老这样，他们的学生兵都得得痢疾。

嫌埋汰别来呗，嫌埋汰谁让他们来的？玉敏喊道。

满桌儿凑上来，小声说，玉敏姐，我听我妈说了，日本子想在这儿住几辈子呢，过一段儿，他们的老百姓都来。说咱们的习惯要随他们，脚上也得穿白袜子。

你妈跟你说的？玉敏翻了翻眼睛。

她跟我爸嘀咕的。我走近，他们就不说了。他们还说，要想赶跑他们，得大家拧成一股绳儿。满桌儿说着被煤油熏出了眼泪，她后退一步，说玉敏姐，你不能一下子倒这么多，头皮都烧坏了，快赶紧刮吧。

玉敏抓过篦子，篦子上有头发，有泥污，还龇牙露齿，上面也有三婶子的白头发。玉敏不照镜子，熟练地顺着头顶向下刮，被熏蒙的虱子、虮子，齐刷刷地被篦下来了。

满桌儿去屋里舀水，她说玉敏姐，我帮你洗。玉敏也熏得直流眼泪，她用胳膊当手绢，到眼睛上左一下，右一下，抹着睁不开的眼睛。说行，快点。

小满桌儿手脚麻利，她才十一岁，心里却有了爱情，她都喜欢庆山哥几年了。庆山哥是"命硬"，一出生就死了爹娘，妨爹妨娘。她呢，母亲金花一直骂她是鬼托生的，说她也妨人，将来找不到婆家。满桌儿认为自己跟庆山哥是一对儿，暗地里，她把他们当了一家人。帮玉敏，是出于对庆山哥的感情，给三婶子送烟，也是因为爱庆山哥。小小的她双手捧住大水瓢，颤巍巍地给玉敏舀水，突然，她们看到大门口的街道上，跑过一队一队的人马，脚步杂乱，人声鼎沸。玉敏和满桌儿同时停下了手，她们跑到院子门口张望。

有哭的，有跑的，哭的是日本女人，她们拖着孩子，捂着脸哭，说什么完了完了，我们完了，我们回不去家了。

那些穿制服的男兵们，脸上张皇。一圈圈地坐在马车上，背向里，枪管朝外，环坐成一圈。目光中不再是往日的鹰鹞，而是一群耷拉了膀的雀儿。

玉敏问满桌儿：日本兵，怎么像在逃跑？奇怪。

满桌晃了晃脑袋，说我看着也像。

7

满桌儿向家跑，正路过满洲小学校。操场上有两根旗杆，一面是日本的太阳旗，一面是满洲的五色旗。小学生们站在操场，正对着两面国旗高唱国歌。

女校长捂着脸呜呜地向学生们跑来了，她拥住他们，说同学们，快回家吧，去找你们的爸妈，快去。我们日本军人完了，完了。都回家。说着，她几乎哭得跪倒在地。满桌儿跑得像离弦之箭，金花给她改名，就是想让她上这所小学。满桌儿也喜欢这里，可是她不愿意叫那个奇怪的名字。街上到处都是乱糟糟，只有回家找母亲，母亲才让人有安全感。跑回家，她发现父亲和母亲的脸色也是张皇的，贾永堂正和金花说，两颗什么炸弹，小男孩胖子扔的。

那么小的孩子，就把日本子打垮了？

贾永堂晃晃头，说也不大明白。

第二天早上，南缏河滩，三婶子眼睁睁地看见贾永堂被塞了冰窟。铁骊镇的三月，河水刚开化，保安队的人在河面上又刨又镩，费了好大的劲儿，才镩出一个冰窟窿。贾永堂被五花大绑，拖着，头冲下塞进去。塞了半天，他那黑熊一样的身量，不好进，棉大衣被他们扒下来，摁几摁，大棉袄大棉裤浸了水，又加上十多只手脚，摁的摁踹的踹，才把贾永堂彻底地摁没了影。

河边看热闹的人一直问，咋回事呢？咋把甲长塞进了冰窟？崔老大说，他家的中朝中满，表面是给日本人干事儿，其实，跟胡子是一伙儿的，通匪。已让保安队的给整走了。他贾永堂，是汉奸，不塞冰窟窿往哪儿跑。

人们散去时，三婶子在河沿儿，看到一个瘦小的身影。金花冬天里的棉裤裆，空得能装进去一条狗。她包着花头巾，看不见脸。要是往日，三婶子非对着她的后背啐上一口不可，骂句养汉老婆。可今天，她抿着嘴，一直死死的嘬着那个烟袋锅儿，锅儿里都没烟了，她也使劲嘬着。

一眨嘛眼儿，咋出了这么大的事呢？这回小满桌子，可没爹没兄弟了。

半夜，庆路跑回来了。三婶子家没有点灯，都摸着黑儿，也听得出谁是谁。庆路说爹，娘，这下好了，咱们以后再也不用怕日本子了，他们完蛋了。听说老窝儿都被端了。说那什么弹，老厉害了，扔一个，人像油缩子一样，眨眼就化了，连房子，都一下能烧成了烟儿！还说是小男孩儿、胖子干的。真尿性！那小男孩儿再胖，能把炸弹一下子撇那么老远？我真服死他啦！

等我找到山林队，也整点这样的炸弹，好使！

庆海说，哥，听说日本子都跑了，留下不少洋落儿，明天，咱们捡洋落儿去。说他们有一种木匣子，能唱歌儿。还有玻璃瓶子，里面的鱼，贼好吃！

就知道吃，捡洋落儿，完犊子！三叔说。

三婶黑暗中眇他一眼，说孩子能囫囵着回来，烧高香吧。没见早晨就有人沉河了吗。赶紧点灯，一家人全乎了，点灯，包饺子，吃团圆饺子！

玉敏听说包饺子，问娘拿啥包呢，没面没肉的。三婶子说这还不好说，包素馅儿的，没有白面把棒子粉里掺点土豆粉，搅和搅和，筋道，碎不了。说着，三婶撂下她的长烟袋，亲自踮着小脚，下厨房了。不一会儿，热气腾腾的一大锅水，玉敏和庆山包的饺子大如拳头，三婶说素馅，大点好吃。庆路眼巴巴地守在锅台，第一盘煮出来时，庆路伸手就要拿，三婶说饿死鬼托生的，别烫着，开吃。

然后，又捞出一盘，给玉敏，说趁热，给那养汉老婆送去。

养汉老婆，不是金凤吗？玉敏疑惑地看着母亲。

三婶一跺小脚，不，她能是谁。就剩她们娘俩了，没爹没丈夫的，养汉老婆不是。

三叔和庆山都听见了，往日，他们会笑。或者，三叔会骂她一声嘴欠。而今，大家都没出声。大铁锅呼呼地冒着白气，像是熏出了三婶子眼泪，她边用胳膊肘擦边说，三个爷们儿都没了，这下，看个养汉老婆可咋活。

婚姻往事

1

周二的时候，亚光不坐班。她早晨起来，快速地收拾好床铺，连同自己的头脸，然后来到卧室的东南角，打电话。

小区信号不好，也有人说是电信在逼大家用移动，刺啦刺啦的通话声，总是像傍晚的收音机。亚光拿着手机，对外发射一样对着窗子找位置，待信号格儿满了，她才拨，那边大姐接得倒快，她说，唔，老三。

亚光在家行三。

当年父亲说"多儿多女多福气"，一口气养了他们七个，母亲也信奉"云彩多了才有雨"，如今，翻云覆雨又化了彩虹的，只有二姐亚明，而其他，都还是干旱霜冻期。亚光今天，就是找旱涝不均的大姐讨钱。

讨债这活儿，不好干。她清了一下嗓子，把声音尽量放轻，柔和点，别像逼债。她说大姐啊，我今天打电话，你可别上火，老七他们，拆迁通知都下来了，让准备钱呢。我想这钱呢，也不能现要现找，得提前准备，我就给你打电话了。

大姐听得耐心，没接茬儿。

"大姐，你得还我钱了。"亚光终于翻底牌一样长出了一口气。

"要钱啊，老三。那房子的事儿，有准头儿了吗？"大姐装作很真诚，像关心对方的事一样，没有窘。

"准不准，也得准备了。告示都贴出来了。"亚光心说三万块钱，你都花了三年，还不还，物价这么涨，再等两年三千都不值了。

大姐沉吟片刻，唔了一下，劝亚光："老三啊，你买房是个大数，大数你都能拿，就别差这几个小钱了。别惦记了。等大姐有了，指定还。"

亚光没出声，心想有这样劝人的吗，你是债务人，倒整得跟债权人似的。

大姐就继续劝，说你看你大姐，一年到头舍不得吃舍不得喝，两只手从早挠到晚，口逻肚攒——亚光知道她接下来又要哭穷了，会扯起衣角说你看你姐这么大岁数了都没穿过超过一百块衣裳，没——亚光恨的也正是这一点。

亚光在那边打断了她，说姐，你要是吃了穿了，也就算了，好歹你是我姐，你享受我愿意。可是白白花给别人，我不愿意。我又不欠他们的。

"他们"指谁，姐俩都心知肚明。大姐一下就恼了，批评她儿子，那可比伤她还受不了。她的儿子章栋梁，亚光一直讥讽其谱儿摆得像个阔少爷。为了结婚——欧式装修，奔驰车队，顶级司仪，五星酒店……送礼金的人也多是下岗群体，五十一百，连餐费都没补平。更要命的是债还没还完，他又离了。离或结，都由他说了算，而还债，则由他妈负责。亚光认为大姐不像栋梁的妈妈，倒像他的老妈子。

说她儿子不好，那可戳了大姐的心肝。再过来的话儿，就硬多了，基本是噎着来："老三，我确实没钱，如果有钱，我不会攥在手里，攥也攥不出崽儿。"

能攥出崽儿攥你自己的呗，攥别人的算怎么回事？——这是亚光在心里说的。借钱从来都是救急不救穷，哪有拿着别人的钱过自己日子的？章栋梁名牌加身，还开着吉普，穷人有这样的吗？——当然，这也是她在心里说的。亚光想大姐毕竟没文化，跟她，还是要耐心，以理服人。但心里有气，语气还是加重了。她说："大姐，我去年买车（五万块的小QQ），你说没有，我就自己想办法了。前年给家蓓交学费，你没吭声，我也没催你。今年，你还这样，还是放挺儿，难道亲姐妹借了钱，最后也弄得跟杨白劳和黄世仁似的？"

杨白劳黄世仁？这个大姐可受不了。以她的文化、认知，她觉得这是对她最大的侮辱。嗓门儿一下高得劈裂，也渗着委屈和含冤："我不是没有吗？！手里没有，你还逼我去借？"

亚光一字一顿，说："你不用借，你应该跟你儿子要。"

"我借的，凭什么跟他要？！"

"因为你都给他花了，他应该帮你还。"

"给他花我乐意，谁让他是我儿子呢。"

这一句，已基本是气着来了。

"你愿意我不愿意。你们不像一家人，像两个阶级的。"

"什么阶级？！"愤怒让这对话像考试了。

亚光答没回答。

"他年轻，就该吃好的穿好的，咋穿咋漂亮，咋穿咋精神，我看着高兴！我愿意！"

亚光又被噎着了，年轻的该吃该穿？年老的该遭罪等死？正因为他们年轻，吃喝玩乐的日子还长着呢，才应该让熬巴了一辈子的母亲享受享受啊。而她一句"我乐意，谁让他是我儿子呢"，大姐的话是多么鲁蛮不讲理啊。

也愚昧！

亚光愣怔得没话说了。二姐亚明和大姐只差了四岁，构不成两代人，但亚明发现丈夫不端，奋起反抗；婆婆欺辱她，分毫不让；儿子毕业后还想不劳而获，断他钱粮！同为媳妇，同为母亲，姐俩的差异怎么像两代人？这，也是一个化彩虹，一个总下雨的原因吧。

看这边不出声了，大姐以为她哑口了，佯佯不睬地说："这样吧，老三，我给你借借，张罗张罗，要是能张罗来呢，我就给你送去。张罗不着，还是那句话，你自个儿想办法。"

无赖！亚光终于火了，她提了一口气，字字都挂着霜，是从牙根拔起，她说："大姐，这钱，你必须还。"

"怎么还？"

"两周之内，不，一周。"

"你逼我？"

"亚光！"

叫了亚光，就不是一家人了。而平时，都是老三老三的。

亚光用沉默，表示着坚决。

"亚光，别忘了，你姐夫是怎么对你的！做人得有良心。"

一句话，亚光的头顶像被人摁了一下，抑或脑后给抡了一锤，人一下子，就蔫了，矮了，顿了。她想就地坐一会儿，喘息喘息，手机因为方向的改变，又刺啦刺啦的了。不知她们谁先揪断了电话。

2

坐在椅子上，亚光老年人一样伸长了两腿，窗外，因为昨天的一场冬雨，天空格外干净。悠哉的浮云，还是那么高，那么远，一洗就如青春的少女。这世间，最禁老的，就是那广袤的天空和轻浅的浮云了吧？近二十年的时光，它们还是那么年轻，那么俊朗，而衰老和不幸，只在人间。

和家蓓来这个城市时，家蓓才一岁多，走路还不稳。大雨天，孩子坐在自行车后座，母婴雨披只是个连体的筒子，怕孩子淋着，亚光不停伸手去后面掩，家蓓嫌闷，就用两只小手掀。大雨鞭子一样抽打着她们，她大声告诉后面的孩子，别动，坐稳，揉着——那话刚一出口，就碎玻璃一样刮进风雨中了。

　　城乡接合部，泥泞的路面潜着一个又一个的大坑，在她又一次伸手时，车把失衡，人车同倒。黑暗中孩子恐怖地叫着妈妈妈妈，雨披裹着，什么也看不见，亚光的两只手绝望又有力，在泥水中捞起孩子，自行车的什么地方什么时候剐到了她，根本不觉得。回到家，卫生间里一看，手臂血淋淋，嘴角血淋淋，披头散发……

　　就是在那个时候，大姐他们来了。大姐夫开始帮她接送家蓓，上幼儿园，开家长会，孩子发烧，医院值守。有一次亚光病了，妇科病，长时间低烧，感染，在家里戴着棉手套碰那冰冷的锅灶，自个儿侍候自个儿。大姐照顾了她几天，小店的营生又舍不得丢，后来，干脆派了大姐夫，由他送米送菜买日用品。大姐夫是个没文化的君子，从不进卧室，目光也从不在不该停留的地方停留，撂下东西就走。有时接送家蓓，留下来吃饭，饭桌上总是挑素的伸筷，好吃的，都让给了母女。姐夫姨子，这样暧昧的空间，十几年来大姐夫没有半点不端，没有辜负两个女人对他的信任。而二姐夫，鲁韦钊，只短短的一个哺乳期，就让亚明和亚丽不共戴天了……

　　亚光变换了一下姿势，这样伸腿坐着，真的很累。

那时老四亚丽高中毕业，闲在老家，二姐生产，她来当个小支使。里里外外，相当于保姆，二姐夫又从不拿她当保姆，吃喝穿都格外地照顾她。亚丽崇拜二姐夫，二姐夫是棉纺厂的劳资科科长，他告诉亚丽，等你姐的月子坐完了，你想上班，想干吗活儿随便挑。

后来的事情究竟怎样发生的，亚明没有审出来。她都要抽老四的大耳刮子了，亚丽也不说，低着眼皮儿，只一句："你去问二姐夫。"

到了鲁韦钊那儿，鲁韦钊更深沉，也是一句话："问你妹妹去，问你妹妹。"

亚明又去找婆婆，那个管着几千号人的女书记。公公是副市长，婆婆是纺织局的女书记，当婆婆听了亚明的陈述，及对鲁韦钊的痛斥加批判，她像听下属汇报一样，冷静，皱眉，思考，静场，至少五分钟，才淡淡地开口，字斟句酌："自古捉奸拿双，抓贼见赃，况且，那一方还是你妹妹。"

"我没有这样的妹妹！"

声音太大了，态度也不对，婆婆已经不习惯听人这样讲话。就算你是她的儿媳妇，难道就有资格这样放肆吗？

婆婆的眼皮儿撩起来，一撩起来，亚明知道老人家生气了，震怒了。婆婆用击穿铜墙铁壁的声音，命令她：去镜子前，照照你自己，看看你现在是什么样子——还像个共产党员吗？

生产前，亚明在婆婆的关照下刚入了党，目标是将来也像婆婆那样，当个女大官儿，婆婆也有意培养。现在，婆婆这样提醒，是威胁、警示，也是吓唬！怒火中烧的亚明，烧弱了智力，也烧大了胆量，她咆哮般地断喝：你少拿那破事儿吓唬我！你咋不看看你儿子，看看他像不像党员，像不像科长！

婆婆由震怒转为轻蔑了，不可救药。她青松一样站起身，青松一样拔直着身板，走两步，回头，没有亚明的个子高，却是俯视，鼻子里一声哼。关门的一刹那，才又撂出："好日子过够了就说话。"

威胁，动不动就威胁，你以为你们家是阎王殿呢，有权有势就可以欺负人胡来搞小姨子呀？

"谁再过，谁是大姑娘养的！"这是亚明学的东北话，亚明的东北誓言总是那么掷地有声，亚明是破罐破摔了。撒过泼后的她脸上竟涌起了微笑。她听说过婆婆是私生女，一辈子没弄清父母是谁，狠出这样的毒誓，亚明是自断后路亲毁前程了。

婆婆那里没讨得公道，亚明又回了娘家，母亲抱着几欲昏厥的她，也只有一句话：我咋养了这么个东西哟。

父亲让人把亚丽拿回，当过教育局副科长的他，也没有更新鲜的理论，判词基本跟母亲一样：怎么养了你这么个东西！亚丽低着眼皮儿，好句话升级了：我想跟二姐夫结婚。

最后文了一辈子的父亲，动了武，一扫帚，把亚丽扫出了家门。

亚光站起来，坐椅子坐得腰酸，大姐不还钱还翻旧账的烦恼让她头涨，她打算把这一烦恼，跟老四亚丽说说。当年，亚丽和亚明分垒，她站在了亚丽这边，情谊也是那时结下的。她一直说鲁韦钊不要脸，毕竟，他是结过婚的男人，亚丽一个刚毕业的小姑娘，她懂什么呢？

亚明不同意她的辩护，"一个巴掌拍不响，没有一个好东西！"这一直是亚明坚持的理论。她还说："人家大姐夫，老章，帮助照顾了家蓓那么多年，总去你家，怎么从没动手动脚，啥事儿没有呢？"

也是。由此推论，只能说两个都是好东西了吧。想到这儿，亚光哑然失笑。她插上电源，想上网上找老四聊，QQ 上说话，省钱。

突然手机响，是单位打来的，办公室通知她马上开会，说上级来检查。

3

不坐班还开会，真烦人。亚光低着头找了个角落坐下，所长号召往前坐往前坐，她像没听见一样，兀自缩在角落里了。

这个位置适合休息，观察，养神，也适合胡思乱想。极有开会经验的她，坐下来从不与任何人眼神交流，空洞地看着墙壁。

会议室很小，几十号人同呼吸，共气味，角落算有利地形了。唯一的不足是熬不住了想出去，要费点工夫。

前方，主位上坐着书记、所长，亚光猜测书记家的枕巾一定是格子的，且很小，在他的右脸上，印着巴掌大的一片小方格儿。他和所长中间，坐着一个陌生女人，经介绍，是上级来检查的处长，姓郑。亚光暗想，这么典雅的女人，当官儿可惜了，鼻若悬胆，额如满月，象牙白色的皮肤，尤其那两只手——她一直用两只小手微微擎着头，埋头看桌上的几页纸。书记向下面做介绍，她连礼节性的微笑都不给，眼皮儿不动，嘴巴不动，表情更不动，唯一动的，是裘皮坎肩上的那枚金属小拉链儿，在空气中华美地一摇一摇，晃动着她不凡的身份。

会议没什么内容，年终了，安全、防火、节假日注意事项。前排就座的，一人一支笔，擦擦擦，猛记，声音如盲人戳盲文。你们记个屁呀，有什么好记的？就那么几句话，白痴都记得住，你们还装模作样的记，累不累呀！人精们。亚光不忿地想，牝鸡司晨，现在这有志向的女人，是越来越多了，都想表现，都愿意当官儿。教科所，教育厅下的一个事业单位，拢共也没百十号人，这样清贫的学术单位，也都知道当官儿的好儿了，拿笔擦擦记的，女性占了一多半。只有旁侧不远处一个老男人，行将退休了，他的手中是空的，挺着身，叉着腿，怎么舒服怎么坐。还有亚光这样的，不求上进的……书记说："下面，我们用热烈的掌声，欢迎郑处长——"一到这儿，亚光就知道，这个无聊空洞的会，接近尾声了，要下课了。叮的一声，有短信进来，是成万平。他说他中午来家。

成万平算亚光的男友。

自行车族的成万平，大冷天也骑了一身的汗。进门，亚光接过他手中的简易蓝布包——开会时发的那种无纺布包，里面是砖头厚的两本书和一只羽绒兜帽。羽绒兜帽冷了戴上，热了取下，是从羽绒服上卸下的，相当于两用。此种戴法，基本人见人笑，亚光接过兜帽，也笑了。

成万平还带了一把青菜，亚光边把青菜送向厨房，边告诉他，这样的青菜不好吃。"看着支棱，都是防腐剂喷的。"

成万平说不就是个菜嘛，都一样。

"那可不一样，有的好吃有的不好吃。"

成万平去卫生间洗手，说我就不信黄瓜能吃出茄子味儿来。

"虽然吃不出茄子味儿，可也吃不出黄瓜味儿。"亚光说一树之果还有酸有甜呢，人也一样，都叫人，有的好有的坏。同样是西红柿，有的好吃，有的就不好吃。当了半天农民，连菜都分不清，白活了。

"就你事儿多。"老成在卫生间里回了一句。

两个人已经习惯了这样的对话，看着像吵架，其实已是老夫老妻般的感情。一饭一菜，家常规格。成万平今天来，是给她送《剑桥中国史》，亚光喜读书。

吃着饭，亚光感慨上午的会，说现在的女人，也都热衷于当官儿了，一人一支笔，一小本，抬着脸，仰望领导，嚓嚓嚓，倾力表演，也不嫌累。看来，这当官儿，无论男女，确实是能让人当出瘾来。

成万平说你要羡慕呢，就参战。不屑呢，就清闲。人生丰俭由己嘛。

鸡同鸭讲。更多的时候，她们的谈话就是这样，成万平从不顺着孟亚光说，而是拧着来，破着解。越是这样，她们的话题越凉不了，越说越热烈、激烈，甚至胶着、焦灼。最后得动起手来，由文，变武。

亚光也奇怪，自己，爱成万平的什么呢？成万平是这样一个人：车站盘查，他永远都是被拎出来需要重新安检的那一位；商场酒店，服务员的眼皮儿也不撩他，贵菜懒得推荐；就是去影院看场电影，他也会被值班的叫出来，要求他存包。而那么多衣着光鲜的人却可以大摇大摆。成万平外表太平常了，肥裆的牛仔裤，落着灰的黑皮鞋，磨毛了边的羽绒服，两戴的羽绒帽……可是他有满肚子的学问，精神世界极其丰饶。这，也是她们多年来不离不散的原因吧。

这时成万平电话响，接起，是他的前丈母娘。

电话摁得再紧，亚光也听出，前丈母娘要他几时几时接站。

刚摁断，又响，是成万平的前姨姐，前姨姐好像问他在哪里，什么时候回去？成万平嗯嗯啊啊，含糊其词，亚光在一边替他说，马上就回，马上就回，请大姨姐息怒。

午觉是睡不成了，亚光语含讥讽，说又是前姨姐又是前丈母娘的，双套的班子，真趁呢。现任前任的，姨子丈母娘还得分正副哪。

老成笑，边笑边想反击。这时亚光的手机也响起，是亚明，家中人人敬三分的二姐，孟家最有权势的人。亚光叫了一声二姐，亚明告诉她，老三，晚上大家都到"全聚德"，碰一碰，说一下博天婚礼的事儿。

家人见个面，也叫"碰一碰"，这官场的女人。亚光嘴角微动，嗤之以鼻，声音却答应得乖巧，说行，二姐，我记住了，一定。

4

赴宴时，成万平换上了银灰色的衬衫，外套纯正的深灰山羊绒，浅配深，一下子就像大学教授了。这身行头，是亚光给他置办的，也只有带他去娘家露脸时，才准许穿。而平时，成万平肥腿裤就肥腿裤，大裤裆就大裤裆，皮鞋上落灰也不提醒，像农民工就像农民工吧，这个年龄的男人，不捯饬倒省心。

她们进门时，迎宾礼仪躬身躬得很由衷，笑脸笑得很虔诚，成万平自我感觉良好，用大拇指向后弯了弯，说看见没有，本老爷一出场，美女们大礼侍候。

亚光抿住嘴角的笑，成万平就这点好，靠嘴皮子就能让女人开心。

家人到得很齐，二姐亚明主位，见亚光她们进来，很有架儿，很官派，嘴角略咧，算笑，露出三分之一的牙，粲然，美丽。然后右手一伸，示意她们坐。座次跟单位开会时一样，也是按着级别的。因为鲁韦钊缺席，成万平直接挨着章士力。亚光叫了声大姐夫，大姐夫对他露出亲人般的憨笑。大姐心宽，就像亚光没跟她催过债，帮亚光拉椅子，放大衣，还叮嘱她小心包，说昨天老七在饭店，小常的包就被偷了，六七千块钱呢。

小常算老七的家丁。老七是最小的弟弟，亚男。

人坐好了，静场，由亚明致辞。单位那一套，搬到家里也管用，群众也配合，两个嫂子，一个弟媳，她们就像亚明单位那些追求进步的女人一样，仰着脸，作认真听状，虔诚地看亚明，听亚明讲话，然后赞许，点头，夸奖二姑子亚明"明明真不一般"。而她们管亚光，一直叫老三；管亚杰，叫老大。轮到亚丽，连老四都不叫，根本就懒得提她。

两个哥哥也是礼敬亚明的，那份客气有点像表兄妹。亚光暗暗算过，亚明的权力究竟有多大呢？不是市长，胜似市长了。亚鲲的儿子进不去重点高中，亚明打电话，进去了。亚鹏的儿子上不去好大学，辗转了数日，也是亚明费力，把他弄进去了。就是老七的小儿子，入园入托，省直机关难，亚明愣是找人给解决了。老七的媳妇黄巧巧在单位买断工龄，归国资委管的事，还是亚明打了一圈电话，帮她办妥的。全家的大大小小，过不去的关，都是亚明摆渡的。亚明是家中的活神仙、女菩萨。

但救苦救难不是无条件的、无偿的，而是有挑选的。亚丽惹过她，这辈子，她的事就不管了。大姐亚杰和老三亚光在亚丽的问题上，站错过立场，她也很难原谅。比如大姐借钱就从不敢跟她张口，张也白张。今天，她的儿子要结婚了，才把大家请到一起，这是给她们面子，也是给她们将功折罪的机会。

没看到上礼包，但亚明的精致手提包，已经鼓鼓的了。宣布任务时，大家都积极请缨，另一桌的小吴小常，听到分配他们类似安保的工作，都恭谨地站过来，走近两步，洗耳恭听。

他们一个是亚鹏的司机，一个是老七的手下，长年跟这个家战斗在一起，堪称忠实的家丁了。

后来，进入自由吃喝的阶段，大家就不再那么绷着了，亚明左右的，继续给她出主意，完善细节。嫂子们，则小组讨论，窃窃私语，她们一定是在议论亚丽，家宴，有亚明没亚丽，她们不共戴天，从不在一个桌面上吃饭。姨子姐夫的家丑，让嫂子们一辈子都有谈资，什么时候旧话重提，都乐此不疲。

很可能要钱的事大姐跟栋梁说了，栋梁的目光一直不跟三姨对视。他拔着身板，一身大品牌的毛西装，侧影看非常尊贵。他什么好吃吃什么，什么有营养来什么，上等人一样，轻轻地，内行地，剥着虾的第三节，细细品味，吃得颇为考究。亚光心说小狼崽子，喝你妈的血，都不嫌腥啊。看看你哪里像个下岗工人的儿子，分明是省长家的公子哥嘛。这时，对面的老七说话了，他说三姐，那房子，昨天又贴告示了，他娘的，开发商——亚光急向他眨眼睛，示意他别说，可是大姐耳尖，她听见了风向，她接话问老七，是不是那房子又变了？不拆了？

"可不是。这开发商，一天一个屁八个晃儿！"老七说，前两天还让大伙整钱整钱呢，钱整来了，他又不拆了，说成本太高。这回去他娘的吧，我不操那个心了，大伙咋整，我随大流儿，我赚现成的。

大姐说听见了吧，老三，那房子没影儿的事，不用急着整钱了。

亚光散瞳一样只看着眼前的菜。她原想借老七拆迁，她也买一套，跟大姐讨回借出的钱，现在，老七一说，这讨债的理由又不充分了。

大姐趴她耳朵说："多多那件毛衣，快织完了，等她放了寒假，就能穿上了。水粉色儿的，可好看了。"

多多是亚光女儿家蓓的小名儿。

亚光说："别挨那个累了，现在商场什么都有。"

"买是买的，那跟大姨一针一线织的，能一样吗？"

是不一样。家蓓小时，不但毛衣毛裤都是大姐织，就是棉袄棉裤，也是大姐一针一线给做的。这样想着，亚光猛往嘴里填了一口菜，同时，又给大姐夹了一大箸。

大姐说："老三，我都不好意思跟你说，你姐夫不是该退休吗？前两天听人说，你姐夫要想顺顺当当的退，办下来，最少得两万。"

"上供？"

"可不是咋的。"

亚光知道大姐又要跟她借钱了。大姐夫是重体力，按工龄，55周岁，可以领养老金了。可是在老家那边，办事的人把退休当成了唐僧肉，合格的，随便找个理由不给你退；不合格的，花了钱照样能办。大姐说你姐夫这个要是办不下来，不但不领钱，还得倒交钱。五年，里外得十万。我寻思着，老三，你再借给我两万，阎王小鬼的，我打发他们。现在这世道不就是这样吗？等办下来，你姐夫的退休钱补了，我凑个整儿，一堆儿还你。

大姐夫章士力正停止了咀嚼，向这边看。他可能听见大姐的话了，那张长年风吹日晒的脸，在酒精的作用下，红光满面笑呵呵的，弥勒佛一样。

"反正你不看僧面看佛面！老三。"大姐说。

5

回到家亚光非常疲惫了，成万平把她送到楼下，就转道去接他前丈母娘了。亚光给亚丽发短信，让她上网，说"有说话"。亚丽隔了好一会儿，才回信，说三姐我没在家，在外边。

"在外边"三个字，让亚光恍然想起，亚丽已经有好长时间，都不着家，经常"在外边"了。一种痛感，在她内心升起，她知道亚丽的"外边"是哪儿，对着电脑的显示屏，亚光的眼睛盲了一般，直瞪瞪地看着空气。

这世间，有哪一个家庭，哪一桩婚姻，不是千辛万苦又百孔千疮？女人的一生，开始错了，就要错一生？人人都被上帝安置了机关，他不让任何人圆满，即使貌似圆满，也设好了陷阱、坑洞，稍不小心，一脚踏空，便永世都在挣扎……亚丽当初，为追求自己的幸福把二姐气个半死，她自己呢，如今落得个什么？鲁韦钊把她安排进了棉纺厂，当轻闲的化验员。但婚姻，他母亲不同意。亚丽是在鲁韦钊的小女儿都出生了，上幼儿园那年，才跟电工小江结婚的。

"贱货也没好下场吧？"亚明说。

"那是你妹妹，不能这样说。"大姐和亚光一直这样斥她。

"那臭流氓就有好下场吗？别看他又是娶又是生的，还儿女双全，看着吧，报应在后边呢，不是不报，时候没到！"亚明转而又对鲁韦钊进行诅咒，这个亚光同意，鲁韦钊是已婚人，在那件事上，他全责。

婚后的亚丽，自以为愧对了小江，岂不知，女儿出生后，小江就告诉她，跟她结婚，就是想要个孩子，同时，也算给父母一个交代。

婚前短暂的时光，亚丽一直都以为他羞涩，正经。婚后三班倒，他们碰到一起的日子也不多，白天他在补晚上的觉，夜里他出门了。亚丽那时还不懂，"流氓""变态"真正的学名叫"同性恋"，她不能理解，小江为何对她的肉体那么惧怕，那么不感兴趣。亚丽挨着他的腿往沙发上一坐，他被电了一样立即起身，借口拿杯子、喝水、去卫生间什么的。床上，也离得远远的，冬天说冷夏天嫌热。亚丽曾暗自检讨自己，是不是小江知道鲁韦钊的事，心有嫌恶？如果是这样，又为什么找她结婚？

亚丽诉说这些的时候，体重只剩八十来斤了。别的女人蜜月后，是新娘。她黄瘦的脸和没有光泽的眼神，像遗孀。

亚光比她多读些书，当时也没有确切的答案，但在后来的日子里，她明白了，小江这样的男人，叫"同志"。

"同志"对异性冷漠，非他无情。

他们白天吃饭，饭桌上，小江目光只在菜盘上停留。女儿长大了，小江挣的钱也都拿回家花，但看她们就像看任何物体。小江在这个家，基本如同一个影子。几年后，棉纺厂被合资，小江单干，去南方做起了电子生意，一年四季，家里连影儿都没有了。慢慢地，亚丽像得了花痴，她看着电视，常常抱紧了自己……

打麻将解忧愁，亚丽就是那时候，有了赌博的瘾。男男女女，手碰手，脚抵脚，膝盖顶膝盖，烟火气，让亚丽不再孤单。还相遇了小裴，一个游手好闲的光棍，一张床，一口锅，穷得叮当响，亚丽不计较这些。一个真实的男人，胜过所有。亚丽就是从那时起，常常"在外边"了。

小江的影子生活固然可悲，但亚丽这样，破罐破摔，跟一个整日以赌为生的小混混在一起，也太糟蹋自己了，一点颜面都不要了。亚光第一次知道了亚丽的"在外边"，她气得眼珠都不动了，直奔亚丽面前，斥问她。

亚丽就吐出三个字："没办法。"

"没办法"——在"没办法"面前，谁都哑了声，没了话。生活中有多少"没办法"？一个"没办法"，搪过了所有。成万平和她一家两过是"没办法"；大姐不还钱也是"没办法"；二姐亚明结不成姻，同样叹没办法；亚丽有丈夫如同没丈夫，和小混混混，依然是没办法。生活中的"没办法"，替代了一切办法。

电脑已进入休眠状态，亚光打了个哈欠，关机睡觉，就是眼下的办法。

6

一近年底，单位显得很忙，无事忙。述职，填表，年年都在重复同一内容。亚光握着笔，其实把去年的日期改一下，这个枯燥的游戏，便可完毕。

有几个人肯定跟她一样，也是改了改日期，不然，不会交得那样快。这些人近期更关心的，是人事变动。听说书记要走，走一个，腾出一系列，如果旱地拔葱，就盘活了全局。那些开会喜欢拿笔戳表现的，都有晋位的可能。亚光看着他们匆忙的脚步、神秘的背影，有些幸灾乐祸。

他们教科所的《教育与研究》，钱副主编和孙副主编都在暗暗努力，钱编人长得不错，对领导拍马阿谀也恰到好处，但经济实力不行。孙编来得晚，资历浅，相貌也不占优势，但她家底厚，舍得砸钱。大家都觉得孙编更有胜出的可能。《教育与研究》看似个清淡的口儿，一年四季稿子发不完，只要职称评定不结束，他们就永远有生意，天天稿件的汇款像雪片……

钱副主编最近在打扮上，是越加投入，她一定是想在形象上，给自己增分。孙副主编也不示弱，但怎奈，她的披挂属于使反劲，那两截火腿肠一样的短腿，插在靴子里，实在不好看，露短暴怯。小李曾说，咱们教科所啊，全是当官儿的后代，你摸着脑袋数数，哪一个不是这家的儿媳，那家的弟媳，还有儿子闺女，捯不出三辈儿，都有来头。

不用捌三辈儿，两辈儿之内，都是亲戚。亚光知道钱编的公公曾当过教育厅巡视员，现在没势力了。孙编的婆婆的关系七拐八拐，也跟教育厅有关系。不说别人，就是孟亚光自己，没有二姐亚明，她当年一个县印刷厂的小校对工，能来到教科所？后来由于亚丽的事，二姐生她的气，看她也不是当官的料，就由着她了。亚光进编辑部二十来年，连党员都不是。二姐问过她此生的志向是什么。她说要著书立说，当女鲁迅。

同事小赵进来了，进来就出去了。小赵非常能干，她除了编辑部这点事，一直在外面兼职做书稿，教材啊，辅导啊，都是出自她的手。

通联小周进来了，进来拿了个什么东西也出去了，亚光猜测她准是去了书记屋。教科所里，书记和所长都当家，但平时，大家看得出书记的威力更大，更有权力。小周人乖，她一般的时候，是请示了书记，再去所长那儿汇报一遍，谁都不得罪。

旷大的办公室，就剩了孟亚光一个人。望着窗外，她胡思乱想。大姐借的钱，什么时候能还呢？还得寸进尺，旧债不还，又提新的。这些还都不是最愁的，现在亚光发愁的，是家蓓的高考。过了年，这个问题就直逼眼前。家蓓成绩不好，上那种拿钱就上的三本，纯属瞎耽误工夫，还浪费钱。周围的同事、朋友，差不多提起谁家的孩子，都是出国留学了。家蓓在国内上不去好大学，能不能也留学呢？这个问题，让亚光又一次想到了钱。留学可不是个小数目，一套房子钱吧。她这样想着，手机响，是家蓓的老师，让她中午来一趟。

"来一趟",亚光养家蓓长大的十八年里,被老师命令来一趟,已是家常便饭了。一接到老师的短信或电话,亚光就知道要"来一趟"了,家蓓又惹祸了。在家蓓小学的时候,亚光曾经用不再上学威胁她,而家蓓呢,她小小的年纪,也会反威胁,她说她要去找她的爸爸。

她哪有爸爸啊。听到家蓓这样说,亚光就没脾气了。她会抱起家蓓,说起别的话题,或者耐心教育她,听老师的话,别让老师总找家长。

家蓓是个天不怕地不怕的孩子。亚光发现了这一点。

这一次,她又犯了什么错误呢?亚光看了看时间,决定路上吃碗面,就去面见老师。在她站起身锁抽屉时,钱副主编回来了,看她低垂的眼皮儿、不开心的嘴角,亚光心里感叹,人生的不快,真是各有各的不同啊。

亚光熟门熟路,走廊上,已经站了三个家长,看穿戴,不是经理就是政府职员,都乖乖地站着,为了孩子,他们现在的身段都很低。一家一胎,真是把中国的父母给坑苦了,哪是养儿养女,分明是在供祖宗啊。有难同当,亚光的心里好受些。按顺序,她站在了第三个人的后面,然后看手机上的时间,一个一个地叫,一个一个地教育,轮到她这儿,得什么时候啊?

让她惊喜的是,第一个家长出来,到了他们这儿,一下,把他们都叫进去了。周老师还客气,让他们都坐。那个经理样的人不习惯坐在小椅子上,他半倚半坐在椅背上。另两个女人,都仔细地分辨椅子面,剐不剐她们优质的裤子、大衣,虚虚地将就着坐了。亚光是牛仔裤，她吹了一口，踏实地坐下。全体一致仰望周老师，等待教诲。

周老师先说高考这么紧了，不但学生们要紧，家长也不能放松，你得比你的孩子还紧。然后，他说了学校的难题，升学率，他们的工资、奖金。这时候，他才把目光转向了亚光，和另一个男人的脸，看完她看他，说你们，都不能大意了，这两天，孟家蓓正和王唯一，打得火热。

对面的男人看来是王唯一的家长了。

"你不学，也别拉别人的后腿，在这个节骨眼上。你——"他一指亚光，说我就直说了吧，你家孟家蓓，她放弃了，也拉得王唯一没心思复习，成绩飞流直下。"还有，"他又看了另一位家长，叫她家孩子的名字，亚光没记住，挺难记的一个名字，分不清是男孩女孩。他说那孩子本来学习挺好的，现在，也跟着孟家蓓一块儿疯，疯得要命。"昨晚，那几个疯丫头，半夜才回来。我真不明白了，现在的女孩子，怎么比男孩还淘，还疯，还难管！"

亚光的脸皮最热了，疯丫头带头的，准是她的家蓓。老师在班上多次点名，说她腥了一锅汤。一个小姑娘，总是像农民起义军首领。这些评价老师都给过。亚光低头不是抬头不是，她连羞臊都没有了，自己养的孩子，不错，她一直想把她培养成白天鹅，可是，这孩子……隐痛让亚光的表情有些怪异，周老师接下来说的各家管好各自的孩子，孟家蓓的高考不作指望，如果家长能领回去，不参加考试，学校将会非常感激她们，等等，她都听了个大概。最后，周老师还给她鞠了一躬。正是这一躬，让亚光清醒并下定决心了。

从老师办公室出来，亚光跛足一样向大门口走去，那是很长很长的一段路，重点中学，外国语学校，红顶，塑胶，这个漂亮豪华的中学，耗去了她多少银子？到头来，换得这样的结果。亚光并不富有，她投血汗钱，一切的一切，只是为了弥补女儿没见过父亲的歉意。可是，可是，灰心让亚光觉得自己的身体成了一片布，在飘，她走得很无力，没支撑，在出校门的一刹那，感觉后面有人，回头，一个弱单的身影，兀地蹲在花坛后面了。

家蓓的一藏，让亚光泪水终于涌出。

7

亚光坐进她的小QQ，她没有回家，而是顺着主干道，直接开上了高速。一个小时，就能回到父亲那儿了。亚光此时，突然强烈地想回去，看看母亲，看看那片墓地。一腔憋闷，老四亚丽指望不上，只有找田琳说了。看看母亲，看看田琳，是她多年来，遇到最难的事，想马上见到的两个人。

母亲已经不在了，她已长眠在墓园。父亲说，你妈的死，就是你和老四，一人一只手，把她推进棺材的。

那时，亚丽和鲁韦钊的事还没结束，母亲还不知道该怎么办，二姐亚明三天两头回来哭，父亲的办法也只是一扫帚。母亲说我演了一辈子的戏，到头来怎么我家的事比戏台还热闹？光顾着愁老四了，老三亚光，她的腰身也不对了，一个姑娘家，怎么就突然变圆了呢？母亲问她怎么回事。她就是一个活哑巴。还不如老四，老四好歹有个话儿，要跟她姐夫结婚。可这个老三呢？嘴硬得像铅封了，逼她，不说。打她，也不说。一个大嘴巴，疾风暴雨的家法，她就呈打死也不怕的姿态，蹲身抱住自己。精疲力竭的母亲，终于舞台上的青衣一样劈裂着嗓音喊了一声"天呢"，人就气倒了。

　　扶上床，母亲再也没起来。

　　亚光肚子里的孩子，就是后来的家蓓，她原来叫霍多多。

　　把车开进松柏园，阔大的墓地，像是为母亲一个人修建的。不是清明春节这样的祭日，平时几乎没什么人。亚光的到来，让那个看场闲逛的老头，畏畏葸葸，不敢靠前。平时的小县城，开车来的很少。

　　亚光空着手，她既没带冥纸，也没有鲜花，直着身子一步步，走到了母亲的墓碑前，坐下，什么也不说，没有眼泪，就是呆坐，空洞地望着远方。不远处，那个老头觑着眼，满是奇怪、不解地望着她。

　　水泥台阶很凉，后背很冷。阴间之地，真是有股飕飕的冷风啊。坐了有十几分钟，亚光受不了了，她站起来，搓着手，围着母亲又转了一会儿，直到太阳完全下山，她才对着母亲的墓碑，鞠三躬，开上她的QQ，进城了。

自始至终，她的怪异之行，都让那个看场子的老头没盘问一句话。

亚光觉得，虽然她什么也没说，但母亲，一定什么都听到了。

回县城的路上，她犹豫着，是先看父亲，还是先去找田琳。有了继母，父亲的那个家，就像别人的了。父亲没退休时，在教育科干了一辈子，副科长，亚光知道他一辈子都想当正科长，但壮志未酬。几个儿女中，他最看重的是亚明了，是这个二女儿，帮他实现了未酬的心愿。一个女儿家，当上了正处级的大干部，这在咱县城，就相当于县太爷啦。父亲曾经逢人就夸。如果二姐回来，他会高兴，而她和老四，父亲曾说，就当她俩这冤家都死了。

还是先给田琳打个电话吧。

田琳是亚光的邻居，又是同学。小时都喜欢过浪漫，少女时代用诗歌表达爱情。自从田琳的丈夫欺骗了她，离婚，田琳对生活的态度，就改变了，也改变了人生攻略。她说既然爱情是靠不住的，务虚吃亏，那就来点实际的吧。她的再婚是找了个有权的，能帮她女儿入好学校的。她自己，也从忙得臭死的中学，调到了政府机关。遗憾的是好景不长，那人很快倒霉，被反腐了。好在田琳自己的本事长了出来，她不再写小花小草，而是一支笔杆子征战办公室，现在，她已经是办公室的副主任了。田琳目前的任务，是有钱，多多的钱，她的女儿在外留学，前一段儿跟亚光通电话，她说她正跟一个煤炭商人谈恋爱，亚光明白，田琳的第三任老公，很可能就是这个商人了。

田琳接她电话，还是那么欣喜，就像她们少女时代一同相约去哪儿玩。亚光想，人家田琳，应该幸福，也应该幸运。你看人家，经历过多少挫折，也依然像上满发条的钟，按时打响，一丝不苟，什么时候都热情满满。田琳管亚光叫"三儿"，问三儿在哪儿呢？

"三儿"的称谓让亚光心头一热，又一酸，这样叫她的人，除了母亲，只有这个儿时的玩伴儿了。母亲已经不在，她现在成了"老三"。

亚光说我饿了，找你吃饭。

田琳惊问：你来河塘啦？

亚光说就在你单位门口。

田琳趴窗向楼下看，没有哇。亚光说先去我父亲那，回头找你。

田琳告诉她，直接去"都一处"吧，正好晚上同学聚，"刘卫东那小子，都当上局长啦。"

上次跟田琳见面，她好像说过刘卫东在保障局，这么快，就当上局长了？真是人不可貌相，当初说话结巴、被男同学当球踢的人，现在，都是局长了。保障局，不正是管工人退休的吗？亚光想，今天来着了，大姐还钱的日子，有望了。

见到父亲，他正跟继母吃饭。看亚光突然回，问她有事儿？亚光说没什么事儿，她也没说去了墓地。她如果那样说了，父亲一定会用鼻哼来表示他的愤怒：有那孝心，当初别气死她呀。亚光想，气死母亲的罪责，她和亚丽，是一辈子也脱不去了。

继母问她吃饭了吗？说着站起身要为她拿碗。她说不吃，一会去田琳那儿，跟她们吃。

父亲说田家那小琳子，看着疯张，可是挺有心眼儿，才几天，都当上管人的了。我去老干部科，问个事儿，那帮人看人下菜碟，根本不理我的碴儿。正好小琳子进来，没她，我那事儿办不成。

亚光接过继母递来的那杯水，看父亲眼里放出的光芒，跟说到二姐时一样。父亲是喜欢有"能耐"的人的，她和亚丽，都不行，父亲一直说白养了。亚光有些百感交集，嗓子发烫。恰在这时，电话响了，是田琳。她说大家都到齐了。

韩建设，刘卫东，吴彩霞，彭玲玲，亚光看着一张张年老发胖的脸，和男染黑女染黄的头发，同学会同学，就是搞破鞋。田琳的丈夫，就是同学会会出婚外情的，被田琳抓到，离。在座的，亚光隐约知道，韩建设喜欢吴彩霞；而刘卫东，一直心仪彭玲玲。她挨着田琳，田琳不愧是办公室的，非常称职，上上下下周到张罗，酒没过三杯，大家已经感到场子热了。

县城的一切都跟大城市接了轨，连行酒令、祝酒词，都无出其右。刘卫东喝到高兴处，还上来给亚光一个西式的拥抱，透露说他当初是多么多么喜欢她。他的表白换来彭玲玲猛烈的仰脖自干一杯。

亚光想，她可不是来吃饭的，她有事儿。她附田琳耳边，把大姐夫章士力退休的事，跟她说了。田琳大嗓门，直接嚷："这还不好说，咱们的大局长，就坐这儿呢。这点事儿，手拿把掐。"

她这是给刘卫东戴高帽儿，激将。

刘卫东一着急，说话又结巴了。但伴着手势，态度很铿锵，说一句顿一下。他的大意是说，亚光大姐夫的事，就是咱自家的事。但是，这个事也不是那么好办的，那么容易的。所以，你把他的情况，给我写一个材料，报给我，待我看一下，再定。

亚光不相信，眼前这个人，还是当初那个鼻涕永远擦不净，一说话一吸溜的小学同学吗？还是那个给全班同学当劳动委员，被班长韩建设一不高兴，就当马骑的刘卫东吗？现在，他坐主位，韩建设一直在给他满酒，一口一个卫东。他的官腔打得好熟练啊，先报个材料，看看再定。

田琳说有什么可报的？刘卫东你真拿自己当老大了，跟同学也来这套？缺钱你直说，这么点事儿还整什么材料哇，她姐夫姓章，叫什么了？哦，章士力，在咱们县建材厂干过，现在到年龄了，想退休，你给不给办吧？

刘卫东脸涨红，说田琳这就是你不对了，还政府办的人呢，凡事讲个程序，红口白牙的，这么一说，我跟下边怎么说？"咋也得有个东西吧？"

"噢，也对。"田琳懂了，她说只要你给个痛快话，材料，我帮整。

接下来的酒，田琳主打，就喝得越来越热烈了。一轮高过一轮，亚光知道，田琳现在，已经离不开酒了，工作应酬，要喝。自己不开心了，也喝。某人升职了，祝贺喝。自己不顺利了，浇愁喝。喜也喝忧也喝，眼前这酒，她是为亚光喝。一直叮嘱刘卫东："可别不当事儿。"亚光去卫生间的时候，田琳跟了出来，告诉她，刘卫东虽然是同学，但现在办事，都这样，明码标价。刘卫东能不那么黑，把事儿办了，就算够同学的意思了。田琳指导她说，烟，酒，打点的钱，怎么也得这个数。她伸出一只巴掌。亚光说要打个电话问问大姐，田琳就在一边等着。接通了，亚光说她的同学在保障局，不用两万块，但是，烟和酒，咋也得五千。那边大姐一听就高兴了，她会算，她说老三，这样咱不能省下一万五吗？你先给姐垫着，等完事，哪样大姐都少不了你的。

8

元旦的时候，亚明为儿子鲁博天，举行了婚礼。

按理，亚明跟鲁韦钊分手多年，儿子又一直由鲁韦钊养着，她当初因为没有争得儿子的抚养权，便连抚养费也不必拿。现在，鲁博天长大了，要举办婚礼，他父亲才有全权的操持权。可是，亚明像女皇一样，一直高高在上，颐指气使，不但儿子听她的，前夫鲁韦钊也恭敬从命。一切的一切，都因为鲁家败落了，亚明升起来了。她不但是娘家人的菩萨，她还是儿子的救星。

亚明的前婆婆，那位书记大人，刚过六十，退休那年就脑溢血去世了。公公，离休后也有很长一段时间的不适应，是夫人的去世，让他警醒，命是自己的，要想活，得马上站起来，打起精神。他开始天天锻炼身体了，出门也不再怕人笑话，谁没有退休的那一天？谁没有失去权势的那一刻？他想开了，怀念夫人，也勇于再娶，焕发了第二青春的他，几个月时间，就迎新老伴儿进门。

鲁韦钊的棉纺厂被合资，资本家不需要劳资科科长，更不养那么多的官儿。当工人他又没技术，家里还有个小女儿嗷嗷待哺。那几年的鲁韦钊，生活状态正应了亚明的预言："别看他有儿有女的臭美，有他罪受的！"鲁韦钊是受了点好罪，儿女娇妻就如一驾大车，拉得他筋疲力尽。博天名义上是归他养，但遇了事儿，都得找他妈。找工作再就业，及至现在的婚礼，没有一样不是亚明不伸手的。酒店按规定根本不允许挂这么多拉花、气球，防火那关就通不过，又是亚明找了消防的老朋友，酒店才打扮得这么漂亮。弱国无外交，亚明不但婚礼程序由她说了算，还下了命令：老一辈的后老伴儿、少一辈的后老伴儿，也就是博天的后奶奶、后妈，都不许出现在婚礼上，而她和鲁韦钊，不是夫妻，却仍以夫妻面目共同接待各方来宾。

条件屈辱，但鲁韦钊虎落平阳了，都一一答应。

婚礼的热闹是形式，而核心，是礼金勿要弄错。两本大红礼账单，事先说好了各记各的。但是，谁能保证一点不出错呢？来宾中，肯定有同名同姓的，也肯定有把钱给错主人的。

如果没入账不记名直接就进了谁的兜儿呢？甄别工作，是一项重点工程，婚礼的重中之重。亚明穿着猩红的羊绒毛裙，嘴上应酬着贺喜的来宾，耳朵却机警地听着账桌上的动静。

一个来宾果然把票子塞进了鲁韦钊弟弟的衣兜，亚明漂亮的大眼睛寒光一闪，一转身，就瞪向了家丁小常。事先，小常的重任就是负责监督那些把钱入错兜的人。现在，亚明一瞪他，他马上意识到有情况，几步钻进人流，把刚才那个人找出来，问清了单位和姓名，上账。

饭桌上，亚明也有严格、周密的计划。烟茶，酒水饮料，那都是花了银子的。女宾席一般不喝酒，也不抽烟，顶多喝喝饮料。亚明事先已有话，饮料喝了就喝了，雪碧可乐的，也值不了几个钱。而白酒和烟，那都是钱。席后，不能由着小服务员给收起来，让她们昧去。这个任务，她落实给了大姐和大姐夫。告诉她们一定把好关，给收好，拾回。回头退给专卖店，还能变现。

所以吃饭时，亚光挨着大姐，大姐一边吃，一边抬眼溜溜地看。大姐夫那么热爱喝酒，也没有闷头苦喝，而是隔一会儿，就抬眼望望，注意观察那些快吃完的，退席的桌。有了发现，他冲大姐一扬下巴，一摆头，大姐就会快速走过去，手脚麻利地把烟和酒收起来了。

家丁小吴负责男宾席的劝酒、陪酒。

亚光看得出，所有人都分工明确，而那些领了重任的，显然是荣幸的、自豪的，也是非常尽职的。老七亚男塞给了亚明一个厚厚的红包，从厚度看，至少有两万。这么大的礼，准是又有事儿求亚明。果然，吃到后来，亚光听到大嫂和二嫂说，亚男前几天开车，在商场门口轧了一个小男孩的脚。老七的媳妇黄巧巧说："我是眼睁睁看着那孩子把脚伸进去的——小崽子讨厌，拿脚伸着玩。"她说当时商场门口人多得像一锅粥，车根本开不起来，老七往里蹭着找停车位，那孩子就把脚伸进去了——"这下好了，那小娘儿们，当时就讹上了。"

"又上医院又拍片，都说没事儿。可是她还说不行。"弟媳控诉。

"现在一出事儿，就说他们是弱势群体，其实，他们才强势呢，一辈子，讹死你。"大嫂帮腔。

"都花两万了，还不行。说得管她孩子一辈子。这不嘛，起诉了，以为法院是她家开的呢。老七说了，有那钱花给外人，不如给咱自己家。他昨天都跟我二姐说了，二姐答应帮他找人。"黄巧巧愤愤道。

"对，这样花得值，你随她了，等你家孩子结婚时，她也少不了。还落个厚人情儿，老七会办事儿。"二嫂的话黄巧巧听着并不舒服。

亚光一直闷头吃，大嫂对她有感而发，大嫂说老三，你也本科研究生地念了不少书，好几个文凭了吧（全是亚光自考的），咋不向你二姐学习，在单位也弄个一官半职的，你看咱们家，遇了事儿全得靠你二姐。

二嫂接过话，她说老三那单位，熬巴个官儿，也比不了明明。人家是财政厅，预算处，那多有钱呢。财神的部门，当然腰杆硬了。

大嫂说你不熬官儿也行，可你天天写，天天看，眼睛都累成了那样（亚光戴着眼镜，高度近视），图啥呢？

"写一本书，能卖多钱？"二嫂问。

"再说了，现在谁还看呢？"弟媳黄巧巧的话终于让大家都笑了。

"这年头哇，什么都没用，就是当官儿好使。"老七亚男感慨。

他还说，这辈子，就这点造化了，到处受气。下辈子，他娘的，他想什么办法也得当官儿。当大官儿。"我他娘的，天天吃香喝辣，腐败，我腐败死他！"

老七的话让大家又是一阵哄笑。

亚光本想提一提她花出去的那笔烟酒钱，可是大姐一会儿去收酒，一会儿去收烟，总是不消停。趁大姐又拿回四盒软中华，亚光提示说这个烟，在这儿卖得比县城便宜，一盒差四十呢。八条，贵出一瓶酒钱。

大姐知道她的意思，用胳膊一拨拉她，说老三，放心，大姐黄不了你。正说着，大姐夫章士力又用下巴示意，大姐急忙忙跑向另一桌，那桌剩着整瓶的白酒，小服务员欲伸手，大姐眼疾手快，一把抄进了自己的怀里。

9

春天里，大姐亚杰的生意就不好做了，这使她心里愈加发毛。欠亚光的钱，虽然她没有再逼，但每次见面，亚杰还是脸热的。前一阵儿家蓓到她这儿来，她把那件毛衣献给孩子，搁小时候，大姨给买朵花，她都雀跃半天，而现在，眼光高了，看不起她织的毛衣了。那嘟着的嘴角、皱着的眉头，都表明她不高兴。倒是亚光，过意不去地一个劲儿说快谢谢大姨，谢谢大姨。

现在这孩子，咋都这样了呢？是蜜罐里把他们泡坏了。儿子栋梁，告诉她要再结婚的消息，对她来说如晴天霹雳。上次结婚拉下的饥荒，还没还完，人家老三心里不愿意呢，这么快，他又要结，这再结个婚，得多少钱呢？

亚杰一下一下用筷子搅着面条，清水上面漂着细碎的头发楂子，亚杰老了，那漂浮的一层，她根本看不见。"不干不净，吃了没病"，这是她的人生经。小理发店，僻居最穷的社区一隅，不到五平方米的偏厦子，冬天冷夏天热，顾客群体，多是农民工，理一个寸头，才两块。十几年前，亚杰开的是小卖店，被小偷光顾一次，就闭门了。现在，亚杰的小理发店，硬是靠这两块两块的攒，给儿子章栋梁，攒出了一套房子，一份工作。

一般的时候，中饭和晚饭，亚杰都在小店里对付，她现在是趁着没顾客，给自己下了一碗面。没有顾客的日子里，亚杰的心非常沉默，春天热，人们都不愿意进理发店。偶一来人，亚杰看他们的目光像看亲人。门帘一动，有个暗影，亚杰以为顾客从天而降，帘子掀开，是儿子，高大的章栋梁。

"上班时间，咋来这儿？"

"领导自己开车，我没事儿。"栋梁是给领导开车的。

栋梁乐得刚会开车的领导自己玩，他有自己的吉普，刚去女朋友那商量事儿，顺道在母亲这儿停一下。

"也一块儿吃点？"亚杰挑着面条，问儿子。

栋梁看到了面条上面落满头发楂子，他说妈我说你多少回了，刷个锅，也舍不得用水，那么多头发楂子，咋吃啊？

"不干不净，吃了没病。"亚杰说着，一扬头，从她的肩膀，头上，包括面部，又飘落下纷纷的碎头屑。一缕阳光，让那碎屑尘埃一样翻飞。栋梁嫌恶地后退了一步，皱着眉说：省，省，省能省下来几个钱呢？！头发楂子多，多费点水，洗洗，不行吗？

亚杰最恨嫌弃她小店的人，说她有头发楂子的人，"你有事说事没事滚犊子"，秃噜，一口面条吃下去。"嫌木匠有漆味，那能行吗？"

栋梁倒也干脆，他长话短说，说我去小于那儿了，路过，进来跟你说一声。小于说了，我们这回结婚。不办了，出去旅行。

"不办酒席？那省钱啊。"

"不过，我们也不想在国内走了，三亚丽江的没什么意思。这回，我们打算去欧洲，还没去过呢，出去看看。"

欧洲是哪儿啊？亚杰的世界里根本就没有欧洲这一概念。那亚洲欧洲的，都是电视上播音员嘴皮子里吐出的词儿，现在，从儿子，小老百姓，嘴里说出，她有点吓住了。亚杰又新奇，又恐惧，"那得多少钱呢？"

"也没多少钱。三四万吧。我算了，这样，也比办酒席省。现在的酒店哪一家不得千八百的，百十桌，加上酒水，十万打不住。这样一比，还是出去省。"

亚杰一口面条已经送进嘴里了，此时，突然像草棍，咽得艰难。她说儿子呀，你结婚，妈当然高兴。可这钱呢，眼下吧，妈有困难。这不嘛，借你三姨的钱，还没还。你爸的退休呢，也没办下来。等你爸那退休钱下来了，你三姨的钱我晚还，先拿给你，由着你办，行吧？

栋梁的眼睛一下立了起来，又圆又小的豆粒眼睛，立起来，也挺吓人的。他说："我爸那钱不下来，我就结不成婚了呗？"

栋梁一米八的大个子，站在小屋内，像一尊铁塔。他遮住了阳光，也让端着面条看他的亚杰仰得脖子发酸。

"你就不能坐下说？来这总像且（客）似的。"亚杰想和他慢慢商量。

栋梁瞅了瞅靠墙的塑料椅，上面都是头发楂子。一把剃头的转椅，黑皮面上也是头发。他抱着膀，哼哼着说，不坐了，妈你给个话，结不起我不结。

说完，人已经移向门口了。

"不怪你三姨说你像大少爷，摆谱！"亚杰生气了，顾客还没嫌她呢，而自己的儿子，来了这从来不坐，总是嫌这嫌那，每次来都是站着说，说完就走。老三说他们母子不是一个阶级的，还真让她说着了，就是黑爪子挣钱白爪子花！

一回头，一个农民工模样的人走了进来，好不容易有了个顾客，亚杰的眼神和表情一下转得急，由忧愤，变得热情、亲切，甚至，有几分巴结。这样的交替，她儿子都看不下去了，他烦母亲这样，烦她挣钱不要命，更烦她把顾客当大爷。皱着眉说了句我走了，掀帘脱身。

淡季里难得来一顾客，亚杰让他坐，先歇歇，问他要不要喝杯水？

那人坐下来，说行。

亚杰就给他接了一杯温吞水。平时，亚杰舍不得耗电把水完全烧开。

待那人把一杯水喝光，才说："大姐，有头发某（没）？"

亚杰的脾气一下子就不好了，她用手向外扇：走走走。

有人借收头发偷东西，她上了好几次当。

生意没成，还搭了一杯水。亚杰赌气地再坐下来，狠狠戳着那碗带头发楂子的面条，凉了，还有点坨，她拿壶往里加了点温吞水，头发楂子又漂起来了——这回她看清了，确实有一层，不怪儿子说。亚杰用筷子篦住，往池子里倒水，头发楂儿随水流漂走了不少。再试一次，又篦出去一些，但终究篦不干净。亚杰看着黑是黑白是白，突然没了胃口。

呆望着窗外，发起愁。儿子又要结婚，还去欧洲，现在的年轻人，真是不得了，你不知道他想出个什么道儿，就让你蒙半天。新交的这个女朋友，小于，她还没见过。栋梁说小于有车有房，父亲是做买卖的，家里非常有钱。所差的是结过一回婚了，有一小孩。

亚杰看出来了，现在的年轻人呢，结婚行，当玩儿了，但过日子，是谁也不将就谁的，有一点不合适，吃亏了，说散就散，根本不顾及老人为他们花了多少钱。哪像他们这辈子的人啊，把婚姻，当了日子，一过就是一辈子。

门帘处又有光影一闪，亚杰以为又有顾客了，赶紧去掀帘子。结果是亚光和家蓓。

10

亚光是从家蓓的学校回来的，要高考了，老师劝她们弃考。家蓓的成绩实在太糟糕了，除了英语，语文、数学都不及格。老师告诉她，家蓓喜欢的那个男生，成绩也受到了牵连，从全班的正数，变成现在的倒数。老师给她们指出了很多路，有些成绩不好的同学，男生去当兵了，女生去职校。当兵是一条路，读职业学校也是一条路，还有出国留学。去国外读大学，就是花点钱，那儿的教育，跟咱们不一样。很多在国内读书不行的孩子，去了外头，倒好了。

小周老师的目光，和嘴角两边的白沫，让亚光终于有了勇气，她瞬间就不再焦灼了，而是轻松、解脱。此前，她还想让家蓓熬到毕业，现在，她突然想，如果早晚是这样，何不早些呢？她向老师点了点头，说行，我把家蓓领走，不考了，不影响人家那孩子了，也不影响你们的总成绩。

小周老师说不是那个意思，他没想到亚光答应得这么痛快，他倒有些慌乱了，两只手一下一下搓起来，不知该怎么安慰这个看似平静实则灰心的母亲。

亚光拍了下家蓓，让她去收拾书包。亚光说，今天我们先走，周末，再来拿行李。

小周老师急说行，行，什么时候拿都行。毕业证呢，肯定没问题。

亚光说谢谢周老师，就牵上孩子的手，走了。

一路上家蓓小心地看妈妈的脸，她觉得平静之下也许有雷霆之怒。可是妈妈一直很平静，还拉着她吃了肯德基，然后，开车来到大姨这儿。

大姨这儿哪儿都好，就是头发楂子太多，埋汰。家蓓进了门，像每次那样，大姨要求贴个脸儿，这一亲昵动作，是她小时候就养成的，大姨对她，比母亲待她还亲。大姨人穷，但脾气好。家蓓总觉得大姨和大姨父倒像她的父母，而妈妈，像一个客气的姨。

贴一下脸儿，家蓓觉得有头发扎，她对着镜子，往下捋撸头发。

"这小多多，越大越像你妈，事儿多。"大姨嗔怪。

家蓓做个鬼脸，吹了吹塑料椅子上的头发楂儿，坐下来，专心致志翻她的画报了。上面的每一款发型，都是她喜欢的。但她知道，大姨做不出任何一种。妈妈都说了，你大姨剃个板寸还行，让她烫头，那是把头发交给她糟蹋呢。

亚杰问她吃没吃饭，亚光说吃了。又反问大姐吃了吗？亚杰说吃了。她知道，如果把那碗有头发楂儿的面条再端出来，让亚光看见，肯定比儿子批评得更严厉。

不晌不夜，也没打电话，就来了，有什么事儿呢？"多多不是上学吗？怎么出来了？今天也不是礼拜天。"

"大姨，别叫我多多了，我现在叫家蓓，孟家蓓。"家蓓在一旁订正。

"这孩子，我说她越大事儿越多，我就叫你小名儿。"

"小名儿也是家蓓，我不叫多多啦。"

亚光心怪大姐怎么那么粗心呢，这孩子都大了，多多、多多的，如果她明白了当初的含义，会多伤心呢。亚光岔开话，说："家蓓不念了，不参加高考了。"

"咋？不上大学了？现在的大学不是挺容易上的吗？"连亚杰都知道现在的大学拿钱就上，考多少分都有学上，容易。

家蓓快速地翻完了画报，一扔，说你们聊吧，我出去玩儿啦。

亚光感到这孩子心里长草，有事儿。

"是，三本学校都招不来生，拿钱就收。可我不想花这个冤枉钱了，听说一学期都没几节课，钱白花，孩子也耽误了。"

"那，咋办？去哪儿？"亚杰迷惑了。

"我想让她留学，出国。"

"老三，这你可要想好了，出国，那可不是一个钱儿俩钱儿的事儿。刚才我家那要账的，说去欧洲，走一趟就得三四万。多多要去那儿念书，我的妈呀，一个房子钱也打不住吧？"

"是呀，我想把房子抵押了，供她读书。说不定像老师说的那样，出去了，倒好了呢。"

亚杰叹了口气，不再接话了。人家房子都抵押了，也缺钱哪。欠的三万块，还有办退休那五千，都没给人家呢。看来今天，是催账来了。

亚光说大姐，老家那边，田琳给盯着呢。我姐夫的事儿，她说一有消息，马上就来电话。

"是啊，都这么长时间了，也不知啥时候能办下来。"

"家蓓出去念书呢，钱是分批的，也不用一下汇完。我想了，现在的钱贬值这么厉害，房子买不成，供她出去读书也划算。"

"还是你有钱呢。"亚杰再次叹了口气，"老三，你缺钱，我也知道。可是刚才，栋栋还跟我说，要结婚呢。这回，不办了，说要出去，什么欧洲，得三四万块。我知道一说了这个你准不赞成，可是，刚才我说拿不出钱，他生气走了。"

亚光一下笑了，冷笑，接话接得极快，她说赞成，怎么能不赞成呢，我举双手赞成。他出去玩，长见识，好事儿啊。可是，他不该再跟你要，他都工作几年了，出国，游玩，再结婚，由他自己想辙啊。他有本事，别说欧洲，就是美洲、非洲，七大洲都走遍了，我都赞成！绝对赞成！

"老三你别说我，你对家蓓，不也这样吗？抵押了房子让她留学，不比我花得多？哪个当妈的不这样儿，当妈的就是贱！"

"家蓓跟栋栋一样吗？"亚光问完这句，满胸膛一下变成了黑洞，一个巨大的，无底洞，黑了，暗了，空了……

11

回到家，亚光开始干活。她一边干活，一边想起一个老女人，没有丈夫，没有孩子，她每天晚上，用一把铜钱，撒到地上，再摸着黑，一个一个拾起来，再撒，再拾。把自己累疲倦了，才能熬过她一个又一个漫长的夜晚。那个可怜的老女人，用铜钱，而亚光，用劳动。年轻时没觉得，近几年她才猛然发现，狠狠干一通活儿，不停地做家务，把所有活儿都干了，干得地上没有一根毛发，屋子干净得没有一丝尘埃，这，是一种不错的睡眠方法。她记得有一次跟成万平生气了，伤心了，她就戴着两只塑胶手套，把房间的每一个角落，包括床下的灰，柜子的后背，都擦拭得干干净净——从夜晚一直干到天明。

家蓓小心地观察她，看妈妈干活儿，她也跟着忙，边忙边找话，问妈妈，真让她出去留学啊，房子抵押了妈妈你住哪儿啊？妈妈我不想出去，我考不上好大学，我可以工作。

"你能干什么呢？"

"干啥都行。挣钱就行。"

家蓓用眼睛瞄着桌上的手机，叮一的声，有短信进来，她拿起翻看，说这破广告，总骚扰。

亚光说你没文凭，哪个工作要你啊？

家蓓反问没文凭就不能工作了？那些农村来的孩子，不也都是初中毕业？连高中文凭还没有呢，照样儿干活吃饭。

"她们端盘子，洗碗，你能？"

"能——啊。"后面的"啊"拉得很长。

"你是这么想，等你真干上了，用不了三天，你就得回来。再说了，你小时候跟妈妈没少吃苦，妈妈没给你幸福的生活，现在，想让你好点。"

"对我好就是把钱都花给我？"

"是也不是，小时候，妈妈挣钱少，连把香蕉都舍不得买给你吃。"亚光一说这个，心里还发酸。

家蓓沉了沉，问："那你告诉我，我爸爸是怎么回事，他在哪儿呀？"

"你总说等我长大了再告诉我，现在我还不算长大吗？"

亚光正墩着地的手，停下了。手中，不再是一柄墩布，仿佛千斤重的铁锤，她拖不起来。这孩子，怎么又问起这个了呢？小时候，她也问过，但问得嗫嚅；现在，她大了，问得理直气壮。

"妈妈，跟你说了吧，我学习成绩不好，就因为这个。我每天，脑袋里都胡思乱想，我不知道，我爸爸为什么从来就不想见见我？"

亚光拄着墩布柄，哑张着口，那个人，在监狱，她能告诉女儿，那人是强奸犯？坐了监，他什么时候出来，现在是不是死了，她都不知道。家蓓小时候，她说过她爸爸是当兵的，在边疆，很远，回不来。也不能一辈子都回不来呀。现在，她什么也编不出来了，家蓓大了，她就是个张口结舌。母亲没死时，她还捍卫，还想让肚子里的孩子有个结局。母亲生生被她气死了，那个夜晚欺骗了她的男人，也暴露在光天化日。她离开了老家，再对人说，不是说离婚的，就说孩子父亲早死，要么，当兵去了。当兵这个神话，主要是编给女儿听，让她有个念想，她那么小，告诉她父亲早死了，这个她不忍。现在，她感到左右为难——嘭嘭嘭，有人敲门。家蓓走过去趴门镜，"是成伯伯。"

没打电话就来了，亚光快速调整情绪，走过去开门。

成万平说中午学校有活动，头晕就来这了。

"喝酒了？"

"学校搞活动，接待一个毛头小伙子，谱儿倒摆挺大。"

家蓓抓过手机，一看家里来人，她就解放了。她说成伯伯你跟我妈聊，我有事儿出去一下。不等亚光问她去哪里，她噔噔噔冲下楼了。

亚光跑到窗前一看，果然有个男同学在等她，瘦瘦高高，见了家蓓，两人一个搭着一个的肩，一个护着一个的背，扭起来的脚步轻快而有弹性。这个男生，应该就是周老师说的那个王唯一吧。

"家蓓怎么没上学？"

"老师说她高考拖别人后腿，我不想让她念了。"

"也出国？"

"正这么想。"

"唉，比我富哎。"

"冷嘲热讽！不富怎么办？看着她小小的年纪上社会混？文凭都没有，咋混？"

成万平一只胳膊伸上来，说别火儿，别火儿，我没有讽刺你，我是赞扬你。看看我周围，老师家的，校长家的，问到谁头上，孩子差不多都送出去了。出去是一条路，我是没本事，没钱，我有钱，也送成吉思出去。

一提到他的儿子，亚光就黯然了。成吉思跟家蓓同岁，家蓓是学习不好，成吉思是生活不好。十八岁了，基本自理能力都没有，倒不是身体有障碍，就是从小没了母亲，他姨，他姥姥，都拿这孩子当嫩丫儿养，七八岁时，说哭就哭。十来岁后，不让他爸爸找女人，家里不能进外人。十五六岁，姨和姥姥也不能离开身边了，他上学放学，都要人接送。十七八了，还不敢独自睡觉，他爸爸一个晚上都不能缺席。这，也是孟亚光跟成万平，一家两过的原因。

那是一个没病给惯出病的孩子。

成万平换了拖鞋，洗漱干净躺下来，说别忙活了，一起休息一会儿。

亚光把墩布洗净挂起来，洗了手也躺下。

她真是太累了，有成万平在，放松身心躺一会儿，是她目前最幸福的生活。她不明白，自己的日子，没有男人的日子，怎么那么精神啊，脑子里像点了无数盏灯，全身的神经也都亮着，掉根针都听得见。有成万平在，这个世界一下就混沌了，踏实了，她也像一盏大瓦数的灯，点了太久，终于可以熄了。

亚光问他谁来啦？

成万平说了一个年轻名人的名字，来高校，和学生们互动，交流。"昨晚就来了，又是吃饭又是唱歌儿，然后又喝咖啡，折腾到快一点。现在这世道啊，文化不文化，娱乐不娱乐。"

"你们折腾到那么晚，你前丈母娘前姨姐没有训斥你吗？"

成万平说你这个女人呀，就爱吃醋。这要是在古代，家里有几个姐姐妹妹的，还不把你气死，哼。

亚光说气啥，我也给你找几个哥哥弟弟，大家一块儿乐。

成万平笑了，说你就是嘴上功夫，一说下流话，可唠不短你了。

"哎，对了，腰带你买了吗？"亚光问。

前几天她腰带孔眼豁了，成万平说给她换一条。

"哎呀，我忘了。"

"不买拉倒，不买更好，不买，就喻示着城门——"不等她说完，成万平俯上身来脸逼脸，鼻尖对鼻尖："喻示什么？你这个只会嘴上撩骚儿的女人。"

亚光边推他边笑，说："那不明摆着嘛，腰带相当于一个人的城池，一个女人腰带都没了，那当然喻示着，哦不，象征着，象征——"

"比完城门又比城池"——成万平宽衣解带，打算用金风玉露一相逢来破解，亚光两只手和他扭作一团，因为笑泄掉了力气，但她依然死死相抵，力气堪比大力冯妇，成万平都扭得费力了，扭得成万平终于气喘吁吁，觉得累了，索然，放开了她的手。

这是一个心理有疾的女人。多年来，喜爱他的身体，依恋他的臂膀，愿意躺在他身边，安眠。但是，真的火热，那不是她需要的，嘴上的浪话却说得欢。

——累了的成万平，用书盖着脸睡着了。亚光倒不困了，她躺着，看天棚，成万平心里想什么，她都知道。自己是怎么回事，她也清楚。脑海中，黑白老电影一样过起了她们四姐妹的生活……

大姐最苦，可她的婚姻最牢固。幼时听父母的，结婚听婆婆的，同时也得听丈夫的，儿子长大，又听儿子的，三纲五常，在她身上又多落实了一纲。

大姐和二姐同一父母所生，同一环境成长，但精神伦理观，却是那样不同。大姐就像旧社会的女人，甘愿受婆婆的气，甚至小叔小姑的，如果娘家人指出这些，那比批评她自身更让她愤怒，她能瞪起眼睛来争辩，眼珠都气红了。而二姐，在这些问题上一直是看笑话的，随声附和的，还添枝加叶凑材料，供大家耻笑。大姐的一生对于章家就如同一老妈子，但她心甘，无悔，也无怨。而二姐，当初惹恼了婆婆，如果在婆婆的威势下，她能稍稍低头，略微受气，日子，还是有的过的。但她，泼脏水不惜倒掉孩子，宁愿玉碎不在乎瓦全。

其实亚明没有再婚也怨她自己，她都那么富有了，财政厅的女处长，可是每每有人给她介绍，见面，她往往一顿饭就能把男人吓跑。跑掉的男人，都嘀咕：这处级干部也不过如此，官儿多大，只要她是女人，就愿意花男人的钱！财政厅的手面大，养不起。

最近，亚明常给亚光打电话，探讨信仰问题。她本来是个胳膊折在袖子里的人物，家丑不愿说。可是博天的婚礼才举行半年，两人都上过四次民政局了，要离婚。她跟亚光叹息：难道这婚运，也遗传？

亚光安慰她，不会，大姐跟大姐夫那么瓷实呢，她儿子不是照样离婚？你说他是随谁？是这个时代出了毛病，一个孩子，生态圈儿，破坏了。

这时候，亚明就追根溯源，又恨上亚丽了。她说当初，我连个耳光子都没舍得撂给她，可她害了我一生。"不是看咱妈，我早一剪子镲死她了。"

这就是亚明的狠毒和自私了，亚丽过得好吗？因为鲁韦钊那禽兽，她的一生都毁了，孀不孀寡不寡，比亚明又好到哪里？

四姐妹，除了大姐，看似固若金汤，可她过着牛马不如的生活。另三个，没有一个婚姻完满的。听着成万平的呼噜声，亚光往他身边靠了靠，家蓓的父亲之谜，没有跟任何人提起，包括闺蜜田琳。那时，她还是一个小印刷厂的校对工，下夜班，被侵害，什么都不懂，直到，孩子成了形，直到，有了胎动，成了婴儿……母亲逼问她，不是想气死母亲，实在是，那时，她还抱有幻想，那个人，她认识，是厂里的，白天还帮助她。那一场不幸，磐石一样压了她好多年，直到看了作家史铁生的书，里面说，这世界上，有很多事儿，它好没影儿的，就让你摊上了，比如疾病，倒霉……是没有道理的，你摊上了，就摊上了。

——摊上了，这个"摊上"，让她此生唯一警惕的，就是对女儿的保护，保护她的青春，保护她的健康，保护她初恋的美好——成绩不好算什么，上不了名牌大学又有多少紧要，只要她的一生，没有心里堵着块石，其他，都可忽略不计。

12

早晨，亚光在电梯里遇到了一老太太。电梯正在下降，突然停了，一秒钟后，又上升，升了两层，又重新开始降——男女老少，脸皆吓白。好在，电梯上升和下落都不算快，有险情没伤亡。落到一层时，老太太说，不能就这么拉倒，我们缴了那么高的物业费！

其他几个也应和，历数哪天哪天，电梯的门打不开，哪天哪天，电梯摁键又不好使了。连没乘电梯的人也加入进来，批评电梯的质量，担心哪天咕咚一下落到底儿。老太太的指责头头是道，她指出，电梯里面应该安上扶杆、把手，一旦像刚才那样，大家的腰和老骨头都能保住……亚光钦佩老太太的见识，专业，她好奇地问大妈是做什么的呀，老太太告诉她退休了，部队家属。再一聊，老太太的女儿，竟是亚光上级单位的，这就亲近了几分。待别人散去，她们还边走边聊。临分手，老太太告诉她，自己是教徒，有信仰的人。并约亚光周末一道去教堂，听《圣经》。

亚光说这段儿忙，待忙完，一定去。

七月真是个让人上火的季节，刘卫东那里，迟迟没有消息，几次问田琳，田琳也正焦头烂额，她与第三任丈夫闹危机了，当初说好她女儿在外读书的费用，由他来管，现在，嫌多了，撑不住了，她俩正每天讨论分手。

亚光坐在办公室，又给刘卫东打电话，前几次还说"快了快了"，后来是"行了行了"，再后来，不耐烦地说给你办就行呗，天天催啥！

她现在最怕接的，是大姐的电话了，债权人和债务人的关系，她和大姐好像掉了个个儿，亚光像欠债的，亚杰是讨债人，怕大姐催，她把大姐的号儿设置了个"暂时不在服务区"，此时，拨通刘卫东，那边传来的也是"暂时不在服务区"。

办公室通知下午两点开会，又开会。她中午回家，家蓓正在看电视，见亚光回了，赶紧拿起雅思教材。此前，她曾告诉妈妈，王唯一故意考砸了，也在复习英语，他打算跟她一起留学。

这个消息让亚光呆怔了半天，她是砸锅卖铁供女儿留学的，补赎她没有父亲的歉疚。而女儿，没有这个男同学做伴，她是不愿意去的。即使到了那里，指不定哪天，她也得回来。看来，光有钱的支撑是不够的，她缺的是父爱。

下午的会，原来是宣布的会，喜庆的会。书记高升了，到教育厅机关，一棋动，全盘活，那些内心努力的，都没白忙，都有了被考察的资格。一被考察，就是不二人选了。钱副主编落败，孙副主编胜出。

那个美丽的女处长还是坐在中间，这次，她穿了件白纱，还是那么高贵，那么典雅，两只小手依然捧着脑袋，高傲的埋着头，不动声色。极精致的淡妆，处处细节都有讲究。亚光阴暗地想，天天描眉画眼，染发做发，开会，坐主席台，出席这个参加那个，也不嫌烦？演员天天化妆，粉底油彩都把脸皮催老了，她们这样没完没了，就没够？就是天天吃饺子，也没意思啊。

名单宣布完了，领导讲话完了，依次，各官儿都表态完了，最后，又是女处长"作总结讲话"。她拿起事先已打印好的讲话稿，清了清嗓，开始念起来——谁念都枯燥，谁念都费唾液，亚光有些悲悯地看着她，也不容易啊，替别人念稿，空洞无味，难为她了。亚光开始东张西望，那个接近退休的老男人，还是那么舒展，那么放肆——俩腿叉着，后背仰挺，怎么舒服怎么坐；钱副主编呢，一直低头摆弄手机，后来，她好像突然清醒过来，不能这样，不能让别人看笑话，喜怒不形于色，这才是当官的潜质。这样想着，她真的换上一张笑脸，像那些被考察者一样，喜气洋洋的。领导讲话，她积极拍巴掌；领导宣布名单，她热烈祝贺。一张张表情生动的脸，看着都挺高兴，可是内心，又有多少人在切齿？这个叫单位的地方，有点像日久的婚姻，不，它比婚姻更可怕，婚姻里彼此厌恶了，过够了，还能散，而它，要一辈子维持！从这一点看，它比婚姻更残酷。同事之间，上下级之间，一年又一年，相互的了解比夫妻更深，每个人什么德行，几斤几两，谁都骗不过谁。糟糕透顶的婚姻有分崩离析的那一天，而单位，差不多搭上了每个人的一辈子。恶霸领导，宵小同事，耗到对方退休了，你的一生，好时光，也就差不多了——单位是个比婚姻更令人绝望的地方。

13

第一季，家蓓的雅思考试竟得了出乎意料的分数，高达七分。这孩子，如果有兴趣，成绩是不差的。亚光给大姐打电话，告诉她家蓓的成绩，言下之意，还是催她还钱。

大姐那边另起头儿，问她退休的事办得怎么样了，都大半年了，行不行，得给个准话儿呀。

亚光说我比你还急，那五千，还是我垫的呢。

大姐就柔道一样说我知道你急，等下来了，大姐一分不少，都还你。

亚光心里发虚，她担心，如果办不下来，那五千的损失，算谁的呢？她能去找田琳要吗？

亚光把电话又打给了刘卫东，那边依然是“暂时不在服务区，请稍后再拨”。她再打通田琳，还没等说话，田琳的哭腔传来，她说她女儿回国了，学费断了，一百万都出头了，书还没念完，呜呜呜——“那可是一百万啊！”

亚光握电话的手，惊出一手心的冷汗。

14

周六早晨，亚光正愁家蓓的事儿，哐哐哐，那个老太太来敲门，她请亚光去听《圣经》，亚光没有丝毫犹豫，就答应了。她现在的脑子、心情都想找一处清净之地，安一安，放一放。

家蓓乐得妈妈出去，她一走，家蓓立即鸟儿一样，自由快乐地飞了。

在老太太的指引下，亚光开着她的小 QQ，七拐八拐，穿过几个老旧小区，在一处僻静的岔道上，看见歪脖树上挂着一个小木牌，上面用红漆刷了一个大大的红十字——这一场景跟亚光心目中的教堂可真是相差太远了，一个披着白布单子的人来帮她指挥停车——狭窄脏乱的小区连自行车都没地方放，叠堆在一起，总算停靠了，亚光以为他是隔壁理发店的，这么热心帮忙，心下感激。等进了教堂屋，才明白，这个披白布单的人，是唱诗班的。他们身上穿的是圣袍。

很热，没有空调，百十号人，一个挨一个坐在连体的塑料椅上，有小孩钻来钻去玩。有人给她倒水，有人叫她姊妹，前面讲经的女士，老太太介绍说是一个什么大学的老师，每周义务来给大家讲经。

女士先念了一段《圣经》，释义礼拜天的由来，她每念完每一句，大家就说"阿门"。亚光不明白"阿门"的意思，是相当于佛教里的那个"阿弥陀佛"吗？这时候，女士离开经本，再讲的就通俗易懂了。

休息时间，亚光想去个厕所，有几个人拦住她，有向她推销《圣经》的，有让她打一针维生素 D 的，说补钙，一针才一块钱。还有一个人抱了个空壳箱，上面写着"自愿捐款"，举在她面前——她不情愿又不好意思的，放了一块钱，借着上厕所，开上她的小 QQ 就溜了。

15

成万平来电话，他的儿子去外地上大学了，由他姥姥陪着。成万平也请了假，要去那边住一段时间，"否则儿子不适应"。走前，来跟亚光告别。

两人都不伤感，都认了命。说起各自的孩子，成万平还开起了玩笑，说他家是皇姓，成吉思汗的后代，儿子现在看着弱点，将来，错不了，成吉思汗呢，蒙古王，真正一代天骄。

亚光嗤嗤笑了，说要是那样攀，我就是孟母了。

成万平说嗯，你厉害，伟大的孟子母亲，三迁都迁到国外去了，全地球，都由着你迁。

吃饭时，亚光告诉他，《剑桥艺术史》还没看完，得等一段时间。成万平说送给你了，不用还。女人爱看书，不是坏事儿。

亚光又说昨天看到一句话，深有同感。那句话说，一个人的富足，光有金钱是不够的，要看她的心灵能容纳下多少与己无关的东西。

成万平笑了，他嬉笑着说，若按这个标准，那些三闲婆子最富有了，她们天天东家长西家短，专操心与己无关的事。

亚光说这是你的狭隘，怎么跟她们无关呢？最有关了，恨人有笑人无，她们天天都在比这个。我指的是另外一些人，鲁迅说的脊梁什么的。

成万平再一次笑了，他笑的目光是怜爱又友善的，他在心里疼爱这个总跟他谈精神的女人。但嘴上说，我认为金钱的富足就是硬富足，真富足，兜里有钱，老夫也做做孟子他爹，把儿子迁到国外。老汉我也出去转转。

……

他们已经好久没这样拌嘴了，物质和精神，永远不能两全。但物质有限，精神无穷，有成万平的东聊西说，虽然都是反着来，但孟亚光觉得她的生活无比快乐，精神天空辽远。和成万平在一起，是不是就是古人所谓的"书中自有黄金屋呢"？——"富家不用买良田，书中自有千钟粟；安居不用架高楼，书中自有黄金屋；出门莫恨无人随，书中车马多如簇；娶妻莫恨无良媒，书中自有颜如玉"……心中有，便什么都有……

16

深冬了，亚光站在卧室的窗前给大姐打电话，室内信号不好，她对着窗外，待手机格儿满了，才拨。那边通了，大姐说，唔，老三。

亚光告诉她，大姐夫办退休那事，砸了。刘卫东已经不是局长了，上面正审查。大姐一声不吭。亚光说那钱，我不要了。算倒霉。大姐才又唔了一声。

亚光又说，但是，那三万，你给栋栋结婚借的，要还。他欧洲也去了，旅行也旅了，他手头，肯定有钱。你就跟他倒一倒吧，我需要。家蓓这次没走成，还要去北京，补习一段儿。

大姐说老三呢，儿孙自有儿孙福，家蓓又是个姑娘，你花那么多钱送她出去干什么呢？有那钱，陪送她出嫁，打着扑噜地用，都用不完。不像我，养了个儿子，又管房又管娶的，没招儿啊，不管不行啊。还有你姐夫，退休办不下来，我们还要倒交钱。我这辈子，算是欠他们的了，天天舍不得吃舍不得喝，口逻肚攒，前面还是一个接一个的窟窿等着——亚光把手机放到了阳台上，她已经厌倦了大姐的哭穷，不想听了。她站在窗前，窗外冬日的浮云，清冽又干净。不老的苍天和衰弱的人间啊，所以，上帝才要有光，有水，有空气……

突然，她发现楼下那个脚步轻快的女孩，不是女儿家蓓吗？她和那个瘦高的男孩，一个搭着一个的肩，一个护着一个的背，年轻的背影健康、美好——

看交响乐的女人

　　人民大会堂。马丽直直地仰望着，舞台上那个背对着她的小个子指挥，两只胳膊一夹一夹，同时用力一蹲。马丽实在领略不出交响乐的妙处，虽然来时的路上，老房告诉她，票价六百，舞台上的那个指挥，也是重金请来，有国际外交的面子。"这场交响乐的门票，不是谁拿钱都可以买得到的。"老房郑重地说。

　　马丽动了一下，这种直直的身姿，真的是很累。在她的正前方，还有一面一米见方的柱子，遮挡了马丽的视线。马丽只能左右地引颈着。

　　刚刚春天，这么高穹顶的大会堂里，还是让人感到了燠热。马丽同时感到她的右脸，有老房目光的烘烤，更热。老房在对她的一举手一投足，进行考察，她知道。

"你怎么不看台上？"马丽放下脖子，问老房。老房是部队的师级干部，丧了妻。今天晚上，他和马丽是第二次见面。总看我，不白瞎了门票，我脸上也没长花。马丽的内心分明是不满。

"我喜欢多看看你，台上听听就行了。"师级干部是南方人，他的帽檐儿压得比平日低，脸黑头小，这使他的脑袋看起来像一罐儿广东小菜儿。"音乐会带个耳朵就够了，用不着看。"房师长说。今天他穿的是便服，便服的他没有马丽第一次见着装的师长威仪。穿便服，压帽檐儿，拿自己当地下党呢？马丽又仰起了脖子。

舞台上，指挥变化了一个姿势，两只胳膊的用力改成一只手的轻扬了，乐队前，多了一位拉小提琴的男士。小提琴马丽同样不懂，但是她能听出好听，是那首耳熟能详的《梁祝》，让马丽眼睛一亮的，是拉琴这个人，三七开式的自然卷发，黑白相间得体的礼服，适中的个子，不胖不瘦的身材，特别是男子拿弓的无名指上，戴着一枚亮晶晶的白金戒。白金戒本不稀奇，满天下的男女，只要有俩钱儿，谁都可以戴。可是出现在这只手上，这只拉琴的手上，真是神奇啊。指甲干净，手指匀称，配合着那张抵琴的脸，好美！美不胜收！这是谁家的儿子呢？哪个女人的丈夫？怎样有福的孩子的父亲？马丽的迷醉里，带着几分艳羡的心酸。

马丽的儿子也有这么高了，也有这么端正的五官，可是儿子跟他爸一样，才过十八岁，就过起他吃喝嫖赌的享乐生活去了。

　　马丽左腿搭上了右腿，鳄鱼嘴式的前鞋尖儿，抵在了前座椅的横梁上，想到自己灰心的生活吧，马丽禁不住打了个疲惫的哈欠，意识到了旁边的房师长，马丽伸手遮住了，同时哈欠变成了无声的叹息。

　　不看演出，总看我干吗呢？你是师长，你就有权这么看人哪？

　　"颧骨高，杀人不用刀"，马丽和丈夫初识时，婆婆看她第一面后，就给过儿子这样的忠告。其实马丽的正面还是挺好看的，高颧骨，显出眼睛的凹陷，长睫毛，又密又弯，鼻子嘴巴也都恰到好处，像有欧洲人的血统。"你不是二毛儿吧？"很多人这样问过她，马丽是东北人，黑河的，和俄罗斯接壤。在她们老家，二毛三毛确实很多。

　　"咦，你怎么还不看演出呢？"马丽的表情似乎很天真，眼睛也睁得很明亮，她真希望通过她的问，友好的问，师级干部能把脸端正过去，而不是行家相看几岁牙口的家畜一样死盯着她。

　　"不耽误，不耽误。"老房冲马丽摆摆手，看你的吧，看你的吧，哪儿都不耽误。

　　马丽只好坐正了身子，她的右腿已经麻了，又把左腿当成了支架，鳄鱼嘴鞋尖儿太长了，无法不抵到前椅的横梁上。看吧，喜欢看你就看吧，老东西，真是把自己当皇上了，选妃呢，满天下的女人不够你挑挑拣拣的了，挑吧，选吧，别搞花了眼。老娘也不是十八岁的小姑娘，还怕你看嘛。马丽昂起了头，昂得很有技巧。

现在的马丽侧面也不怕看了，她做了美容。马丽心目中的美人是那个叫靳什么的华裔女人。在这一点上，小艾跟她恰恰相反，小艾说，那个整容整得一只眼珠儿都要掉下来的老女人，那么丑，她还成了美的代言人，真笑话。她哪儿美呀，我看她就像个老妖精。

小艾反对是反对，这并不影响她跟马丽的交情。马丽属兔，小艾属羊，她俩都信命，命里说，属羊的跟属兔的在一起，吉祥，小艾就不厌其烦地找马丽，马丽呢，更相信都是食草动物，羊对兔没有一点危害，马丽几乎只要有空儿就跟小艾撂在一起。让马丽疑惑的是，同样是食草的，人家小艾的命怎么那么好呢，丈夫是副师级，长相也不错，把小艾从东北农村，一步一步，带到了北京。北京，首都啊。

铃声响起，中场休息了。马丽放下腿，她想去个卫生间。刚才吃饭，她非常奇怪，师长这么有钱，为什么请她吃面条，还是不同种类，很多小碗。马丽吃不下了，师长一直力劝她再吃一点儿。按说师长大人不抠啊，第一次见面时，还不知道事儿成不成呢，他就给她带了一件昂贵的见面礼，然后去的是西餐厅，也没吃什么，干进去七八百，买单时师长眼皮都没眨。这第二次，也是师长电话相邀，还特意叮嘱，不要在家用饭，一起吃。马丽自单身以来，见过的男人不少，像房师长这样开局就出手大方的，没有几个。男人也都学奸了，商人也好处级干部也罢，都是不见兔子不撒鹰的。而刚开头，就西餐、交响地这样破费，除了师长，谁还这么生猛呢？

　　这说明师长的分量确实不同凡响，不然能对那么多的女人都构成一记重磅炸弹？马丽也四十多岁了，当听到小艾说了师长的条件时，她马上说行，行，可以，这个可以。并且还千叮咛万嘱咐地，要小艾帮她瞒了两岁。跟师长见面那天，马丽说话一直压着半个嗓，也基本达到了燕语莺声。事后小艾问她效果怎么样，她直接张开了嘴，说看，嗓子都压破了。

　　两个女人就一起笑。

　　"人家官儿大，钱是不在乎的。主要是想找个可意的女人。"小艾说。

　　"是，老婆死了，多难得的机会啊。"马丽不服气。

　　"听我家那位说，他老婆得了癌那天起，就有介绍人惦记了。不过老房说部队的他不找，要找找地方的。"

　　"房先生这一时期的工作重点，就是像超女一样，海选、精选、汰选，也不知我是第几拨儿的。"

　　"甭管哪拨儿吧，人家肯定是要选上得厅堂，下得厨房的。"

　　那一天，小艾还进一步开导马丽，她说女人要想有日子，就得练就一副好脾气，凡事都得忍，日子是忍出来的。女人一切由着自己来，哪个男人也不受，更别说师长了。马丽你可记住我的话，其实忍也没什么亏吃，不就是练得烟不出火不进，软皮囊一样，男人还能怎么着你？只要你好脾气了，踏实日子也就来了。

我家那个，看着是副师级，求他跟我去趟商场，因为工夫长了，他竟把我的衣服扔地上就走了，我从试衣间出来，他那死德行把营业员都气笑了。我要跟他一样的，这日子不早打散了？女人，你就得忍一忍，忍一忍，日子也就稀里糊涂混下来了。

其实没有小艾这番话，马丽也能摆正自己的位置，想要师长家的生活，就要符合师长家的要求，小媳妇，老妈子，马丽都有思想准备。正是基于此，今天晚上老房让她吃面条，长的短的粗的细的，那么多种，问都不问，就命令服务员一样一样拿来，咸的辣的，口味也都由他来定。周朴园逼繁漪喝药，繁漪可以不喝，因为她已经稳坐了老婆的交椅，马丽不同啊，马丽现在还是待考察阶段，哪敢怕辣怕咸。她是一口一口，悄无声息，把面条送进嘴里，然后唇不启齿，一点一点，吞咽完毕的。中途房师长问她加点醋吗？她摇摇头。如果换了别人，这么凶狠地折磨她，放肆地盯着她，她早都翻脸了。可是今晚，马丽一直装得像个小女生愿意被人欣赏的样子。

按说马丽的生活是不穷的，她头上那层次分明的波浪，就花了五百，加上轻轻挑染的一点酒红，总共要了她七百块。一个头发，要七百块，这是一般的女人都舍不得享用的。还有脸，马丽每天出门，要用一个多小时的工夫，把十几种小瓶里的东西，兑过来兑过去，在脸上打了一遍又一遍，即使不出门的晚上，马丽可以不刷牙，但她一定要弄脸，把脸冷水一遍，热水一遍，再冷水，反复多次，然后施以小瓶里的汁液。那些东西抹上去效果确实好，不抹的时候，马丽的脸接近真实年龄，甚或更老些。而抹完后，皮肤润泽了，脸上光亮了，无论有灯光没灯光，马丽的脸上都看不到皱纹。一个女人，中年女人，脸上没有皱纹，那是用了怎样昂贵的汁液啊。马丽常跟小艾说，这女人呀，哪儿不打扮都成，这脸可不能不打扮，不能不下本儿。你想想，一个女人，哪儿能比脸蛋儿更重要呢。有钱一定要用在脸蛋儿上。

马丽不但把钱用在了脸蛋上，也用在服装上。在区委机关，她永远都是穿得最时尚，最好看的一个。衣着得体时尚，是马丽给人的印象。离婚的教训，马丽认为自己输在忽略了女人身份，把自己等同于一般家庭妇女了，才落得今日走单儿的结局。马丽从仲裁委的副主任升任主任后，来仲裁的企业老板们支持了她的穿戴。他们有了纠纷不愿意找法院，愿意花点小钱攻仲裁这一关，有理的没理的，债权的债务的，都来请吃饭，请喝茶，还投其所好请马丽上商场。马丽那件白色的圣罗兰羊绒大衣，就是一家民营老总，在世贸中心用银行卡献给她的。

马丽的日子可说吃喝不愁，住的是三室一厅福利分房，单位没有专职配车，可是企业老板的车常年借给她用，她过的完全算得上中产阶级的生活。小艾说如果自己像马丽这样，就完全可以不再找什么婚姻了。

马丽说哪有嫌钱咬手的呢，哪有怕钱多的呢。哪个女人不是有了好日子还想更好？谁谁谁，体育明星，一个广告就是一亿的收入，可她为什么还嫁了个香港老头？还有林青霞，也够有钱的吧，我认为她的钱多得一辈子都花不完，可她为什么还要选个商人嫁了呢。还有哪个哪个，演员歌星大腕，听说就因为女儿出国的十万块钱，两人就离了，再也不说志同道合、穷富不在乎的话了。

女人啊，没有不想过好日子的。你我都不例外。就说你吧小艾，如果你老头儿不是有钱有势，他有那么多的毛病，还冲你吹胡子瞪眼，你早不干了，不跟他过了，是吧。你将就他的，是他师级干部带来的好生活。

没这个，谁也不将就谁。

也是。小艾点点头。

马丽是仲裁小艾表妹的一桩美容纠纷时，和小艾认识的。当时小艾开的是丈夫的军车——沙漠王。小艾一头短发，特短，二十年前的张瑜式，夹克，肥裤，军靴，没有任何妆容，出手男人一样大方，好精神的一个女人。冷面马丽看到小艾，一下子就有了笑容。缘分吧。后来的日子里，小艾表妹的美容店，成了马丽的美容咨询指导中心，小艾则成了她长年免费的心理医生，有苦就找小艾诉，有话就要小艾听，不但听，还积极提供帮助。小艾想，既然马丽就想找一桩好的婚姻，她自己条件也不差，为什么不帮她一下呢，恰逢丈夫的上司老房的老婆走了，她马上就想到了马丽。

下半场开始后，马丽更走神儿了，那个拉小提的，只一曲，就没了。舞台依然是小个子指挥霸占着，一夹一夹，力都用在了胳膊上。合奏、协奏，有什么区别呢，在马丽眼里，那都是一回事。马丽伸着脖子，向台上寻找着，那个吹黑管的老头，头发染得乌黑，右手无名指上，也戴了个白金戒指，如果他的小拇指，不留那截长指甲就好了，还有他的脖子，脖子是真不禁老啊，人老了脖子就先老了。马丽移开了目光，又瞄上了一位拉小提的女人，第一座，叫首席，这个马丽懂。女人的年龄不好猜了，离得太远，她的那头波浪真不错，那得是特级烫发师的杰作吧，瘦脸儿，配长波浪，白脖颈，妩媚得像个黑精灵。这么美妙的女人，她的丈夫是干什么的呢，她的儿子可不可心呢？她那沉郁的目光，是不是也没婚姻呢？

老房的咳嗽声，提醒了马丽，她又专注地看起了舞台。直脖子，昂头，全神贯注。这黑压压的观众，有多少是我这种，不懂装懂呢？

散场时，帽檐儿已低得扣盖儿一样的师长，又用手把帽子压了压，这使他的脑袋更像一罐儿广东小菜了。他表示要提前退场，和马丽分别出去，然后场东边会合。

真把自己当大明星了。马丽一直等到全部演员出场，起立，鼓掌。她是想看看那个拉小提的男子是否还在，奇怪的是，没有。马丽站在下面，拍着手，一直等领导接见完演员了，她才慢慢向外走，像个文明的好观众。

房师长坐在出租车里，他没有招手，但是他小菜罐儿式的脑袋，很特别。马丽朝他的车走过去。

回去的路上，房师长基本没说话。中间接过一次电话，打他手机的人似乎在跟他约见面时间，马丽猜到又有人在给房师长介绍对象，老房没有回避，脸上有了笑容，说这家伙，我一糟老头子，跟仲裁的女干部干上了，刚才介绍人说，市政府仲裁委的，不过她有个男孩。

马丽说没事儿，您可以多看看，多挑挑。现在您有这个条件，我们老家有一句话，叫剩筐儿就是菜，那说的是三十年前。

介绍是介绍，小马你放心，我不会同时谈几个的。我老房不是那种人。我知道大家都是看我职位不错，刚才这个我不会考虑，有儿子的都不考虑。

接下来没再说话。出租车在老房的指挥下，先把马丽送到家门口，然后回军区了。马丽和老房说再见时，犹豫着该叫他什么，叫职务距离太远，叫名字有些自作多情。马丽就没有称呼，说声再见，转身走了。

上楼的时候，声控开关没有亮。走到二层时，马丽脚下碰到一团软乎乎的东西，吓得她一声妈呀，把开关震亮了，叫声也惊得那团软乎乎的东西，瞬间变成一条长影儿，嗖地蹿了出去。

是野猫？

怕动物不是马丽装小女孩，她确实怕，她曾经受过猫的惊吓。马丽曾跟小艾说过，有支枪对着她胸口，她不会怕，而如果有人扔向她一只猫，她就完了，死定了。不死也得疯。

开门的手在哆嗦，这时马丽的手机响了，她怕楼道里再蹿起不明物，坚持把门打开，一屁股坐在门口的鞋墩上，哎——

"马丽，咋样儿？"是小艾。

"哎呀，吓死我了。刚才上楼时有只野猫。"

"我问你跟老房谈得咋样？"

"见面说吧。小艾，你要是没事儿，来我家吧，晚上住这儿。反正明天周末。"

"不行，我表妹的小孩儿送过来了，让我给她看一晚上。老梦不在，要不你来我家吧，我让司机去接你。"

这时马丽家的座机响。小艾说你先接，我一会儿再打。

果然是老房，小艾让线也是猜到老房，小艾是真心想成全马丽这桩婚姻的。马丽拿起电话，心里有些感动，以为老房是关心她到家了没有。电话里老房第一句也是这么问的，到家了？马丽说到了，没事儿。马丽后背的冷汗还没有下去，她听着老房的电话，热汗又从背后升起。老房说，小马，咱们都不是十七八岁的小孩子了，用不着兜圈子，有话直说了，都省事儿。说实话，你的综合条件，我还是挺满意的。长相，个头，工作，脾气——

老房用的是南方普通话，虽然力求准确清晰，但还是 z、c、s 不分，马丽听他表扬了"虽然"，就知道他接下来要"蛋死"了，果然，——蛋死（但是），小马，你有太多不好的习惯。俗话说，江山易改，秉性难移。习惯是哪儿来的？从小养成的。习惯就是秉性啊。多少家庭就是因为秉性不同，而难以和睦。第一次吃饭吧，西餐，你没有用错刀叉，说明你是个有见识的女人。这回呢，肯定你也明白，我是故意看看你吃面条，面条的难度可大，啼哩吐噜，没有几个不吃出声响的。吃面条而不出动静儿，那是教养呢。我看了，你吃得还行，长的短的，辣的不辣的，哈气儿都没有。说实话，如果你吃面条不过关，刚才那场音乐会，我就找个借口不去了。

可是，晚上看节目，你的陋习可暴露无遗了。大腿搭二腿，这是一个女人应有的姿势吗？搭腿不说，还把前鞋尖儿，戳到了人家的椅梁上……还有……还有……，马丽放下电话的时候，她觉得自己的耳朵里嗡嗡的，像小时候挨过父亲的耳光。小艾电话再打进来时，马丽才发现自己依然坐在门口的鞋墩上，鞋子还没换，脚在里面已经湿透了。

小艾说让马丽去她家，马丽说不想去了，刚才出汗，风吹，有些头痛。再加上野猫一吓，她说她现在的腿还软。

小艾说没事，我让司机到楼上去接你。小艾说今晚你一定来，我还有东西要送给你呢。

行头不用换，再一次出门。午夜的街道显得空旷，不堵车了，十几分钟，就来到小艾家楼下。年轻的司机依然把马丽送到楼上，这个勤勉厚道的小司机，相当于小艾的二丈夫，老梦不在的时候，完全听从小艾的指挥。

　　"哟，挺靓，震老房了吧？"女人见面，基本从服装说起。

　　"隆重献眼（演），还让人家给谢了幕。"马丽强打精神。

　　"真的？"

　　"真的。"

　　"凭什么呀？咱哪儿差呀，个头，长相，工作，还比他小十四岁，小十四岁，他还不满意？"

　　"不是小不小的问题，是习惯，修养的问题。"马丽拉长了声调，怪声怪气地学着南方普通话。她被淘汰了，在她这么大年纪的时候，被一个老男人给 PK 下来，就因为他官儿大。呵呵，刚才的舞台，她挺努力的呀，一直在拉着架子表演，可还是被人家给刷下来了。小艾急着问她怎么说的怎么说的，老房到底怎么说的？

　　马丽没有原版复述老房对她的批评，只是轻描淡写地说，嫌我大腿架二腿了，嫌我鞋子戳人家前排的凳子横梁上了，还嫌我分手的时候对他没有称呼了，说我不叫他师长，叫他房世银也行啊。你说我敢吗，房世银，我舌头一大，听不清的还以为叫他黄世淫（仁）呢。

　　哈哈哈哈，两个女人终于大笑起来。

马丽有些乐极生悲，她都笑出了眼泪。小艾说拉倒拉倒，不必为这事儿想不开，实话跟你说，看着是好日子，里面有多少蒺藜，只有自己知道。我家那个，也嫌我这嫌我那，别的不说，就连尿尿，他都说我声大，你说哪有嫌尿尿声大的？我还没嫌他声小呢，一个大老爷们儿。他还嫌我声大了，你说多有意思！

那一晚，小艾为了安抚马丽沮丧的心，爆出了很多家丑猛料，意即告诫她，凡事有利有弊，日子也如此，享受多少你就得牺牲多少！

两个女人聊到快十二点了，马丽说她该洗脸了，女人不能过了十二点睡觉，那样太伤皮肤。马丽用紧肤水拍着脸，拍完紧肤水再敷润面膏儿，一小瓶一小瓶，都在化妆包里。她的这些东西就像男人随身的香烟。小艾突然神秘地说，哎，光顾说话了，忘了给你看一样东西，特地从外面带回来的。

马丽以为是化妆品，或衣服。她看着走向衣柜的小艾，小艾弓着腰，从柜子最底层的暗橱里，掏出一个盒子，体积还不小，不像衣服，是什么呢？小艾持着盒子，笑意盎然地向她走来，噢，马丽看明白了，包装盒外有一夸张写意式的图标。

这个东西马丽用过，那是她离婚三年后，什么化妆品都阻挡不了满脸的粉刺，一批又一批，小艾帮她联系了医院，那个好心女医生的建议：

“你原来的不行，质量太差。”

“用这个。”小艾说。

马丽第二天走时，天空下起了小雨，春天的小雨，像鳄鱼的眼泪，没有几滴，就不流了。这个城市太干燥了，还首都呢。马丽没有再让司机送她，她想自己走一走。老房的那些话，像劣质的牛肉干儿，在她胃里久久得不到消化。老房说，交响乐，那是用来听的，用得着抻着脖子看吗？可是你就一直伸着脖子，瞪着眼睛向台上看。

还说喜欢音乐，你连听都不会，你喜欢的是什么音乐呀。原来我一直以为部队的女人太单调，没想到地方女干部也这样儿！

再说一遍，交响乐是听的，用心来听就行了，懂不懂？！

——你懂，就你懂，你懂个——马丽扬手扔出了手里的东西，那是小艾用阿迪达斯包给伪装起来的人体器官模具，像一把漫画手枪。马丽用这一掷，代替了后面她没有骂出的那两个字。

那是两个民间最通俗的字眼儿，想到此，马丽不好意思地笑了。

色不异空

1

刘君生眼睛一直觑着杨小萌，她小提琴一样的身材，此时坐成了葫芦丝，甚至，有点像柿子饼——钱书记不在，钱书记若在，她会身板一直拔得笔直，偶尔，稍微前倾，像小学生在认真记笔记——刘君生把她看了个淋漓：坐姿很美，尤其那肩，那腰，那背，美得无以复加，到了臀部，漂亮地甩了个弯儿，详略得当，宽窄适宜。再加上那个符合黄金分割的小头，和练过舞蹈的长脖颈，那弧度，那曲线，就像一把精美的小提琴！

"刘馆长，你说说——"孙副馆把笔掷下，掷得很轻，很有派头，她看向了刘君生，打断了她的胡思乱想。同为副馆，孙惠资格老，如果钱书记和郑馆长不在，她就是老大，她也喜欢开会，二十多年的开会习惯，让她这样一个名牌大学的毕业生，当年的文艺青年，也成了擅长开会的女干部。君生是佩服她的，同时，又为她惋惜，民俗研究馆，她们刚来时还是一个非常清净也安静的单位，那时，她们都风华正茂，二十多岁的小姑娘，还在为谁的男朋友相貌好点而叽喳半天。现在，职称，级别，待遇，专家的名号，这些披挂在身，等级就出来了。刘君生从内心反感，一个研究单位，把开会当成了工作。开会，开会，是个事儿就攒人开会，一年四季开会成了工作。大好的时光，太可惜也太可笑了。

　　她看着笔记本上的一二三,四五六，实在懒得念。每年这时，都要讨论明年的工作计划——计划，讨论；讨论，计划，又是转着圈地哄骗。原来的业务是大家埋头长本事，有工资开，老老实实做研究，出硬邦邦的成果。现在，不是了，要项目，上项目，弄钱，申报项目就像赌彩一样，多申多报，总要中上几个。项目一下来，这一年又有钱花又显着工作没少干，这一套，都熟了。

　　纯小僚吏们这样干，是因为他们不懂别的，只觉钱好。而孙副馆，曾经的名校学生，一肚子学问，现在，对这些也已驾轻就熟，并乐此不疲。刘君生不同意，她认为这样是在糟蹋钱，瞎忙，巧立名目的瞎忙。但是，这样的话，在今天的会上，她还敢说吗？上一次，去厅里开会，艺术处的召集人，让各单位说说明年的用钱和打算。几十家单位，几乎异口同声，要钱要钱要钱。所有的项目，都是围绕着钱展开。似乎有了拨款，才能工作。刘君生看着大家摇唇鼓舌，谎话连篇，心下鄙夷：不就是蒙资金嘛，还以工作的名义。国家建了那么多场馆，你们管理得怎么样呢？她瞟了一眼左前方，一个剧场经理，五十多岁的女人，她正仰在椅子上，太胖了，直着坐不住。她说她们剧场又该装修了，椅子音箱地毯空调，等等等等，都缺钱。大热的天，她披散着头发，桌下伸出两只穿凉鞋不剪趾甲的脚。由这样的人来管理一个国家剧场，难怪剧场脏成了猪圈——刘君生去过那里，几十亿的投资，才几年间，沙发辨不出颜色，地毯都是烟头烧出的窟窿，痰渍，烟雾，老年人光着膀子，壮汉光脚丫，小孩子突突乱跑——管理者和她的观众真搭啊，匹配——"到你了，你说说。"处长点名刘君生。君生即刻郑重地说：我们民俗馆，不需要钱，以前的项目到现在还没结。我觉得，像我们这样的单位，不用总在钱上下功夫，应该把更多的时间，用在学习研究上。同时也把从前的项目，收收尾。现在这样一年到头，大帮哄，要钱花钱，研究人员都上瘾了，根本静不下来，还做什么学问能研究出个什么啊。

所有的目光都投向了她，每只眼睛都比正常看人时大，眼白多：她有病吗？还是精神病？二十多家单位，没有一家不在哭穷，要钱，就她清高，别人都是骗子吗！？她的话还没说完，艺术处长就意味深长地笑了。当天，刘君生的名字传遍了整个系统，当然，钱书记也知道了。钱书记看她的目光，让她想起了老家那句话："做贼养汉。"她仿佛做了贼，养了汉。做贼养汉，在老家那边是最毒的一种罪了，比杀人放火还让人瞧不起，现在，她犯下了。男做贼女养汉，丢大人哪。

孙副馆继续让她说，说说明年经费的打算。她想了想，还是忍不住说：咱们研究馆，跟别的单位不一样，他们剧场剧院，演出排戏，弄钱要钱，让他们弄去。咱们一民俗研究，是做学问的地方，安静下来多好啊。大家都安安静静地上班，读书，做出点真东西，多好。何必每年绞尽脑汁地要钱呢，钱要来了，又要紧锣密鼓地花，完成任务一样。花不完还得想出名头地花，多累啊。

孙副馆的脸沉下来了，镜片后面的目光穿透有力。同为副馆，人家就有干劲有热情，跟上面始终保持一致，处处有女馆长的样子。而她，说的是什么话？"什么叫完成任务一样地花？"孙副馆严厉起来，大家都害怕。

"比如那个民俗大典吧，都十几年了吧，到现在还没结题，人员都换了好几茬。我记得头两年，到年底就紧着花钱，不开会也要开会，花钱成了任务。现在，钱没了，拆东墙补西墙地再要，文化研究能这么干吗？"

孙副馆长看向了棚顶，这也是个事实。民俗大典，那时她还刚刚升任副馆，为了做出成绩，谋划了这套大典。二百万的经费，头两年是很阔绰，而后来，不禁花，至今几十万的印刷费还没有着落呢。钱书记指示，再申请项目，用明年的新款项，弥补前面的不足。

空气有点厚重，杨小萌有眼力见儿，会搭梯子，她说：大典的三校吧，我们已经弄完了，如果哪个部门忙不完，再分给我们点儿也行。还有，孙馆长您上次布置给我们的明年计划，我们部室已经谋划好，总共有——一二三四五六，杨小萌字正腔圆地念起来，得有十多条，她念得舒缓，有节奏，虽然听了半天，让人充耳不闻……君生又开始走神儿了，她的手机不停地在嗡嗡，那是三姐在微信，要她语音——这个姐是太不长心了，大周一的，又是上午，单位总开会你不知道哇？也难怪，已下岗二十年的她，哪里懂这些呢？君生一焦虑，眼前就雾霾一样看不见了，三姐找她，尚可往后推，而二姐，二姐君琳那里，她是无论如何都要走一遭了。君生看着杨小萌还在开合的嘴巴，孙副馆气血均足的脸，心下纳闷：这都十二点多了，她们不饿吗？是不是，她们每天也像我要吃安定一样，都吃了亢奋的药？不然，一个一个，怎么都这么有精神头儿哇？！

2

噔噔噔，步行迈上五楼，建设厅的房子，台阶宽大，级层也高，当时身为法院公职人员的刘君琳，在反腐拍卖上，顺带低价拍了一套。居大房，住高堂，她曾经是处级女干部。现在，她早退了，身体不好，头晕，心情也不畅。她已不叫刘君琳了，而是法名如元。她信了佛。没进门，君生就能听见里面的佛乐。轻敲几下，二姐来开门。君琳，或如元，还是那么爱美，居家的水粉色绒袍，让她漂亮得像个新娘，怎么都难跟比丘尼搭上关系。君生没有叫姐，二姐几次教育她，二姐二姐的已经不妥当了，要叫她如元上师。君生开不了这个口，索性什么也不叫。门口的两只大拖鞋，那是给送水工预备的。妹妹来，她也没打算换上干净的。君生迟疑了一下，穿着袜子进到了里面。

客厅的沙发，是果绿色的香妃榻，沙发下面，铺着厚厚的瑜伽垫，那是如元用来打坐、晃海的。君生久坐办公室，腰有疾，她坐不得沙发，只好席地。像在家里一样，又顺手把袜子脱了下来。

如元伸手制止：别，别，你还是穿着吧，别有脚气招上我。

君生没听。二姐不疼人，自己的妹妹也不疼。如果是去她的家，君生给姐姐的待遇是拿出自己的拖鞋，另外还可以不换鞋地砖随便踩，走了一擦便是。在这方面，三姐做得也不错，只有二姐心硬。这样的结果，是她在这个世界上，显得有些孤零，连她的儿子，都不愿常来登门。

早晨，如元在电话中说，她又梦见爸妈了，爸爸已经找了人家，在卖烧饼。而母亲呢，则一直在地狱，旁边还有油锅。如元说她都给庙里进过多少香钱了，也给大法师做了供养，超度过几回，可是母亲，一直不得超生。

母亲已经去世二十多年了，她还做这样的梦，君生觉得母亲和二姐，也许正如君琳所说，是几世的冤家。不然，时间都过了这么久，哪有女儿还这样害怕母亲的？当初，君琳离婚，又赶上母亲去世，那时，她天天都给君生打电话，讲述她的梦，她说只要关了灯，就能看到屋里屋外，到处都是红头发的小鬼儿，一个一个只有拇指高，桌上，墙上，蹦蹦跳跳，其中，还有母亲……君生觉得是离婚让君琳的精神恍惚了。君琳还说，那些小鬼儿，你是不敢惹他们的，如果不高兴，会蹦上你的胳膊，像小鸡叨米一样，鸽你，啄你，第二天你全身都是青紫的，很疼……

那时的电话，君生一听就是两个多小时，手指都麻了，胳膊也酸。女人离婚的痛苦，谁又能帮上多少呢，只能像等待感冒一样，任其发，任其愈。这样过了几年，慢慢地，君琳说她学佛了，佛让她变得心宽，敞亮，日子也不那么难过了，明白了今世来生，一切就想开了。现在，她不但身体好了，还有了功力，能驱鬼。那些红头发小鬼儿，在她的法力下，都变成了善良的大鬼、好鬼，时常来帮她家干活。比如某天，她去超市买洗衣粉，准备回来收拾卫生间，可是回到家，卫生间已被他们擦得干干净净。怕君生不信，还叫君生现场来看：所有的瓶瓶罐罐都一字摆开，成行成趟。其中的一长柄刷子，君琳说直直的立在地当间儿，不倚不靠。如果不是神迹，一柄刷子怎么会立得住呢？它又不是齐头的。两人都试了几次，那柄刷子确实戳不住。如元叮嘱不要出去乱讲，天机不可泄露。

君生觉得二姐的精神有问题了，小时候听过的童话里，田螺姑娘趁主人不在，就出来，干活，报恩，还爱慕这个家里的男主人。而二姐说的这些大鬼、好鬼，他们是为哪般呢？

那时，君生自己的精神还健康，还有力量听二姐说这些，听也就听了。而今早，大冷的天，不到五点，如元就微信，看君生没反应，又打响了手机，君生接起，二姐为省钱，再转战到微信，用语音说，一直说到八点。君生该上班了还没吃早饭……如果不是一直在说母亲，她也许会找个理由挂断，她已经几天都没睡好了，她的生活，也出现了危机。二姐告诉她，为母亲超度，她给上师捐了供养。她知道君生比她爱妈妈，她描述母亲在地狱受罪，君生不会不管。

"二姐，你超度咱妈共花了多少钱？"君生扯过她的手包。

"这个吧，不能光用钱来衡量，不是钱的事儿。"如元说。

"不是钱，还有什么？"

"上师不是谁的供养都会收的，你得有修为。"

"你们又是上师又是大师的，还有什么老法师，这些头衔我都不懂。你就说给妈做法事，共花了多少钱吧？"君生说着从包里拿出一沓百元钞，问：这些，够吗？

如元有点不好意思接，君生给她撂到了沙发上。

如元满意，脸就高兴起来，她说四儿——一高兴了就叫妹妹的小名，"四儿，你觉得姐这屋，是不是气场特别祥和？有人说了，来过我家的人，尤其是进过佛堂的，半年都不生病，气场好，佛保着呢。"

"嗯，挺好。"君生附和着。她今天来，主要是关心母亲，虽然她不相信地狱，但她想探究竟。

"二姐，你总说咱妈在地狱受苦，那你跟她说话了吗？她，还认识你吗？"

"人鬼不能说话。我能看见她，她看不见我。"

君生心凉，二姐都不肯叫一声妈妈，她她的。当初，她把丈夫没选好，自己离婚，都归咎于母亲。包括小时候母亲偏疼一些君生，也还记恨着。

"咱妈现在长成了什么样儿？"君生真的想念母亲，一别二十多年了，那时年轻，不知没了母亲意味着什么，现在，尤其是现在，她知道孤单了。

"嗯，跟原来差不多吧，就是瘦点儿。"

"那，跟原来一样，电影上怎么都青面獠牙？"

"这个你不懂，你还慧根太浅。"如元停止了晃海，她五十多岁的身体，竟然还那么柔软，晃起来像个鸡蛋壳。她两手一支膝盖站起来，实在不愿意继续这个话题。

3

"我不知道自己的生命将向哪里，但活着的日子，我绝不无聊。"——这句话闪电一样击中了君生的心。一个摇滚歌手，能说出这么精辟的话，她好佩服这个美国人。君生的眼睛久久不离开那几行字，一粒粒的汉字，成了她夜晚的精神疗药。

每当夜晚来临，电视节目的粗浅浮闹，观众的低廉傻笑，都让君生觉得无聊。白天，单位的低效无效，弄虚作假，那更是一种折磨。只有现在，静下来，一个人，书的世界，博大无边，是那个叫精神的东西，给她撑起了一片辽阔的天空，让她的灵魂轻逸，安宁。她感谢伟大的文字，感谢上苍赐给人类的艺术，文学，如果没有这些，她是不是，也会和二姐三姐一样？这些好的文字，它不但是疗药，也是她夜晚的灯火啊。没有它们，她的世界会彻底黑了。

其实，活着的意义究竟是什么，她也懒得问了。兄弟姐妹好几个，没一人关心这个问题，也都活得好好的。怎么偏偏是她跟自己过不去？

"嗡儿"的一声，有微信进来，是如元。她发来一小段话：叩拜，不是弯下身体，而是放下傲慢；念佛，不是声音数目，而是清净心情；合掌，不是并拢双手，而是恭敬万有；禅定，不是长坐不起，而是心外无物；欢喜，不是颜面和乐，而是心境舒展；布施，不是毫无保留，而是爱心分享；信佛，不是学习知识，而是践行无我……君生嘴角涌上一丝苦笑，又是践行又是无我的，二姐这个佛，也跟单位那些假大空的领导一样，听着一套一套的，实际做又总是离题太远。二姐连高中都没念完，拢共也不认识多少字，那天书一样的经文，她能认得多少？君生顺手就把微信删了，二姐来的这些顺口溜，怎么能跟"绝不无聊"相比？她刚想继续，微信的视频邀请响了起来，喹楞喹楞的，比电话铃声还响。是三姐，三姐找她。三姐找她从不论时间地点，只要她闲了，就打响她的电话。如今微信方便，她便拿免费的微信语音，当话机使用了。

老四，你明天嘎哈（干啥）？三姐的东北口音还是那么重。

我，想休息一下。天天上班，可累了。

来我家呗。我给你做饭。

三姐，不去了，到了周末，可想在家自己待会儿了。

自己待着有啥意思？来吧，把老薛也领着。

哦，老薛出差了。君生顺嘴撒谎，说老薛出差已经说了快一年了。

那，他下周能回来不？下周你们来也行。

君生心说姐啊，你这个花痴，犯病就别在我这犯了，男人，汉子，一个家庭的好丈夫，对我来说，也是奢侈品，我也没有了。你让我上哪儿给你带老薛啊，我的世界还没着没落的呢。

下周也去不了，都忙。君生说。三姐，你的事呢，我想你自己先找着，别坐等，你这个年岁了，找工作确实不容易。如果有机会，我肯定帮你想着。

君兰一再地找她，就是想让她帮着安排份工作。君兰下岗多年，跟社会都脱节了，她以为君生一个公家单位的人，就有市长的能耐。

老四，我岁数大了，我安排不了，你外甥，都毕业几年了也没工作，你把他安排安排呗？

像你一样，风不吹雨不淋的，公家的单位，上着班，多好哇。我看你们顶多就是开开会。君兰又说。

君生说行，等我当了厅长省长就安排他。或者，咱们家的祖坟上长了那棵蒿子，我一下安排你们俩。君生这样说着，自己都要笑了，不行，再这样说话，精神真的撑不住。她劝自己，打住，打住，不能再笑，生活中，常常笑完就是哭。

君兰听出了讽刺，她不在乎。她说我知道跟你说也白说，白说也得说，万一，祖坟上那棵蒿子冒出来呢，能帮你姐，你还能看着不管吗？这样说着，突然想起了大姐的事，说老四，下个月，大姐要给姐夫摆什么寿庆，明摆着，是跟大伙收钱嘛。你说大姐，她咋那么傻，总划拉娘家的。姐夫过生日，她应该通知老汪家的人啊，凭什么，让咱们娘家人去给凑这个份子呢？大姐太缺心眼儿了，不怪大家都烦她，白活！

　　"是，人家都照顾娘家，她可好，专往婆家划拉。愚。"君生附和。

　　"你要说她老脑筋吧，可是人家大嫂二嫂，比她岁数还大呢，你看人家，明里暗里，护着自己的弟弟妹妹，使唤着丈夫挣钱。帮娘家侄子又上大学又买房的，咱哥还都挺乐呵。"

　　"是，缺心眼儿的都让咱家赶上了。"君生说。

　　"人家对弟弟妹妹好，弟弟妹妹也都怕她。你看咱大姐，在婆家受了一辈子的气，娘家也没落好儿，谁都不拿她当大姐！"君兰接着批判。

　　"是，谁让她胳膊肘总往外拐呢。"

　　"大姐这辈子啊，就认钱！不怪老二说她是穷鬼托生的。"

　　老二说的是君琳。

　　"以后她再搞这个，咱们谁也不去！晾着她。她自己不识数儿，还拿咱们跟着她一块儿垫背，天下没见过这么傻的。"君兰倡议。

　　"嗯，行，对。不惯着她。"君生附议。

4

如果说前两个微信，对君生的今晚阅读还无大碍，那么第三个，第三个微信进来，君生就知道今天晚上完了，书读不成了。"绝不无聊"这样的话，也无法将她稳住。情绪大坏——微信上又是一段顺口溜，什么舍得舍得之类。那么浅薄无滋无味的鸡汤，也好意思端。更要命的是端完这个，给她恶心得要命，又吓她一下，鸡汤后面，是跟着借钱。一个老男人，告诉她，有困难了，借点钱。多不嫌多少不嫌少。什么困难呢？原来，他要跟老婆离婚，他得付老婆一半的房子钱，还有孩子未来的抚养费。

这和我有什么关系吗？

傻比洛夫斯基，听着像外国人的名字，这是当初侄子给他起的。他的本名叫赵建国。认识薛汉风之前，有人介绍了赵建国，和他一共见了三次面，不，准确地说是两次。第一面有介绍人，三个人说了几句话，都有事，就散了。第二次，君生觉得他也许是个好人，但做丈夫实在乏味，就不打算见了。第三次，赵建国遍寻她不得，竟跑到她的哥哥家，大夏天里，家家户户都开着窗户，赵建国站在楼下，对着那个猜想的五楼窗口，大声喊"君——生，君——生——刘君生——"，全楼的人都在此起彼伏，伸头探脖了。嫂子臊得不行，说这人怎么这样啊。侄子是工人，发表意见简单，他说这就是个傻比，傻比洛夫斯基。

后来的日子，各自都结婚了。君生找了薛汉风，洛夫娶了别人。因为洛夫下班的路上路过君生家的小区，两人经常见面，倒比从前熟络。有一次，君生女儿放学，没带钥匙，冬天在楼下站着，洛夫看到了，陪她站了好一会儿，还给她买了小吃。君生对他有了感激，甚至亲人般的感情。

感情让两个人互诉了衷肠，洛夫那时已有小孩了，他说妻子脾气大，老姑娘处处耍横欺负他，日子不好过。君生呢，绵绵地，也说了些老薛在外边的拈花惹草。她没说的是，嫌老实人乏味，现在不乏味的又不让人省心。

两人的交往也就仅此，吃过两顿饭，手都没碰一下。那时，洛夫表达过后悔没有跟君生成一家人，君生呢，虽然薛汉风也不如意，可她始终没有和洛夫成一家人的愿望。现在，他遇到困难了，还是这种困难，要离婚，得付给老婆一笔钱，这钱来跟君生开口借，君生愣怔了半天，像听不懂一样，半天看着空气。无亲无故，不该不欠，你要离婚，却来找我借钱，我是你妈吗？

君生把电话挂断了。

这世道，真是快把人逼疯了。

放下书，她看了一会儿天花板，慢慢坐起，该吃药了。

餐桌边，摆着水杯，药盒。君生坐下来，心里难受，精神这么痛，吃药管什么用呢？什么药，能治得了精神、感情和心灵？窗外，是比白天还漂亮的远方高架桥，桥上的灯火像串串水晶珠链，非常非常好看。那些人所追求的天国，就是这番景象吧？又迷离，又梦幻。

"来士普"，学名"草酸艾司西酞普兰片"，是治疗抑郁症的。多么精致的一小条，不像药，倒像高级香烟。自从薛老师成了薛主任，刘君生就开始需要它了。三个月，半年，断续地，身体发胖，头发狂掉，她的心情，一点都没见好啊。渐渐的，她对医生也有了怀疑，看着对面同样虚胖浮肿着眼睛的女医生，她想，说不定，她的家庭也和我一样，中年女人，有几个不受命运的二次考验？如元，君兰，女友小周，什么药，能治得了大家的心痛？命运这只大脚，巨轮，又岂是几粒药可以阻挡的？君生把药盒搪在玻璃杯口上，像观察一件艺术品，平行着，盯视它，久久地看。心里问：薛汉风，你此时又在哪儿呢？

四季捞，不土不洋的名字，刚开业时，大家都不知道它是干什么的。现在，这里每天都热气腾腾，包括夏天。其实，就是很好吃的一种火锅。

薛汉风正坐在丝绒沙发上，对面，是小周。透过小周再往前望，隔着珠帘，是几个跷腿弹琵琶的年轻女子。她们美腿修长，诱人，食客在享受美食的同时，眼睛和耳朵也都愉快。老薛的脸被热气熏红了，洋溢着幸福，快乐。小周说薛老师，我再敬你一杯，我先干为敬。说着，小周把一整杯的白酒，都干了，干掉自己的，并不催促老薛也要干掉，她告诉他可以少喝一点，意思一下就行。这份疼爱、敬爱，让老薛很滋润，很受用。刘君生就从来都不会这样。

"以后，不用再叫我老师，叫老薛就行。"薛主任给小周夹了一筷子肉，投桃报李，让她吃，吃，多吃。小周也幸福，她搅动着锅里瞬间沸腾的羊肉，说别，这么多我吃不了。说着，又把煮好的，夹回到老薛盘子里。说自己吃不下这么多。这份温良恭俭，又让老薛感慨，刘君生那娘儿们，就没这份贤惠。说不定，看老薛锅里的肉好了，她先掏一筷子呢。

老婆是别人的好。薛汉风想到了这句民谚。

小周小刘，君生她们二十年前就认识了，那时都年轻，互相这样叫了很多年。现在，人到中年，也没改。身为女性，如果互叫老周老刘的，那也太不自尊了。小周脸都红了，她说咱俩吃饭，要是让小刘看见，得生气呢。

没事。我跟她已没什么关系了。老薛说。

你们办手续了？

手续还没办，但谁也不管谁，一年多了，等同于离婚。

其实，我跟你在一起，小刘别误会就行，我只是想请你指点指点。

是，你的东西写得不错，好好写吧，以后有活动，我会叫着你。

谢谢薛主任！我再敬一杯。小周又把整杯酒干了。

小周和君生，都曾经是文学青年，现在，她们成了文学妇女。她们的本职，都不是文学，小周是文物局的资料员，闲着的时候，写起了小说，长篇一部接着一部，有些名头，只是还不太响亮。小周像所有的文学爱好者一样，希望得到官方的认可，眼前的老薛，就代表着官方，他在大学里负责文学的组织工作。那些响亮的会，隆重的会，有吃有喝又热闹的会，叫上你，有面子，也算打入文学圈。这一年多，小周和老薛的关系走得比君生都近，见见面，听老薛诉诉衷肠，小周愿意担当。

老薛：我不是没给她机会，可是她，太不像话。

小周停止了咀嚼，认真听课一般。

老薛：我妈都砸屋里了，跟她说，她还笑。

小周：哦，那是不应该。

薛：不但笑，还问我，你们家的房子纸糊的呀？不刮龙卷风也没地震的，你家房子咋说塌就塌了？你爸干啥的，一个大老爷们儿，让你妈砸屋里，你们这是什么人家嘛。——看，她不但看笑话，还骂我们家。

小周面有难色，她婆家也是农村的，她跟老于，也经常因为这些事打架。她婆婆经常以房坏了，屋漏了，等等，跟她们要钱。农村的情形她熟悉，如果房子总是又漏又塌的，那是非常懒散的人家。

薛：她就是看不起农村人，嫌我们家穷，几年了，都不去一次！

周：那是不应该，咋也得给男人点面子。

薛：还总拿我跟别人比，嫌我这嫌我那。吃点肥肉说我屯子。吃个鸭血，她说那是下水道接出来的。臭娘儿们事贼多！

受长期的熏陶，老薛也是一口东北话了。他觉得东北话赶劲、解气。

小周给他夹了点菜，让他边吃边说。

薛：还嫌我不上进，总拿那些名家来和我比。说我还中文系的呢，一点都不热爱写作。当个小破官儿，天天腆个肚儿就知道吃，吃，开会。老薛端起酒杯一饮而尽。说天天看不上我，这回，不和她过了，看她傻不傻眼。

小周抢过杯，说别喝了，心情不好喝酒该醉了。然后，沿着他的话茬，安慰道：你都是大学者了，还要怎么上进呢？我家老于要是这样，我得高兴死。结婚二十多年，他一本书都没看过。哪像你，天天看书！

老薛晃着头，说我没成果，懒惰，不著书立说。

一个大学者，还用得着著书立说吗？孔子述而不作，弟子三千。那份功德，是写几篇文章能比的吗？

这个马屁拍得妙入心坎儿，老薛舒服极了。比作孔子，虽然略有些高，但老薛也含糊受用了。好听话总是比逆耳的要身心康泰。他慢慢地倚向了后背，眯起了眼。眯着眼的氤氲中，他发现会说话的女人绝对是可爱的……美好的夜晚总是过得很快，可对君生来说，今夜，却如此漫长。

5

薛汉风是从什么时候起，嘴脸一变，让她陌生起来了呢？

老薛还是小薛时，没什么社交活动，天天下班，他像吃奶的孩子扑向妈妈，到点就早回家。那时，日子简单，贫穷，两个人一起做饭，一起吃饭，然后，又一起看书，一起睡觉。有时看书累了，他们还一起下楼，一起散散步。小区密集的人群散去，夜空显得高而阔，偶尔，还有月亮。刘君生会讲她们单位的笑话，孙副馆如何受气，钱书记怎么专横，郑馆长走钢丝一样找平衡……项目钱款，分赃不均……一家人嘛，什么都不避，君生是那种掏心掏肺的性格。老薛并不顺着她说，毫不客气批判：你们就是一群没文化的老娘儿们，加上书记二百五，一个当兵的棍子，能搞出什么名堂！

君生不示弱：你们不是二百五，你们人精，你们都精成了猴儿！一个大学，妖魔鬼怪，天天斗法啊。道高一尺魔高一丈的，你们是阎王在世。

傻娘儿们，你也就是在家里说说，外边，管好你的嘴，别那么欠。

又说，多亏你是女的，你要是男的，嘴这么欠，早让人揍扁了。

你揍你揍，你揍我个试试——君生抓住老薛的肩，叫板逞能。老薛当然不会揍她，她对着老薛那壮硕的双肩又搂又搬又折的，夜晚的广场，也没什么人，她把老薛摁蹲下，自己坐上去。老薛如果心情好，就慢慢站起来，如果心情没那么顺畅，就猛地一起，摔她个马趴。她不善罢甘休，再次去扑，老薛就跑，她追，一圈一圈，赛跑一样，跑累了，也追累了，像撒了一通欢儿，身心俱泰，回家睡觉。那时，她从不失眠。

好日子没过多久，他们不是原配，薛汉风离婚，儿子随母亲；君生呢，是女儿，断续住校。两个孩子短暂的相聚，针尖麦芒。钱的问题，无尽无休的钱的问题，又考验着他们的关系。那时，君生想，怎么能多挣一些钱呢，为此，她就开始趴到电脑上，苦熬心灵鸡汤，这类东西，发表快又来钱，那些没文化的家庭妇女，是自费订阅的庞大群体。浅薄的杂志印数高，销量好，小稿单雪片一样飞来。君生很累，内心很撕裂，她瞧不上自己这么干，因为那并不是她真实的世界观。她觉得自己这样精神背叛，比肉体直接贩卖也没差太多。这种时候，她就更生薛汉风的气，薛汉风也趴在电脑上，但他是打游戏。有一天，她突然扑到他电脑前，老薛关页面不及，原来，他在种菜，还给一个胖女人献花。君生痛斥他，混，混，你儿子将来买房娶媳妇都要钱，看你混到哪天！

让她没想到的是，人家老薛混着混着，竟混成了副处级，进而，正处，成薛主任了。真是世无英雄，小子们都成了处级干部啊。

成了薛主任，老薛的日子就忙了，几乎，一周都不回家吃几顿饭。白天上班，也不断地有客人拜访。晚上回家，从前一声不响的手机，现在，铃个不停。电话里多是文学爱好者，他们叫他薛老师、薛主任，都挺会唠的，拍马屁水平一点不比小周的低，半小时的电话让老薛脑门儿锃亮，鼻尖也溢着幸福的汗珠。整个晚上，都回不过神儿。君生约他下楼活动活动，散散步，可是，再也不是从前了，老薛忙，他要准备明天的报告，后天的研讨，大后天的出门，大大后天的开会……

短短半年时间，老薛胖得腰比肩膀宽了，脸上那个瘦削的鼻梁，也渐渐和脸蛋齐平。同学会，老乡会，开会吃饭，吃饭开会，老薛不回家的日子，越来越多了。

君生再次把脸看向了窗外，当初，她不满意赵建国，同样，和薛汉风见了两面，也没打算纳他为夫啊。老薛当时光棍一条，连基本的安居之所都没有，她是喝了什么迷魂汤，允许他搬进了她的家呢？那时，薛汉风还梳着长发，三七式，他喜欢谈诗，谈理想，谈到兴处，长发唰地一甩。更打动她的，是他的一手钢笔字，写得比字帖还漂亮。在电脑已普及的时代，他给她写了一封封情书。刘君生把所有的信，都一封封展平，摆好，夹到日记本里。那个日记本，还夹着父亲生前的一些信。静下来，她喜欢慢慢读，每读一遍，都眼泪汪汪。当初写下这些信的人，现在，已铁石心肠。

张爱玲有过一段著名的话："一个女人上了男人的当，就该死；女人给当给男人上，那更是淫妇；如果一个女人想给当给男人上而失败了，反而上了人家的当，那是双料的淫恶，杀了她也还污了刀。"君生此时，算双料还是单料的该死货呢？二十多层的高楼，望向外面，是谜一样的宇宙……那里，一定比人间好过吧？如果纵身一跃，会怎样？这个疼痛的生命，会不会，从此一劳永逸？

——这是君生近来常常思考的问题。

6

老薛控诉她不孝敬爹娘，其实，在他们家，谁又疼爱谁呢？第一次去他家，一张破旧的八仙桌子，他爹坐上首，嘴里飞着瓜子壳。老薛坐另一侧，跟他爹一样，也是一小把一小把，瓜子壳吐得欢。开瓣的瓜子壳，雪花一样飘了一地，他娘持着扫帚，撅腰瓦腚，扫了一茬又一茬。他姐，他妹，都像没事人一样，逗孩子的逗孩子，吃东西的吃东西，没有一个人接过她娘的扫帚。在君生家，这样的事是断不会发生的，君生的母亲无论什么时候干活，只要她们在，都会让母亲歇歇，自己来干。而兄弟们，更不会老爷子一样泰然地坐着，由母亲来扫他们吐出的瓜子壳。

到了吃饭，还是那张八仙桌，他爹纹丝不动，屁股像长在了椅子上，筷子，酒壶，所有都是由他母亲一样一样递到他手上。一递一接，熟练得很。一盆炖鸡，始终放在他爹的眼皮底下，他的筷子发给谁一块，谁才吃。不发的，没有敢伸过去的。炒鸡蛋，也似是只供他下酒，另两个看不出颜色的剩菜，才是君生等女眷的。他爹可能考虑到君生是第一次来家吧，竟夹了一大块鸡肉，赐到她的碗里。君生不吃来路不明的鸡，她把那块肉又夹到了老薛的碗里。老薛的母亲以为君生贤良，有肉让着男人吃，还露出了满意的笑。

饭毕，才弄清他们家的厨房，就是屋外搭的一个泥棚子，土灶垒的大锅台，锅里煮着准备给狗吃的食。刚才人食，像是也从这锅煮出。老薛的母亲可能桌上没吃饱，胖胖的身体压着一个小机凳，就着灶台边吃馒头和咸菜。君生劝她进屋去吃吧，她说这样习惯了，这样得劲儿。

后来和老薛吵嘴时，他娘的家庭地位问题，成了君生的把柄：又不是旧社会，也不是地主家，你看你妈，他们就没拿她当过人！老妈子，用人！连你爹都不疼她！

我爹那叫权威，我娘乐意。老薛反驳。

你娘就是受气的命。你姐你妹也不疼她，白养。

我娘那是疼孩子，她愿意多干点，让孩子歇一会儿，这是慈祥。

那，咋对我就不慈祥了呢？扫把到了我手上，她恨不得长到我胳膊上，再也别离开才好。累死我都不怕。

我娘那是对你的训练，希望你贤淑。免费教导你。老薛铁嘴钢牙。

跟她一样当牛做马，就是贤淑了？君生冷笑着。

别愚弄老娘了！又冷哼出一句。

日子的割裂，是从老薛领回儿子开始的。跟着他妈妈长大的儿子，突然到了君生这里，彼此都不适。君生也没装成慈母，她对女儿怎么样，就对他怎么样。老薛是不满意的。然后，突然有一天，老薛在电话里报告说，他老家的房子塌了，他娘砸在里面。

君生当时确实没有着急，因为接下来听说坚强的他娘扑噜扑噜起来了，没事。她不但没着急，还笑了，笑话他爹不过日子，说那房子又不是纸糊的，一个大老爷们，怎么能让住着的房子说塌就塌呢？哪是过日子的人家！

老薛就是从这天，一遍遍向她说，搬出去，搬出去住。搬出去，不就是离婚吗？君生猜测，他家的房子也许未必如他所说，真塌了，也许只是歪了一点，或者哪里漏了。他以房子为借口，是希望君生主动提钱，拿出钱来，给他。君生知道，即使她给了他钱，让他回老家修房，老薛也不会专款专用，他真正的心思，是在儿子身上。每弄到一分钱，他都攒给了儿子。君生恨他道：你孝敬你儿子，可比孝敬你爹孝敬多了。你们这种不爱老，只溺小，是不好的。

接下来，老薛住办公室，电磁炉煮面条，一顿饭；一瓶白酒，一袋花生米，一顿饭；饭店打包拿回两个菜，一瓶上好的酒，慢慢喝一通，又是一顿好饭。君生在他身上，看到了他父亲的影子——多么不走样的传承啊，他爹嫌他娘厨艺不好，时常自己动手，炒一盘硬菜，自享；和他娘虽是夫妻，并不同居一室，他住大屋，有阳光的地方。她娘是厢房，小偏厦。他们好像整日也不说一句话，女人似只是一块会干活的木头，移动的石头。君生还猜想，他们年轻时，也这样吗？还是到了中年，才这样麻木、无情？他们有过年轻、热恋吗？君生见过一些老年的夫妇，他们相携相伴，城里、农村都有。幸福的人生确实不分种族，不幸的日子倒是没有太多不一样。对生活冷酷，对女人无情，这跟读不读书有关系吗？当初君生迷恋老薛饱读诗书，一手好字，现在，他对生活的表现，行为，跟他爹比，又是多么的相似啊。遗传基因，在他身上开花结果了。

借着微弱的光，君生看了一眼墙上的表，十二点都过了。一会儿，就是两点，三点，直至天大亮。再然后，就是白天像黑夜，无尽的困倦。草酸艾司西酞普兰片，也解决不了这悲伤的夜晚。

7

君兰的身子越来越歪，歪，歪，几乎歪到了男人的怀里。烟雾中，谁也看不清谁了，可是对面卡坐上的女人，她睁大了眼睛瞧这边，瞧得眼睛冒烟儿，这怒火又和烟雾混在一起，分分钟要爆炸。沉浸在酒精中的君兰，并没意识到危险来临，她还陶醉在许久未曾体验的、花痴般的快乐当中。

身边的男人，精瘦，黄脸，高鼻梁突兀得像鹰，小眼睛也是鹰般溜溜转，这样的男人是典型的淫货，淫起来没够那种。他知道对面的女人生气了，可他享受女人的争风吃醋。他只是个下岗的司机，这两个女人也是下岗的，无业的他们，麻将成了日常。今天麻将桌上没尽兴，几个人又转战到了小酒馆，路边的小酒馆喝啤酒不要钱，她们上来就把自己灌醉了。

君兰管鹰鼻男人叫刘哥，刘哥俯下脸，酒气喷着君兰，一句一句地叫妹妹。哥哥妹妹，拙劣的表演一般。对面的女人都气得不喝酒了，只抽烟，烟雾像着了火，她密切地注视着君兰的一举一动，尤其是越来越歪的身子。昨天她跟刘哥单独喝，也是这样，哥哥妹妹的，今天，刘哥又跟君兰这样了。女人五十多年纪，卖茶叶的小贩。君兰觉得她有丈夫，刘哥又不是她的男人，她有什么不高兴的呢？所以，她和刘哥喝得放心大胆，几乎要坐到了刘哥的腿上。而刘哥那只胳膊呢，看似环着后面的靠背，实则，几乎就是搂着她。他们都忘乎所以了，也许是酒精麻醉的，说着喝着，竟又交起了杯，交杯酒。抽烟的女人，终于怒不可遏了，她噌地跳过桌子，拔萝卜一样，抓着君兰的头发就薅起来……

君生接到君兰电话，她又是在单位开会。这一次君兰没有用微信，而是一遍遍地打，当她打响第三遍的时候，君生就知道是有事了。她接起来，君兰说，老四，快来吧，姐要被他们打死了。

君兰的脸，老得像君生的妈，实际上，她们也只差了三岁。是长期的麻将生涯，昼伏夜出的酒精生活，让君兰这么衰老的。君兰的左额头，缠着纱布，那是一块瘀肿缝过的头皮。在和那个女人厮打时，她还被砸了一酒杯，当时就流血了。头也昏了。现在，人醒了，可是她不愿意睁开眼睛。

太瘦小了，如果君兰再把头缩进被窝，一定没有人怀疑这被子里有人。当初，就是因为她长得瘦小，到了上学的年龄，由不够年龄的君生陪着；父亲退休时，又是不够年龄的君生，替她顶职接了班。然后，书读得最多，念过大学的君兰，毕业后分到了国营工厂，过了几年好日子。那时的电视机厂，电视机供不应求，人们要买电视，得凭票。君兰生了孩子那年，电视机厂就被外方合资了，合资后的资本家，不但不要原来的那班领导，连他们最能干的工人，也统统下岗。资本家说国企的这些人，习惯不好，混日子，磨洋工，宁可给他们一笔钱，也绝不让他们的坏习气污染了接下来的工厂。

君兰下岗后，也曾自谋职业，和她丈夫，开了家打字店。那时电脑还没普及，打字店的生意一度红火。可是，当他们用买断工龄的钱，租下房屋，置了设备，准备好好大干一场的时候，政府治理环境，市容绿化，把门店给拆了……挫折过后，君兰再也没找到过一份正经工作。

挨日子，混日子，成了她的生活。

君生说，三姐，我都说过你多少回了，别再跟那些人渣混一起，混来混去，就是倒霉。你就是不听。咱妈当初让你念了那么多的书，白念了。

我心里难受，难受！君兰蒙着被子，说。

难受就可以胡作非为吗？难受就糟蹋自己？在这个难受的世道，谁又不难受？君生非常想告诉君兰，刚才，她正在开会，开会的时候，她都想高唱，发疯。她还想告诉她，自己每晚，要靠药撑着。而那来什么普，跟毒药也差不多。她还想告诉她，君琳，是在用佛经度日。女友小周，用文学，写作，抵拒伤痛。就是那些看着光鲜的强梁，能人，比如单位的赵钱孙李，馆长书记，他们每一个，天天斗争挣扎，那份处心积虑，又有多少好活？刚才路上还接了一个老薛的电话，老薛在电话中没事人一样，说他的一件什么什么东西，落在家里了，问她见到没有。那一刻，她都心如刀绞，迎面去撞汽车的心都有。可是，她没撞，她硬挺着，打车来到了医院，陪姐姐，一直把她陪到家。她非常非常想说，你是姐姐，你难受就对这个世界胡作非为。我难受，我连跟你说的勇气都没有。因为，跟你说了，你也不懂。你的世界，只有麻将，男人。多余的，你考虑起来嫌累。

君生长长地叹了一口气，在腹内。她想说，姐呀，我心都这么难受了，也没有破罐破摔。可是你看你，日子不如意，都这把年纪了，还千里淫奔。

像是听到了她的心声，君兰睁了一下眼，又闭上了。她也知道，自己这个当姐的，在妹妹面前，羞愧。咦，不对，君生的脸，也像是遭霜打了，她病了？再次睁开眼睛，没错，君生的脸整个小了一圈，以前的圆脸，现在，都变长了，眼睛，也失了光泽。这时，君生手机响，她接起来，是老薛。

薛汉风问她在哪儿，刚才话没说完为什么挂断了？

君生没好气地说你今天找不到，就会死吗？

老薛那边没接话。

君兰劝道：老四，话要好好说，人家老薛，脾气多好哇。

是好，不但脾气好，笑容也好，杀你都是笑着的。

那边薛汉风说，你是不是有什么事啦？刚才打电话，我听你心急火燎的。

别猫哭耗子啦！君生挂断了电话。

有那么一刻，君生一阵目眩，这是老薛搬走以后，她作下的病。一焦虑，眼前的空气就像雾霾了，什么也看不清，看不见。

君兰坐起，伸手拉住君生，说老四，来，坐这儿。我看你好像也病了？你哪儿不舒服？她拍拍床边，说躺下，躺一会儿，就好了。

君生眼泪快下来了，母亲去世后，这样跟她说话，这样拉她胳膊的人，已经没有了。现在，君兰虽然不成器，这样让人生气，可是她对她的爱，是原始的，没变的。姐姐对妹妹的感情，在这个世界上，真挚，不假。

君生拉过被子，也蒙上头，她得歇一会儿，喘口气。

上帝造完男人，为什么又造了女人？还说她是他的骨中骨，肉中肉。这多年来，放眼我们的生活，她们是骨中骨肉中肉吗？分明，一块一块，变成了石头，木头。哪个人，愿意身体里有石头、木头？男人就像抛掷石头一样，把她们撂一边。木头，坐在屁股底下。上帝捏了女人，是怕人类太单调，太无聊，才有如此的一手？人间的痛与爱，哪一件不与男女有关？君琳因为感情，精神破碎，信了佛。而君兰，看似家庭完整，实则，丈夫成了家里的石头，她们有二十年没有夫妻生活了吧？所以君兰才去打麻将、喝酒。当她有了难，遭了殃，不找丈夫不找儿子，而是，把电话打给了君生。让她来救她。这个有家庭的女人，跟没家的君生比，又幸福多少？

君生有些后悔，如果昨天，答应三姐，和她见一面，在一起唠唠，也许，就没有今天这一遭了。可是，都这个年龄了，每个人都得过自己的生活，她管得了今天，又怎管得了明天？再说了，自己这越来越重的抑郁，厌世，谁又来拯救呢？

手机又响，君生拿起来，是老薛微信。他说如果有什么需要，可以打他电话。他随时会帮忙。

怪了，现在分手了，倒又客气了，朋友一样仁义。君生还是生气，认为他是假仁假义，没理，随手就把信息删了。

君兰知道是老薛来的，问她，你昨天不是说，老薛出差了吗？

没必要瞒了，总这样骗着，也没什么意思。父母早都没了，兄弟姐妹，看似一大帮，可是，谁又不是自己忙着自己的生活？你离不离，幸福不幸福，谁又替得了多少？怕看笑话，不笑话又能怎样？所有的日子，最后还不是自己扛？演戏能当日子过？君生说三姐，我和老薛都分开一年多了，没告诉你们。

三姐睁大了眼睛，她说老薛多好的人啊，不抽烟不打牌的，还有工作。现在都当上主任了吧？这样的日子还不过，真是把你烧的。

君生苦笑了，同为姐妹，她们的三观实在是相差太远了。

不想顺着自己的糗事说，君生劝她道：三姐，其实你即便是不工作，好好在家待着，当一个良家妇女，别和那些坏人在一起，过正经人的日子，也比现在强。

就算你不为了自己，也该为强子考虑考虑，他都那么大了，如果在外面听人家说他有个天天打麻将的妈，谁愿给她当媳妇？别说找工作，找媳妇都难。

找不着拉倒！君兰噌地坐起来，不说他，我还不生气，那么大个小子了，天天玩游戏。大学也供了，学费也拿了，嫌我丢人，我还嫌他不争气呢！

又说：找了媳妇又怎样？像他那死爹，谁找谁倒霉！君兰咕咚一下又躺下了。

这是把对丈夫的气，转嫁到儿子头上了。君生没什么话说了，三姐的婚姻，在外人看来非常平和幸福，邻居们从未听过她们家的争吵，丈夫之于她，就是一条影子。自从生下儿子，君兰都不记得丈夫床上的模样。精神上，也没什么交流；吃饭，各自默默地吃；电视，一个看另一个就不看。开始时，君兰还试图努力过，想沟通一下，但是丈夫就如同木头一般，无痛无爱，不给她答案。时间久了，君兰由一个细声细气的女人，变成现在这样通了电的大嗓门。脾气暴，缓解不了身体恶化的生态，得了花痴一般，打麻将，闻烟味，男人的臭汗味，最下层人混杂的污浊味儿，什么味儿，都比家里这死人味儿强。

静了有那么一会儿，君生看到，君兰的两边眼角，沁出两行热泪……

8

一到秋天，单位就要忙了，开会是常态，年终总结，明年计划，曾经计划的落实情况，等等。君生一路都在打着哈欠，她实在羡慕古代的妇女，大门不出，二门不迈，还能儿女成群。

有人养，有宅子住，不用出来跟世界拼命，多好。

小会议室，人密集得如同坐电影院，中原城市，没春没秋，秋天，也热度不减。杨小萌依然穿着蕾丝紧身裙，有钱书记在，她的坐姿就没塌过，一直是一把精美的小提琴。立式空调不管用，有人用报纸哗哗扇着风，钱书记看向那里一眼，那人就不敢扇了。

钱书记开会，沿袭当兵的风格，开门见山。只是他文化太低，念起文件很费劲，许多字都不认识。今天开会，主要传达三个文件，然后，郑馆长总结上半年，孙副馆说一说下半年，刘君生，她是听喝的。心里纳闷的是，上一次那个项目要拨款的计划，今天不提了吗？

所有人都奄着眼皮儿，有玩手机的，有抠指甲的。钱书记念文件，念得辛苦，他把"恪守"一次次越过，不认识，便不念了之。走神儿，成了君生开会的主要内容，她在想，曾经的民俗研究馆，是一个多么宁静的单位啊，那时，还叫民俗研究所，一块小木牌，安安静静地立在那儿。自从老所长退休，新馆长来，又来了书记，又提了副所长，乌乌泱泱，又提了科主任，又提了副主任，天啊，四十来人的单位，一半都是官儿。就连自己这样一个不思进取，行为也不热烈的人，因为年头，都熬成了副馆。人人头上都有一顶帽子，便也人人都守潜在规则。钱书记善弄权，这么小的天地，他把关乎大家命运的，职称、工资、绩效、三三三人才优秀专家等，摆弄得风生水起，浪涌浪翻。他像发扑克牌一样，发给了谁，赐给了谁，谁才能得。而原来，是轮到谁，谁得。他最大的发明是，是造名头，弄项目，整来一笔笔钱，开上几场会，钱也花了成绩也有了。这样做的结果，是许多人都爱上了这一口。

你看那腰板拔得笔直的杨小萌，她连个三行字的文案都写不出，却已是会场上面软心硬的中层女干部了。下一步，钱书记正努着劲儿地提溜她，想再提半格。杨小萌也乖，一个半小时了，小脑袋一直像葵花向太阳一样看着钱书记，不管听没听懂，一律点头。如此枯燥的文件，她也能把虔诚的表情一直坚持很久。钱书记文件念完了，突然大声说，没有共产党，就没有新中国！——现在，当下，网络谣言太多，都是唱衰中国的！端起碗吃肉，放下碗骂娘！钱书记的提高声调，把那些恹恹的都吓醒了，抬起头张望。钱书记继续说，我们馆，至少不要出现这样的问题。告诉你们，专政的法网恢恢不漏，别以为你们嘴痛快痛快就完了，上级掌握着呢！丑话我先说在这里，谁说错话了，到时候谁自己去受着，可别说我没提醒你们！

果然震慑，刚才还低着的一片脑袋，现在全抬起来了。钱书记又举了两个实例，谁谁谁，谁谁谁，前退休的，还当过领导呢，这点觉悟都没有，发朋友圈，啥都说，告诉你们，不是我兜着，他进去了！还是那句话，没有共产党，就没有新中国！

大家要感恩。

到了郑馆长总结，她顺着刚才的话茬儿，说了近期的形势，恐怖，暴力。她告诉大家，在公共场合，遇到这种事，我们要以身作则，有觉悟有担当——大家听愣了，肯定都没明白，责任和担当具体指什么？君生替大家问道：觉悟和担当，是说我们面对暴徒，先不要跑吗？

杨小萌捂嘴笑了。全体，也都觑向了君生。

郑馆长有些哑言。是啊，听上级传达时，要责任和担当。可是具体怎么责任，怎么担当，她也不是太清晰。总不能，暴徒举着刀，我们说让群众先跑吧。

钱书记给她解了围，接过话，说：我们共产党人就是要高风亮节，就是要敢于同坏人坏事作斗争！

两句誓言，大家好像还是没有太听明白。

保持共产党员的光辉形象！钱书记又补了一句。

君生笑了，光辉形象是岿然不动等着暴徒砍吗？

钱书记没有再搭理她，瞪了一眼，全场静默。

轮到孙副馆总结业务，她先表扬了上半年，又展望了下半年。接下来设想宏伟的计划，申请三百万，再编什么大典。十年可以，二十年也行，文化事业嘛，就是慢慢来。她还把年初申请下来的资金，重点解说了一下，钱书记非常高兴，露出满意的笑容。同时掐指一算，2030 年，哦，那时我已退休了。没事儿，你们接着干，谋划工作，就是要前人栽树，后人乘凉。

9

君生就着咸菜，边吃面条边看新闻。大姐君红曾经说过，那电视上的人，你又不认识，天天看他有什么意思呢？尤其是外国的，大选啊，爆炸杀人啊，八竿子都打不着，你操那些心有啥用。

是啊，没什么用。可是她需要，心灵需要。如果，她把这个答案，跟大姐说，大姐会觉得君生是好日子闲的，吃饱了撑的。在她们几姐妹中，若论物质条件，君生比她们都丰盛。大姐常说，有吃有喝，你还有什么不高兴的呢？为那些犯不着的事操心，图什么！

不图什么。君生记得书上看过一句话：为与自己无关的事操心，要么是伟人，要么是精神病。君生知道自己肯定不是伟人，那么，就一定是精神病了。

昨天，她和君兰参加了大姐的生日宴，原本五月份要办的，人凑不齐，拖着拖着，拖到了现在。上一次通知，大家不是这个出门了，就是那个有事了，三分之一都聚不齐。现在，等了再等，等得大家实在找不出借口，就都来了。这回，不但办大姐夫的，大姐还把自己也并进来，两个人一起办。这叫躲过了初一，躲不过十五。君生像看一场歌剧一样，看着家人的大戏。嫂子们多已退休了，平时，也没什么舞台，现在，家人的聚会，成了她们展示亮相的机会，擦擦抹抹，穿上最好的。大姐是东道主，可是风头是被嫂子们抢了的。大姐如何穿戴，也不漂亮，加之舍不得花钱，所有的衣物，都是仿的。就像大姐不理解她，她也理解不了大姐。按说，儿子都结婚了，丈夫也有退休工资，她还这样一分钱掰十瓣，抠抠搜搜地花，咋想的呢。包括这次办生日宴，让那些嫂子们私下嘀咕，看不起。不理解归不理解，支持，爱护，她还是一分不减的。小时候，她们年龄差得多，大姐几乎替代了母亲的位置。每次从林场回来，都会给君生带一点新鲜的东西，一块花手绢，一根有颜色的笔，一截好看的花头绳。甚至，君生的画画技艺，也是大姐启蒙的。大姐给她讲，她们林场的一女知青，就因为会画粉笔画，每天出板报，就不用进山挨蚊虫叮咬。"啥时候，都得有一门手艺，有手艺了，才能不出苦大力。"这是大姐给她的训条。大姐是很苦的，她没有完整的小学、中学。小学时要肩负起照顾弟妹的任务，中学没念完就上山下乡了。结婚后，婆婆说，谁家谁家的媳妇，可馋了，又没怀孕，却天天吃肉，这样的媳妇，是馋老婆！这样的警钟敲过，大姐便无论多想吃荤，下班回来也不敢买肉了；婆婆说，哪家哪家，媳妇可懒了，人家老公公都起炕了，她还头不梳脸不洗的、拎尿壶刚出来呢，让人笑话死。大姐便每天天不亮，起来，早早把自己屋里的一切收拾好，再给婆家全家人烧火做饭；饭桌上，婆婆说，当媳妇的筷子可不能伸那么长，越过自己男人的菜盘子，被人笑掉大牙。大姐就兢兢业业，永远守着面前的剩菜剩饭……这些，是她们姐妹从东北来到中原后，大姐和婆婆已经不在一起生活了，她才说的。更早，她是不告诉娘家任何人的。受气，在她看来是一件非常丢人的事。

而君生呢，自从去了老薛家，发现他爹桌上吃独食，回来就把这当笑话跟所有人说，边讲边乐，乐得嘎嘎的。她可家丑不怕外扬，这就是她们姐妹的区别。还有，婆婆曾力争让她也坐小机子，随她在锅灶边吃，君生的办法，是再也不去了，八抬大轿抬，都不去。而大姐呢，她遵从了婆婆一辈子，虽然内心并不愿意。

大姐和姐夫下岗后，开了这家粥铺。如果说君琳信佛，君兰信麻将，那么大姐君红，她最信的，就是钱了。她相信有钱能使鬼推磨，钱能解决一切，至少，能解决她家的一切难题。生意人，斤斤两两地算着每一分钱，几十年来兄弟姐妹的往来，大姐都有账，半斤八两，分毫不差。是不是因为她每天摸钱、攒钱，才会对钱有这么深的感情？按说，大姐家现在已经不困难了，她办这场生日宴，有点强收税的意思。可她等过了春天等夏天，不办，好像吃了大亏似的。

三姐献的寿礼，是大姐大姐夫各一套秋衣，这使大姐接礼时愣了一秒神儿：如果都像她这样，这个寿宴还办得什么意思？！君兰悄悄跟君生说，我就不惯着她，整钱，划拉钱，划拉来划拉去，都给人老汪家攒着呢。傻死啦。君兰说这话是有由头的，在她们老家，中年男人死了老婆，会再娶。前女人辛苦攒下的一生，就都攒给后老婆了，所以叫"给后老婆攒包"，是劝喻那些过分俭朴的傻女人。现在，君兰觉得大姐，就有这个趋势。为开粥铺，她起五更爬半夜，黑爪子挣钱白爪子花！儿子奢靡得像个省长家大少爷。而她，熬巴了一辈子，都不舍得给自己买件像样的衣裳。

如元也来了，她容颜依然那么靓丽，没有皱纹的手指，一枚宝石蓝的戒指，让两只手像手模。鞋子，包，所有的细节，都颜色一致，非常搭调。君兰小声说，知道吗，老二正跟和尚搞对象呢，听说那个和尚，还是一处级干部。哦，不对，不叫和尚，是，是，哦，居士，他们悄悄在家修行的，叫居士。

君生拽她手一下，意思小声点，别找不自在。

君生说你真给力，咱妈也会谢谢你。这样的吹捧，是真心，听着也顺耳。如元告诉她，自己还没那么深，是大师兄帮着一起超度的。

大师兄，就是君兰嘴里的"那个和尚"，君生正想问一句，她和这个大师兄，怎么样，啪啪啪，大姐夫来了三击掌，让大家静一静，静一静，他要说话了。首先，谢谢大家的到场，感谢兄弟们的情谊。大姐夫说他不会说什么，先敬三杯酒吧。一杯，两杯，三杯，三杯过后，尽开颜。所有人都高兴了，脸上红润，眼神流光，女眷议论小姑子，男宾关注股票基金。全家人，有一段儿没聚了，现在，大姐的生日宴，把大家凑在一起，大家反过来，又感谢大姐一家，一杯两杯三杯，越喝酒，情绪越好，说不尽的话题，挡不住的声浪。席间，君琳出去接电话了，像是那个大师兄打来的，感情很甜蜜。君兰坐在君生的左首，君生问她接下来的打算，君兰心大，一如既往地说着自己找工作的宏伟计划，打工不挣钱，要干就自己干——这样说着，她又感叹，自己干得有启动资金呢，像我们这样的，找谁去借钱呢。找银行，人家都不贷给我们！

君生知道她这一通畅想，又是白搭。

席间，大姐还问君生老薛怎么没来，君生脑子空白了那么几秒，愣怔着看空气。一晃儿，时间都过去了这么久，可家人并不知道她真实的生活状态。亲姐妹也好，血缘也罢，谁家的日子，又不是自己过呢？甘苦自饮，冷暖自便。从这个意义上，她倒是真心的祝福如元，能和那个大师兄幸福、圆满。君生撒谎都没有脸红，她对着空气说，哦，他出差了。

换了一下频道，凤凰台，正在播一个地区的大选，那个气质颇佳的女性，端然胜出。君生很为那个人鼓舞，甚至，心里还有那么一点小激动，多么美好的画面，多么感人的人生。那演讲，那风度，与之相比，单位里的那些人，包括自己，都像一堆朽木头！

——"我不知道我的生命将向哪里，但活着的日子，绝不无聊"——这句话又像一盏灯火，照亮了她的暗夜。

10

双休日是个幸福的日子，一个人在家，像一条轻弋的鱼，悠闲自在。突然，有人敲门，在这通讯如此发达的时代，直接敲门者，已经不多了。

原来是老薛，薛汉风。

薛汉风老了，笨重的四肢，更肥的肚囊，和那下垂的眼袋，就连嘴角，都是深深地下撇着的。如果说女人老了有罪，那男人，又好到哪里去呢？你看老薛，哪儿哪儿都虚着，坠着，松弛着。如果不是曾经的丈夫，君生对他，也是懒得看一眼的。

再见面，依然平静得如同老夫老妻，他们没有客气的话，也不横眉冷对。老薛几次电话让君生给他找出那本书，君生都告诉他没有。确实，在她们家，除了她喜欢的那些艺术，老薛说的什么什么大系，她几乎完全没有印象，那是他们高校编纂的一套书。薛汉风换了鞋，像回到自己家一样，走到电视柜下的抽屉，拿出一把小钥匙，说我想起来了，那本书在储藏室。我去拿。

穿上鞋，开门去地下室了。

分开快一年了，没有见过面。中间电话，都是些水电卡续费类，君生找不到地方。听小周说，老薛已经不住办公室，已经买了房。还听说，他没有找女人，一直没找。小周曾建议，一起吃个饭，她说老薛是好人，中老年男人这个样，已经不错了。能复合，还是复合。君生没有采纳小周的建议，她想起了民间流行的那句话，防火防盗防闺蜜。现在，她什么都不用防，完全适应一个人了。

老薛再进来，鼻尖上一撮灰。左肩膀，也是陈年灰网蹭过的痕迹。君生让他别动，去卫生间取块抹布，递给他。他说看不见，你帮我掸。君生就帮他擦。老薛小孩子一样随着抹布，歪来歪去歪着脑袋。擦过，他又换上拖鞋，没有立刻走的意思。君生去汰抹布，一想他身上有灰，又叫他别动，另取一张椅垫，垫到了他沙发的屁股底下。老薛说毛病真多。君生自己也知道，越独过，洁癖越重了。

唉，四儿，我说呀，刚才，你是没去，你要去那地下室，吓死你。

君生在卫生间洗抹布，老薛坐在沙发上说。还管她叫了小名，像没分开时一样，这个老东西，又卖什么乖呢？她伸出脑袋，看他，意思是怎讲？

老薛说我刚开门，刺溜儿——一只耗子。一只大耗子。

君生缩回头。说我都一年没下去了。当初买那儿，就是白花钱。

地下室是买房时强配的，不要都不行。很多东西储进去，再也没法要了。

老薛轻轻地翻着他那本大系，皱着鼻子，说虫嗑鼠咬，光板没毛，完蛋了。

君生再次拿出一块小抹布，是穿过的背心。说别抖落了，都是灰。拿回去再摆弄。说着让他包好。

老薛听话的把书包上，说渴了，倒点水。

君生给他拿出从前的杯子，倒上白开水。老薛起身去卫生间，洗手，用厕。君生看着他敦实的后背，心想真没拿自己当外人啊。

磨磨蹭蹭，就到了午饭的时间。老薛说走，去外面吃吧。君生不愿意。她说原准备中午煮面条的。老薛说那就多煮一碗，我也吃。君生不在乎一碗面条，她很快就煮出来了，两人像从前过日子一样，熟练地拿碗拿筷，冰箱取咸菜，坐下来，看电视，吃饭。

老薛边吃边找话，不时用眼睛看君生。君生不喜欢他这样看，中年女人，已经不经"近瞻"了。她愠怒地一皱眉，说他，要吃快点吃，没话别找话。说完，埋头吃面。

老薛的心一阵微痛，君生，曾经是一个多么爱说爱笑的人啊，搁从前，他找她逗话，她接上来的，一定是别管丈母娘叫大嫂了，没嗑儿找嗑儿。或者，叫他老不正经，现在，她的表现，和从前判若两人。

老薛想到这儿，伸出一只手，放到她的肩膀，有搂，也有安抚的意思。君生转过脸，定定地看着那只胳膊，像不认识胳膊一样，看了很久，才说：你还想离婚不离家——想得美！

嘿嘿，嘿嘿，这就对了，就是这样，这样说话，才是从前的君生。

吃完了午饭，老薛也没急着走，他忙忙乎乎，像个勤俭持家的好丈夫，把卫生间放拖把的那个池子修了，又整理了厨房，还下到地下室，把地下室也清理了，打上鼠药。叮嘱君生，去地下室注意哪些。君生自己躺到床上睡了，老薛里里外外很是持家了一番。

"羁鸟恋旧林，池鱼思故渊。"从前的家务，老薛是能躲就躲，能拖则拖的。现在，他像从前过日子一样，磨磨蹭蹭，干了这么多活儿。君生醒来，看他这样，问他是学雷锋做好事吗？老薛砂锅煮驴头，头烂嘴不烂，说你以为老夫要吃回头草呢，告诉你吧，我这是可怜你。男子汉大丈夫，何患无妻！

活儿干完，说自己累了，又躺了一会儿。君生笑了，她觉得薛汉风现在就是个老孩子，他的表现，嘴巴上说的，眼神，可不就是一个年龄大了的老孩子嘛。躺下来，还虚张声势地要对君生乐一乐，君生给他盖好被，说老了，遵守老年人的规矩，也是美德。

薛汉风转脸就睡了。

肥肥的肚囊，一呼一吸，像在自家睡一样踏实。老薛是被手机响惊醒，一睁眼天都快黑了，他边穿衣边嘟囔，拿老爷当木头了，一点春心都不动。

像是一个急迫的电话，是男是女君生没有听清，老薛匆匆地走了。面对床上那个空被窝儿，君生坐下，有点缓不过神儿。人和人的感情究竟是上帝怎样巧设的一个机关？这一家不一家两家不两家的，是未来男女的新型关系吗？不是夫妻，也不是朋友，不是兄妹，也不是情人，却，有亲情，有爱……不知他今天走了，明天，后天，会怎样？君生还想起了一个笑话，一个人活够了，决定跳楼。在他下落的过程中，看到九楼那家，正打得头破血流。八楼，残疾的丈夫卧病多年。七楼，欠了一屁股债，也想跳楼自尽。六楼，因为奸情，女人跑向了窗户。五楼，男人出了车祸，女人正哭得死去活来。四楼，儿子不听话，老子气得要死。三楼，二楼，一楼——没有一家的生活，不是有残缺的，没有一个人的内心，不是百孔千疮……若论死，他们更没活头，为什么人家能苦苦坚持？男人后悔了，眼看就要粉身碎骨，多亏一狗舍，搭救了他。从此，过上了幸福的生活。

是啊，比起周围，君生已经是世俗意义上的好日子。别人都能下死力气跟命运拔河，她为什么，要先行告退？

君生站起身，把来士普等所有的药物，都扔进了垃圾箱。

<h1 style="text-align:center">11</h1>

心情变了，看生活的眼光就变了。今天的工作内容，又是开会。但君生已经不焦虑。所有人都紧急召到三楼会议室，是什么文件的紧急传达。一坐下，才知道主要是照相，集体，小组，分组补拍。过几天上级要来检查的。前一段儿的学习任务，没有留下资料。这次检查，有这个内容，要补照一下，贴到宣传栏上。有图有文有时间地点，这项工作不白干。

杨小萌今天穿的是蕾丝连衣裙，更像一把小提琴了。她乖巧地俯向钱书记，钱书记说什么，她不管听没听懂，全都频频点头。一架照相机，几个男士轮流当摄影师，摆桌子，挪椅子，一个场景一个场景，学习上级精神的，传达会议文件的，争创文明，单位开会研究部署的，一组一组，拍得比当时会场更真实。

君生像个求知好学的小学生，认真观察，耐心听话，内心还充满了喜感。别人坐向哪里，她就跟到哪里——钱书记大声强调绝不能拖系统的后腿，问题不能出在咱们单位，大家积极响应，热烈配合。最勤快的人，要数杨小萌了，她一遍遍地上去替代了摄影师的角色，鼓励大家说"茄子"。茄子说够了，还教大家慢张嘴，"小猪肥"——"小猪肥"的表情，更萌更好看。

有人提议："开过那么多会,不能穿得都一样吧?换换换换,大家应该换换衣裳。"——这一提醒,让所有人都乐,可不是,光注意摆造型了,身上服装也不能穿帮儿。屁股椅子一阵噼啪乱响,聪明的杨小萌嗖地跑出会议室,只几分钟,魔术师一样回来了,蕾丝裙换成了精干的职业装。其他几名骨干,也不落后,嗖嗖嗖,大家跑出去又回来,旧貌换新颜。"对了,这就对了,这样才像,挑不出什么毛病了。"钱书记满意地点点头。

君生的手机突然大响,吓她一跳,是君兰。赶紧摁断,坚持把照片拍完。

此时,君兰又在小酒馆借酒浇愁了。每月的这几天,都是她最难熬的时刻。身体的问题,是任谁也解决不了的,就像佛祖套在孙猴子头上的那个紧箍。君兰最怕自己的生理周期了,每到这几天,似有万蚁噬骨,千魔乱心。她已经不知自己喝了多少杯了,手是软的,脚也软,腿更是软得如同面条,全身的骨头,都酥得拿不成个儿。她不知自己要把这具肉身托放何处,如何处置。一块钱一瓶的啤酒,她们都喝一箱了。君兰是打头的,她端起酒杯,像喝白水一样咕咚一口,咕咚一口,几下子把自己整醉了,醉了的身体,才不是她的,才不让她难过。

打起精神,想好好过日子,她是这样想的,也去这样做过,但是,不行啊,比登天都难。去了多少家,超过四十岁的女人,人家根本不要,看都不看你一眼。找工作又不是卖春,凭什么非要年轻的呢?女人老了就该死啊?鸡不鹐,狗不咬,全世界都嫌弃你了。君兰身体难受，精神也不好受，只有和这些酒友、麻友在一块儿，喝点，玩会儿，才是好时光。大家互不嫌弃，抱团最暖，酒话，车轱辘话，说了一圈又一圈，当把这些话都说没了，说够了，君兰开始吹牛，说别看我没出息，我妹妹，君生，她可不赖，经常上电视呢，好多人都认识……那些人不信，撺掇她打电话，证明一下，结果，她就一遍遍地开始打。君生这边，正在拍照，不知她什么事，心急火燎。待打通了，君兰在电话那边对身边的人说，她现在牛了，从前，上学那会儿，是我的跟屁虫儿。连作业，都是天天抄我的。那时候，我年年都是三好学生，我得的奖状，我爸都当年画贴墙上。现在，唉，现在是不行了，落坡的凤凰，不如鸡啊。来，喝！

君兰被人送回家时，已醉得不省人事。君生跑到她家，又是一个人躺在床上，被子里小小的她，因为口渴，突然扭动一下，才见那里还有东西。丈夫不在，儿子不在，君生黯然地想，如果此时，姐姐暴病死了，谁又知道呢？有家、有丈夫的人，生活又如何？君生怕她呕吐，先给她拿了一个桶，放到床边。再接上温开水，让她喝。君兰的身体像沙漠，一杯一杯，直接把三四杯下肚，嘴唇还是白皮。她眼睛睁不开，可是嘴上说四儿，我心里啥都清楚。再喝点也没事儿。

又是一顿白开水灌下，君兰终于眯着了。眯得不实，眼皮儿是跳动的，眼角时有泪。君生坐下来，从包里拿出那本简版的《圣经》，说三姐，你好好躺着，睡不睡都行，我来给你读段《圣经》。

君生打开，像自习课早读一样，轻轻念了一段。

君生又翻了一页，念了起来。

念完之后，君生合上书，呆呆地望着三姐，她的眼皮儿不跳了，像是安然睡着。君生把书放进书包，她准备去给她做点粥。竟忽然又想起纪伯伦的名言："你的日常生活，就是你的庙宇，你的殿堂。"——这个黎巴嫩的哲人，君兰考大学时曾把他的名言警句抄在小本子上，君生不懂的，还要问她。现在，这些话，她可能都忘了。

像是心灵感应，君兰的被子一阵颤动，微风掠过湖水。她哭了。

12

早晨上班的路上，君生接到了孙副馆的电话，问她在哪儿呢，君生以为孙副馆嫌她迟了，马上撒谎说在银行，顺路办点事。孙副馆说那正好，你就别动了，千万别动，就在银行蹲着吧，作风检查组的来了，正在门卫守呢，抓住一个全年文明奖就没了。你等一会儿，他们走了再来单位。

看来今天是突击检查，君生如果不到单位，孙副馆钱书记还可以说这个人出差了，或去别的单位办事。而她若突然戳到门口，被抓了现行，那损失的可不是一个人的事儿，是整个单位。那些人猫在收发室，就是想要这么个效果。

真险啊。

她把车停靠在路边，马上有收费的人跑过来，要收费，五块。这可太贵了，君生舍不得，她说我不下车，就在车上等一会儿。收费的说不下车也不行，下不下车都得交。君生又把车慢慢往前开，马路两侧，成了停车场，根本没有停车的地方。她不知道，这样在马路上待命还得待多久。游游弋弋，围着这条街转了一个四方圈，也找不到合适的停车地方，油钱都超过停车费了吧，君生晃晃头，嘴角苦笑，只要出了家门，荒唐事就会一桩接着一桩。这要是从前，她又要头晕了，并且，会眼前发黑。现在，她竟然挺住了，透过车窗看外面明晃晃的太阳，像看电影，自己就剧中人，此时，还演了个大角儿。

这时，孙副馆又来电话了，指示她，赶快去邻近的文物馆，拿一份资料回来。说检查组的人也学精了，蒙混不了，刚才郑馆长说走了嘴，说君生在文物馆查项目资料，结果人家一会儿就要把电话打过去，核实。孙副馆说，赶快，赶快，你赶快去文物馆，查不查资料，都到那挂个号儿，省得露馅儿了。

孙副馆又说，多亏杨小萌眼尖，今早，是她先发现的那帮人，如果不是她报告了钱书记，咱们单位，可被动了。你赶快去吧，班子成员，更不能出事儿，听说这次整得可严了，有职务的，一律免。

从这个意义上，君生得感谢孙副馆了，如果没有这个电话，她被逮到了，因为迟到，就被免职，丢人不说，损失也是巨大的。她们的前副馆长，退休的老章夫妇，双职工，都有小小的职务，退时，也还过得去。没几年，夫妻双双身体不好，都不能自理，要雇两个保姆，结果，各自的工资，都不够支付保姆费用的，她们是眼睁睁看着两夫妇早死的。活不起，就死了。

君生心里感谢着孙副馆，荒诞感变成了使命感，演，必须演，锣鼓已开场，况还是剧中人，有了开头，要有中间，结尾，善始善终。她掉头往文物局开去，边开边给小周打电话，告诉她自己要去她那里躲一会儿，如果有检查组的电话，她先给应一声。可是，电话响了半天，小周才接，接时鬼祟，语气颇为踌躇，君生问她干什么呢，她支吾半天，说在路上。路上应该有人声车声，可是她的周围，很安静啊，小周有什么要撒谎的呢？君生不解。

君生说那你赶快到单位，我去你那找点资料。

小周说，她不能去单位了，单位里正检查，她得去政协躲一躲。领导刚交代的，要她去政协，找一份哪天哪天的报纸。

天啊，全一样啊，君生心里笑了，看来，她今天也是迟到了，被单位的领导截在半道儿上，也要她待命。也要她自编自导，去政协找什么资料。唉。

君生看看周围，踌躇着找停车的地方，这时，她发现自己游游弋弋已开到了老薛单位的附近，师范大学。新盖的楼，很宽敞的院子。她犹豫着要不要上前跟保安说好话，求他让自己进去，停一下，这时候，她看到了那个窈窕的背影，说话喜欢一点头一点头的女人，不正是小周吗？难道，老薛这单位变成政协了？君生进不是退不是，闷闷地坐回车里。孙副馆的电话又进来了，喜悦地告诉她，回来吧，没事了，那帮人都走了。

回到单位，孙副馆还守在门口站着，像打赢了一场硬仗，她说刚才那帮人接了一个电话，像是上级有什么事儿，紧急召回。钱书记让他们上楼坐一会儿，喝口水，都没坐，急匆匆就跑了，车藏在路边儿，像特务似的，以后可得小心了，那帮人可了不得。

君生点头。上楼的时候，她竟哼起了歌儿。

13

春天的公园，柳树发芽，人造湖边杨柳依依。君生支着一条腿，坐在公园的椅子上，悠闲地看着大姐君红和君兰在杵香椿树。二姐君琳上个月已经结婚了，相悦的人，果然是她的大师兄，那个居士。君琳不再叫如元了，又恢复了她世俗的名字，她们的婚也结得很浪漫，一个月的欧洲游。行前，君琳请几个姐妹一起吃了饭，席间，君生还试图跟姐姐探讨母亲的问题，地狱，天堂，灵魂，等等，君琳说生活就是修行，修行也是生活。每个人的心里，一会儿是天堂一会儿是地狱，空即是色，色即是空……这样的话禅意深深，引起了君生更大的兴趣，她近段也在读佛经，尤其《心经》的短短二百多字，成了经文中的千古之谜。"空不异色，色不异空，受想行识，亦复如是。"君琳家那个香烟缭绕的佛堂，现在又变回了婚房，这，是不是"上求佛道，下化众生"，君琳在修行上的"色不异空"呢？

君兰嫌手中的木杆不给力，扔到一边，噌噌噌，爬上了树。

择香椿树上的嫩芽，剁碎炒鸡蛋，这是华北人的吃法，作为东北人的她们，也已深深地爱上了这口儿。一个在下面喊，一个在上面接，配合默契，好不热闹。不一会儿，两个人已累得汗巴流水，露出孩子样的笑容……君生感慨，这样的时光，暌违有二十多年了吧？姐仨没什么事能在一起，那还是少女时代，围在母亲身边，一起干家务，一起成长，一起嬉闹。自从长大了，求学，工作，成婚姻，成了一家一家独立的单位，再凑一起，那都是亲戚间的往来了。一晃二十多年。现在，什么事都没有，纯是几姐妹凑到一起乐呵，纯粹地玩，这是多么奢侈，又多么简单幸福的生活啊。可惜，从前从来没有意识到。无忧无虑，日子即是天堂。

"苍茫的天涯是我的爱，绵绵青山脚下花正开，什么样的节奏是最呀最摇摆，什么样的歌声才是最呀最开怀"——公园的一角广场舞跳得正欢，君红和君兰也加入了她们的行列，伸胳膊摞腿，卖力，认真。她们还伸出手，向君生邀请。让她也上来。君生摆摆手，看看可以，这样的舞动，她是无论如何做不来的。看得出，两个姐姐真的很欢乐。

"在这个世界，你知道的多了，快乐就少了。"君生突然想起这句话。

事业单位

　　老官是我们院长，背后也有人叫他色鬼，这可能跟他那双小且下弯，总是笑眯眯的小眼睛有关。老官的眼睛不笑也像笑，又饱含深意，笑眯眯和色迷迷实在容易让人混为一谈，至少不那么好区别。

　　其实老官的内心，对女人是相当挑剔的，应该说一般的女人在老官的眼里，都很难让他动心。不然，我们单位除了前芭蕾舞演员，就是前戏曲名旦，她们美人迟暮，却也风韵犹存，老官若是人尽可色，眉毛胡子一把抓，那可真够他忙一阵的，即使忙到退休，也忙不完。

　　事实上，老官是死看不上这些女人的，他认为她们没有文化，太俗。"俗"，是老官评价人的常用字眼儿，不论男女，老官若说了一个字儿：俗，这人在老官的眼里，基本就完了。老官认为这些女人当年在舞台上还算好，有个角色的框定，举手投足，说话做派，好歹还是那么回事。现在，回到了生活中，活生生的现实舞台中，没有了艺术的限制，表演，完全是本色出镜，实在太要命！连个眼神身段也不求了，走起路来扭扭搭搭，一个一个，也就是家庭妇女的水平。

尤其是开个会，老官恨死了这些前演员和前艺术家们，通知上说好三点钟，都三点一刻了，她们才三三两两，出出趔趔，有的手里拿着瓜子，有的脚上穿着拖鞋，打着哈欠发着牢骚，"天天没事干，老开什么会呀？！"睡眼惺忪地来了。

进了会议室，一点迟到的歉意都没有，依旧老张老李地打着招呼，见缝插针地坐下来，交头接耳，好像院里开会，是为她们义务组织的沙龙。气得老官是一肚子的火儿，也只能在心里骂一骂：搞艺术的人脸皮就是厚！厚得你拿她们一点办法都没有。一天到晚都没事儿干，连个会也不想开，白让你们拿钱了。这些人就欠改革，都把她们革回家去，到时候让她们想开会，都没人给她开了。

可是，若真把这些人都撵回家，这个会也确实不好开了，偌大的一间会议室，就剩些咳嗽哮喘的老头儿们，他们坐在那里，倒不像女人们那样喊喊喳喳，可他们有另一特点，比如支起一条腿，在椅子上认认真真地抠脚，或歪在椅背上，用小拇指上的长指甲，没完没了地剔牙，再就是弄张破报纸，哗啦哗啦翻过来掉过去地看，好像要全背下来似的。而那些低头睡着了不打呼噜只流点口水的老人家，就算好样儿的了。

老官对我们艺术研究院，真是烦透了，对自己这个破庙里的穷方丈，也尝遍了炎凉。如果不是那一年院里新分来了三个年轻人，老官当年，可能就愤而辞职了。

那真是一个美丽的春天，多少年死气沉沉的研究院，突然飞来了三个年轻人，而且是年轻女人。其中两人是名牌大学生，一个是退休的局级领导的女儿。两名大学生就不用说了，分到研究院，充实艺术力量。而那个领导的女儿，是个业大的文凭，到我们单位来，就是看好我们单位整天没什么事，又能拿全额工资，说女同志到了事业单位，可以养老。就来了。

局级领导的女儿叫唐诗，老官把她分配到了办公室，打字。但凡来我们单位要养老的女同志，差不多都是年轻点的先打字，主要工作是对领导；年龄大些的去资料馆，较轻闲，也只接待个别来人；只有那再老些的，又老又胖的中老年妇女，就发配去看图书馆了。图书馆是个谁都能进的地方，散乱杂，面向基层大众。

唐诗真是漂亮啊，一头天然的栗色头发，和时下那些人工染成的黄毛儿相比，天然出众，色压群芳。特别是那两个正在哺乳期的奶子，美啊，什么胸罩都不戴，就那么美轮美奂。在夏季的衣衫里，让所有的男人浮想联翩。

可是联想归联想，那是思想上的事儿，谁都管不着，也管不了。在行动上，没有人敢动小唐一根毫毛的，因为小唐从来不和别人开玩笑，就是有人说了个挺逗的段子，笑得那两个女大学生都露出了口腔深处的臼齿，别人更是笑疼了肚子，小唐的脸上一点表情都没有，没有笑意。她睁着两只好看的大眼睛，定定地看着大家，似乎没有听懂。时间长了，大家都认为小唐是属于商场里贴了标签的那类贵重物品：只看勿动。

可老官对小唐，想动了。

群众雪亮的眼睛看出了这一点。

一段时间以来，老官对工作突然有了劲头。不仅表现在他喜欢给同志们的多开会上，还有他隔三岔五就要给上级打报告，要经费，选课题，干劲很大。我们单位当时只有一台计算机，就是小唐操作的那台。老官为了这些报告的准确无误，他要经常俯身在小唐的背后，亲自帮小唐校对修改。

老官是有些道行的，面对那些雪亮的目光，他能做到我自岿然不动，即使有人进来，他也该说话说话，该指点指点，嘴里的气息像小台风一样，在小唐的脖子以下胸口以上刮来刮去，一副心底无私、光明正大的样子。

有一天在走廊里，看着老官那走得年轻而有弹性的步子，和那愈加挺拔的脊背，"看那老色鬼浪的，走道儿都想耍年轻呢。"一位前戏曲演员兼现在的图书管理员小声对大家说。

老官是真的被美人小唐迷住了。他现在连睡觉，脑海里晃动的都是小唐那两个炮弹般的乳房，老官希望像当今的许多男人那样，把小唐纳为自己的情人，如果能纳情成功，那么抱一抱小唐那美妙的胴体，摸一摸那对绝对货真价实的奶子，那都是情理之中的了。可是，老官一直也没敢轻举妄动，只是在梦里，让小唐多次做了他的老婆。

在清醒的早晨，老官也曾看着天棚问自己：唐诗和自己的女儿差不多，自己这样是不是有点太畜生了？思想斗争中，他又为自己找理由，凭什么我老官就要按桌面上的那套道德标准来活着？太亏了点吧。老官知道同志们背后对他的另一个称呼——色鬼。每想到此，他都不由想起杜十娘的那句唱词："可怜我数年来含悲忍泪，却枉落个娼妓之名。"真是挺委屈的，一辈子快过去了，事实上我老官没有真正看得上几个女人。再说了，全天下的男人都在风流，凭什么我老官就该甘当和尚？况且现在和尚都是花的，前几天同事们议论说，现在的迪厅里，又有和尚又有尼姑。

老官想，我也五十多岁的人了，别说退休，就是黄泉路上，又有几程？回想这一生，还真没有人让我这么魂不守舍过。就是年轻时谈恋爱，也没有这么熬人啊。老官也是读过一些书的人，他认为书本上说得那么多那么多，其实都不搭杆儿。男女之间，男人对女人的喜欢，最初只有一点，那就是美貌的吸引、肉体的诱惑。"所有男人想要的，只是一件东西。"这句西方谚语让老官很服气。总这样联想下去也不是办法，要不，就豁出去试一试？

可怎么才能成功呢？老官先是回想了一些电影上，男人接近女人的好办法，请吃吃饭，喝喝茶，看场电影什么的，在黑暗的影院里，先摸女人的手，接下来，再一步一步地升级。可是在一个窄小的影院里，再升级，能升到哪里去呢？

老官又从书上，回忆一些男人骗女人的套路，大致也无非还是那几招，吃吃饭，逛逛商场，买买东西什么的。看来要想取得女人好感，花些银子是必需的了。可是老官又想，小唐比较富裕，甚至可以说是奢侈，她脚上的鞋子，身上的包，哪一件都得千八百的，人家是吃过见过的人，一条项链之类，能打动人家的心吗？人家要是看不起，不要，怎么办？要不，买个贵的，镶钻石之类的，那镶点石头的，哪件不是上万，刚开头就走这个行情，那以后可怎么办？再说了，我哪有那么多钱啊，我一个破庙的穷方丈！

——花钱讨女人的欢心，那也不是爱情！老官在心里最后否定了这种世俗的办法。"要是我还年轻，就好了。"老官在心里感叹。

这天快下班时，小唐来给老官送材料。小唐从正面向老官走来，越走越近，直逼垓下。老官平时更习惯于在小唐的身后看小唐，也就是小唐的侧畔。现在，这种满满的正怀，这么近的对面，老官好像只有在梦里才享受过。一刹那，老官真的恍若梦中了，他身不由己地张开了怀抱，伸出了胳膊，没想到，就真抱住了。

梦里，没有隔着桌子，现在，在他和小唐之间，却横着他的办公桌。多亏老官胳膊长，还不算费力，就把小唐抱牢了。

真是几回回梦里回延安，双手搂定宝塔山啊。现在，总算搂到了。老官怕小唐的突然挣脱，他两手的食指就像小唐胸罩上的搭扣儿一样，在她的后背扣在了一起。嘴里发出类似啊啊拐弯后的嗯嗯声，好像是抱着一个眼生的孩子，边抱边嗯嗯地安抚：别认生别哭闹，我不是坏人。

小唐没有发出任何响声，就那么一动不动地站着，看着老官。接下来，老官不知是该把小唐拎过来，还是自己走过去，反正这样隔着张办公桌，肯定是不行的。可是，无论是小唐过来，还是老官过去，操作的难度都很大，小唐不是小孩儿，老官可以从桌子上一提溜就抱过来，小唐个子很高，老官深知自己没这功夫。若老官绕过去，那只有先把小唐放开，放开了手他的脚步才有可能挪动，那样的话，能不能有勇气再抱上，老官的心里没有底。如果自己能在拳不离手曲不离口的情况下飞身一跃，就跳过这该死的桌子，就好了。可是，老官知道这也不可能，自己没这飞檐走壁的本事。正在老官为难之际，有人敲门。

敲门只是象征，未经请进就推门进来了。是前戏曲演员兼图书管理员。面对推门而入的图书管理员，老官道行高深，他没有惊慌失措，小唐定力也不浅，她也纹丝没动。稍动的，只有老官的那双手，从小唐的后背，转移到了他面前的桌子，用手撑着桌沿儿，一副公事公办的架势。此时，老官在心里，还是感谢这只讨厌的桌子的。

图书管理员是来找院长签字的，报销图书的运费，里面也可能有几张她回家的的士费。她想趁老官心情好，能马马虎虎过去，换票变钱。

可老官看了一眼那歪歪扭扭的几个小字，就笑眯眯地把她放到了一边儿，说明天再说吧。好吧。明天再说。

老官没有请图书管理员坐一会儿的意思，图书管理员只好像她进来时那样，咚咚咚地走了。

老官起身去关门，他同时也就走出了他办公桌后的那块狭小天地，这种超越顺理成章。让老官没有想到的是，当他再次抱住小唐，并把手指当牙到小唐的乳头上咬了两咬时，小唐竟然，对他笑了一下。

小唐愿意！这是老官的判断。

老官原本在出手的一刹那，还想过小唐要是躲闪怎么办？骂他老流氓怎么办？连哭带号跳到走廊大叫怎么办？或者直接抽他一大耳光怎么办？现在，一切都没有发生，老官没有不得寸进尺的道理，他要动真格的了。可更让老官想不到的是，面对他婴儿吮奶般急切伸上来的嘴，小唐竟真的哺乳婴儿的母亲一样，把衣衫给撩起，让老官擒住了。

继续深入？老官试问着自己。反正走廊也没人了，现在都已经下班了。老官的欲望又一次战胜了胆怯，稍稍让老官有顾虑的是小唐的表现，这有点太出乎意料了，就是那些人老珠黄的女人，你动她的时候，她也要扭捏一下两下的，可这个美人儿小唐，何以如此大境界，竟没有任何掩饰和推诿？老官心里那个感动啊，畅快哟，可老官毕竟不是小唐要哺育成长的婴儿，这从他吃奶的角度和姿势上都充分说明。应该说无论老官把小唐抱住，还是现在又擒住，老官最终的目的，是要把小唐抱到他办公室里间的那具床上，来一场实拍，实拍一回他梦里编剧导演兼演员演过的那些真实片段。

老官边擒着小唐，边往他办公室套间的那张床退去，小唐也只能紧紧相随。在这种亦步亦趋的倒退前进中，老官是非常艰难的，因为他那不肯放松的嘴使他近乎是 90 度的大弯腰，眼睛还看不见脚下的路。可老官还是有一些技巧的，他真的在拳不离手曲不离口的条件下，就把小唐，拖到了床沿。顺手，又把小唐挪向床心，放平。

这时，老官才松了口，直起腰，双手抵在自己的腰间，出了一口长气。看着床上的胜利果实，露出了大功基本告成的微笑。

从小唐被抱，到被擒，她始终都是瞪着两只好看的大眼睛，眨都没眨一下，就那么定定地，看着老官。现在，仰躺在床上，她依然还是那副表情。老官回想起小唐刚才的一笑，不对啊，那一笑好像并不含色情的成分，倒类似一个人被碰到了痒处而不由得嘴角一弯，眼睛都没转一转。现在，老官把她摆好在床上，她那睁着眼睛的睫毛，像两排小问号：你要干什么？

这时的老官，真有些企望小唐能有点动作了，哪怕是扇他个耳光，或骂他两句也好啊，要不，接下来的戏，老官一个人，是真的不好演了。俗话说，一人不喝酒，两人不耍钱。小唐没有任何表示，我老官这一个人的闷酒可怎么喝得下去哟！

小唐是一个标准的仰位，她呆呆地望着天花板，对老官来到腰间破城门的两只手，没有一点配合或反抗的意思。小唐其中的一只手还掐着那沓要送阅的材料，而另一只，在闲着，她连象征性地阻挡一下也没有。像局外人一样，袖手旁观。

小唐穿的是一条非常昂贵的白色西裤，腰带也是仿鳄鱼皮的那种，非常精美。老官有点犹疑了，甚至生出了一丝惊惧，他似乎觉得，不应该是这样，怎么会是这个样子？老官解腰带的手，有点迟缓下来，不像开始冲向乳房时那般迅捷。可一条腰带，毕竟不是一座城门，老官几乎不费吹灰之力，一切就尽收眼底了。

老官终于看到了他想看的地方，老官近距离地目睹了他曾经神往了多少个时日的所在，可是接下来，老官就像那些辛苦的考古学家一样，费了大力气打开，却发现，墓已失盗。他只能痛心地，又小心翼翼地，把这座万人垂涎的宝藏，给悄悄地合上了。

上帝啊。老官发出了西方人才有的慨叹。

老官扶小唐起来送她出门，嘴里说着对不起对不起。老官此时，手里扶着的，真像是自己的女儿，一个有病的孩子。老官的内心，充满了悲凉。

太可怕了，太可怕了。老官送走唐诗，开始收拾办公桌上的东西，其实也没什么可收拾的，不像人家政府部门，文件，报纸，电话，传真。老官的办公桌上，只有一摞过期的破文件。

老官每每收拾这些东西回家，都要涌起无限悲愤：清水衙门混去了我的艺术青春啊！

老官拎起他那只绿色的帆布兜子，老官没有像如今的许多领导那样，西装，手机，黑皮公文包，老官就长年的这样拎着那只绿色帆布兜子，勇敢地上下班，出出进进。老官没有乘电梯，他悄悄地在走廊的另一端步行口，下楼快速消失在暮色中了。

老官在很长的一段时间里，都显得郁郁寡欢，虽然他长着一双不笑也像笑的眼睛。他不再去打字室帮小唐校对材料，他现在才明白，小唐的大脑，是有毛病的。太可惜了，这样一个美人胚子。不久，老官就让大学生宋词接替了小唐的工作，安排小唐去资料室了。

老官放弃了小唐之后，曾有过一段时间的清心寡欲，他甚至暗下决心不再考虑男女问题。为免自己再犯类似的错误，他安排了长得不好看的小宋进打字室，而没有安排容貌佳丽的小元。

宋词和元曲就是春天时分来的那两个大学生。小元长得漂亮，由此心高气傲，她公然地说现在的事业单位就是养废物的，她说她到这里来只不过是个过渡，暂时找个单位，用不了多久，她就要调走，进国家机关。小宋呢，人长得不好看可是却绝顶聪明，外语过六级的就有两门，还写得一手好字，水笔字。女孩能写一手大气的书法，应是红粉中的才女了。可惜小宋就是长得太难看了，眼睛小鼻子塌皮肤还黑。造物主真能拿人开玩笑啊。

时间长了，老官又觉得鬼精的小宋没有那么难看了，打几回交道，发现小宋还真是有点可爱了。这时的老官，下定的决心又有点动摇了。他想，从古至今，有出息的男人，哪个没有仨妻俩妾？一个大老爷们儿，一生只守一妻，也太窝囊了，更对不起这个大好时代啊。

老官就是在这种复杂的心里背景下，又考虑第二个女人的。老官的第二个考虑对象，当然是身边的小宋。这一小道消息是图书管理员发布的，大家将信将疑。不久，大家果然发现是图书管理员在扯长老婆舌，因为大家看出，老官再次感兴趣的，是貌美的小元。

小元虽然没有小唐那头栗色的头发，可她有一张白得像玉一样温润的脸，肤色非常好看，这和小宋的黧黑形成鲜明对比。小元也是名牌毕业，有着一切名牌院校毕业生的优点和毛病。她天生丽质，可她没有固定的男朋友，好像小年轻的她一个都看不上。后来老官才知道，敢情小女子一直不嫁，是心有所属，正跟一个局级官员死守。怨不得口气那么大，有这么大的领导撑腰啊。而且这个局级直接主管老官的研究院，这一信息的获得使老官出了一身冷汗，差点太岁头上动土，好险。

恰在这时，他听到了小宋的一句玩笑。这天早晨，宋词来到办公室，她对正在陆续进门的同事们说，昨天，我听到了一句妙语，太好玩了，不但好玩，还能指导我们妇女姐妹真正地翻身得解放。

大家急问，什么，什么，快说快说。

小宋说，当强暴是不可避免的时候，女士们，那就要抓紧享受。

哈哈哈哈，哈哈哈哈，全屋的人都笑了，无论男女，无论老少，老官当然也笑了，他笑得尽量节制，不能像下属们那样开心。小宋的这句话就像快乐炮弹，引爆得空气都笑了，色情又不算下流，有点风骚但还不让人恶心，呵呵呵呵，越琢磨越好玩啊，大家笑完了，还有人在余笑，由衷心生地笑。这有文化的女人，和那没文化的女人就是不一样，说个色情话，都让大家开心。小宋仿佛一杯浓茶、咖啡，禁品有味，快乐提神儿，全屋的同事们都为她的话精神抖擞起来。老官就是在那一瞬间，责备自己有眼不识金镶玉的。

老官开始像三顾茅庐的贤达，一趟一趟地去宋词的办公室，谈工作，谈苦闷，有时还谈谈事业单位的改革，比如让同志们的坐班时间如何与职称挂钩，不能一年都见不着一面，混几个年头，就混成了正高级。还有那些一点事儿都不干的老女人们，也不能连个会都不愿开，就月月拿着全额的工资。老官说到这儿的时候，总要长叹一声，说咱们院，同志们要是都像你的素质这么高，我也就不这么犯愁了。

后来，老官下班也跟小宋是同路，小宋虽然还是个未婚的姑娘，可她和老官谈起话来没有一点年龄婚姻的障碍。特别是关于男女的段子，小宋一路上能讲出三四个，且都是独家的，甚至可以说是绝版，老官听了真舒服啊，精神健康，身心通泰。老官真想就这样一辈子地慢慢骑下去，永远也不到家。可是，正应了爱因斯坦的那句相对论，老官越是感到快乐，这快乐的时间越短暂，夕阳下，老官已到了自己该走的正路，他要直行，才是回家的路，而小宋，则该拐弯，老官再顺路，也不能顺到人家小宋的家里去吧，所以老官只能目送着小宋拐了弯儿，离去。而他自己，则在夕阳的光辉里，独自一人，骑剩下的那段寂寞旅途。

　　小宋到底对我有没有点意思呢？一个人的时候老官经常这样问自己，要说没有，老官是不服气的，小宋和他谈论的话题明明很大胆，很有挑逗性的，就连说到具体的男女生殖器官，小宋都没回避过，而且她也说过，当强暴是不可避免的时候，女人要抓紧享受。这一切都说明，小宋不是思想陈旧的人，当代的年轻人，可爱就可爱到这点上，思想创新，敢为先贤。什么男人有家没家，已婚未婚，只要是值，就敢来。可是，小宋嘴上是这么说的，思想上也是这么开放的，可具体到行动的时候，她好像并不那么言行一致，老官能清楚地回忆起有两次，一次是在自己的办公室，老官的手伸向小宋的胸的时候，恰逢小宋一转身，好像要回身找什么东西，老官的手就给转到了后背，小宋回过身时看老官的手还停在那儿，她笑着用她的两只小手给接了过来，她托着老官的两只大手，边欣赏边说，官院长您真不愧是搞艺术的，看您这两只大手的手指，就是弹钢琴的，太棒了。小宋说着还像有眼光的艺术家一样拿着那两只手左看看右看看，说您要是一直弹下去，说不定现在就是中国的理查德了。然后给送回原处。

老官说，可惜我从了政。个子也不够高。

小宋说常言不是说嘛，浓缩就是精华，你看那又高又壮的男女，不是缺心眼儿，就是傻大个儿，哪个能比得了矮个儿的？先别说那些身材不高杰出的伟人，就是往那常人的堆儿里看去，也总是矮人聪明。小宋说你看咱们院，哪一个不比你高，可哪一个不是受你管，由你来领导？

那一天小宋的一席话又说得老官很舒服，舒服得他的两只手，就那么一直在自己的两条腿上趴着，都忘了再次行动。

还有一次，是在下班的路上，小宋该拐弯了，老官突然提出这么热的天，要不要坐下来喝上一杯？

小宋说不了，我现在刚上班，钱还少，不能请您，等我有钱了，我请您去"真锅"吧。

老官说小宋，我请客，出了咱们单位，我就不再是院长，你也不是我的下级，咱们是朋友，忘年交吧。看小宋犹豫，老官又说了一句：信不过我老官？

小宋笑了，她说喝就喝呗，天这么热，还有人请客，我正巴不得喝上一杯呢。

在老官的提议和引领下，小宋顺着老官回家的路，又跟他骑了一段儿，据老官说，在前不远处，那家冷饮厅，是目前北京不错的一家。

一个雪球 16 元，一杯鲜榨 20 元，小宋看着自己面前的这两个吃和喝的东西，心里有点后悔：这个玩笑开大了，怎么能让老官花这么些钱？老官毕竟是自己的领导，而且老官是唐山人，在院里是著名的抠门，你看老官自己，只要了一个 5 元的可乐。再说自己除了想早点破格弄上个副高级，又没有想真跟他怎么着的意思，怎么能让他这么破费呢？！小宋把那杯鲜榨推给老官，请老官喝，她说她只吃一个雪球就够了，她不爱喝这个。其实，她平时最爱喝的就是鲜榨。

老官以为她真不愿喝，就自己喝下了，怕那杯可乐浪费，老官也一口气喝下。出来的时候，老官无意中说出了他爱人不在家，好像随哪个剧团演出去了，老官请小宋到家里坐坐。老官还是用了信不过那句话，小宋这一次没有开玩笑的意思，她说她爸爸在家等她呢。

老官一路上都在琢磨，来院填表时小宋的父母是在外地啊，怎么一下子就冒出了个爹呢，还在家等她。是找的借口吧？这时，老官不由得拿她对比起小唐，比起小唐，小宋是多么难得啊，如果还是傻子一个，长得再好，男人能有什么兴致呢，男女之间毕竟不是一个人的独角戏啊。小宋的婉拒使老官坚定了追她到底的决心，小宋明明是有意的，只不过是有文化的女人要矜持些，要加些筹码罢了。要不，就先给她破格晋个副高？实在不行，把党也给她入了，解决她政治前途问题，反正院里要求入党的人也不多。再说小宋也是名牌院校，正规军，给她入党提干，别人也说不出什么。老官想到这些，暮色中，骑车的那两条腿有了力量，他决定明天就找小宋谈话，破格晋职称的事，入党的事，都不是问题。他同时还要暗示小宋，只要把党员的事给她预备上，不出三两年，她还有可能成为院里的第三梯队，年轻的后备干部。

可是第二天，院里发生了一件除了小宋之外，同志们皆大欢喜的事件，那就是，大楼里突然来了一个中年男人，手里还领着一个四五岁的男童。他戴着眼镜，从装饰上判断应该是个知识分子，可开口却像个泼妇，他没有前言和引子，破口就是大骂，骂宋词这个婊子，破鞋，娼妇，卖×的。骂着骂着就哭起来，大家在他哽咽般的哭声里，明白了他声讨的大致内容：小宋不是东西，小宋在学校，就插足了他的家庭，他为小宋离了婚，他给了小宋当初想要的一切。可是一切都给了她了，她现在好像又不要了。原先说好两个人办结婚证的，这个孩子也已经管小宋叫了半年的妈了，可现在，小宋又变了，不承认他们的关系了。看来是要另攀高枝了。为了证明自己没撒谎，男人问手里领着的那个孩子，你是不是一直在管她叫妈？

孩子说是，我是管她叫妈了。

男人说，最可气的是，我们孩子的亲妈，已经跟别人结婚了，我现在是两头不着边儿，人财两空啊！

宋词从办公室里走出来，她轻轻地拨开众人，像即将英勇就义的江姐，没有眼泪，没有悲伤，一脸平静地走到那个孩子面前，俯身抱起了孩子，说冯博，咱们不是说好的吗，你怎么和你爸爸一样也误会了？走，咱们回家。

下楼梯的时候，小宋一手抱着孩子，一手抓着那个男人的胳膊，从背影看，像是非常美满和谐的一家三口。

小宋处理问题的方式让所有人钦佩；小宋和离婚男人同居的现实让老官更坚定了信心，他想他一定要打开小宋的心扉，真正看一看这个小女人内心的世界。小宋没有男人时，老官还犹疑过，他怕出了问题自己担当不起，这把年纪了毕竟是不打算离婚的。现在，小宋有男人，是可以出点什么事的，出点什么事是没有什么问题的。只要做自己该做的，做自己能做的，就不信赢不得小宋的芳心。光占有躯壳是不够的，人毕竟不是动物，占有她的心，才是成功的。

就在老官帮小宋要下了副高的指标，也批了她的入党志愿的时候，小宋突然，自费去新西兰了。

说走就走了。连个招呼都不打，又白忙了。如今的女人，真毒哇！老官都想破口大骂了。

我们单位总共有百十来号人，一多半已成为正高级职称的离退休老人，剩下的一少半，中老年妇女居多，而青壮年男丁，几乎一个没有。像这样的人口年龄布局，可以想见老官痛失小宋后的心情。

小宋走了，年轻的女人只有小唐和小元了，小唐大脑有毛病，已经是院里必须养着的一个。小元呢，好像正在痴心等待，等待那个局级官员能离婚。所以她的眼里根本没有老官。

苦——啊——老官一迈进这座大楼的办公室，心里忍不住就要道一声戏曲青衣出场时的念白。当一天和尚撞一天钟吧。

一个时期以来，老官的主要工作，就是给同志们开会，传达文件了。法轮功，捐款，事业单位的改革。法轮功不是问题，全院男女老少，没有一个喜欢这玩意儿的，包括其配偶及家属，都没有沾染。事业单位的改革，好像也没什么改头，都改了几十年了，事业单位还是这样。这些人听惯了"狼来了"，说改革根本吓不住他们。

能让这些人动心动肺的，只有一项，那就是每次开会时的捐款。湖北水灾，东北旱灾，希望工程，南水北调。每次捐款，老头们就像抽筋割肉剔了骨头，哆嗦得要瘫了。女人们呢，针扎了一样，在会场上公然叫嚷，捐款捐款，总让我们捐什么款，我们这只是事业单位，每月开那么点死工资，让那些工商税务银行有钱的部门捐去呗，凭什么捐款也要一刀切啊，捐款是自愿，这可倒好，强行。不捐就从工资里硬扣，这不成了税收了吗？！

面对这样的场面，老官从来都是笑眯眯的，他嘴上不跟大家对话，可心里说：你们这些老东西，动不动就集合起来，上访，找领导，要福利要待遇。怎么一到给国家做点贡献时，就鼠迷了呢？等着你们自愿，驴年马月吧。不捐？不捐可得行啊，你们平时享受了什么级别，现在就要按什么级别来做贡献，这也是上级规定的，叫也白叫，正高80，副高60，依此类推，谁也别想少捐一分。

开募捐会，是老官比较开心的一刻。平时老官抓不着几个人的影儿，现在，集合捐款，不捐的，工资里扣双倍，罚款手段，还是比较有威力的。

平时，老官的办公室里，只有他一个人孤零零，光杆司令，没兵。我们事业单位的一个显著特点，就是评职称，初级中级高级，几年下来，一路递进。别看平时单位没什么人，一到评职称，人们哗地就冒出来，比开募捐会还整齐。老官的职称是正高，同时职务上是正处，在我们行业里这叫"双跨"，行政专业双肩挑的意思。老官尽管已经双跨了好多年，比起政府部门那些"单跨"的处级领导，还是显得可怜了，比如人家出门已经是六个缸的奥迪，可老官，上下班还是两个轮的自行车。也许正是基于这一点，老官说起话来相当淡泊，超脱得像个出家人。老官说，人啊，就那么回事吧，多大的官算大啊，当到多大是头啊，没有止境。生物圈，没边儿。像我现在，挺好，靠业务吃饭，凭本事活着，吃饭香，睡觉实。多少钱能买来人的健康呢？虽然我行无车，可这未必不是好事，那些坐车的人，天灾人祸就不必说了，关键是身体，长年坐车身体得不到锻炼，会生病的。看我现在，早晨，呼吸着新鲜的空气走来，增大肺活量，晚上，下班是安步当车离去，一路上，可以思考好多问题，人流，夕阳，多舒服啊……

老官的这些话，是在一天的下班路上，对小元说的。从宋词出国后，不知是哪一天，老官又和元曲同路了。老官和元曲无意中同行了几次，加深了了解和交流后，老官对小元的印象有所改变。原来小元的内心也是相当忧郁的，特别是通过小元的穿着，老官有个判断，就是小元很穷，她的衣服根本无法和小宋相比，更别说小唐了。有了男人倚靠的女子哪个还这般寒酸？小元肩上那革制的小背包，和脚上那双廉价的鞋子，这都说明那个局级的男人，不是个东西，小元这么痴心等他，可他对女人却只谈爱情不言金钱。看来男人对女人，只谈爱情是不够的，也不是什么光彩的事。相反，倒很让人瞧不起。

老官改变了从前的观念，他决定要用行动，好好地帮助小元了，他有决心和那个局级官员比比，比比谁对女人更好，谁会真正打动女人的心。

老官开始想办法关心帮助元曲了，这天，小元的自行车突然丢了，而且是在单位丢的。小元很急，脸都急红了，看来她是真的没有钱。老官找到办公室，说给解决一下，这自行车是在单位丢的，单位有责任。可办公室的小头目说，官院长你也知道，我们除了能报告给派出所，其他没有任何办法，再说咱们单位丢自行车这也不是第一次，以前丢车的人你不管，现在要给小元补钱，那些人还不炸了窝？再说了，今后难保谁不再丢自行车，再丢，你给不给补？就咱这穷单位，你补得起吗？

老官想想也是，就又去找了工会，他想让工会以困难补助的形式，给予弥补。可工会主席面有难色，说小元困难？她一个小年轻的，又是单身，工资也不低，给她困难补助，那些拖家带口的，岁数大长年有病的，还不气疯了？工会这点钱可是扣大家伙的，动他们的钱是剐他们的肉，他们要闹起事来，您可兜着。你要敢兜，我就给发。

老官一言不发地走了。走了一圈下来，也没有解决小元的问题，这使老官陷入了悲哀，这种破单位，还有什么呆头，谁拿你这个院长当院长，要钱没钱，权力也没什么威力。老官来到小元办公室，小宋走后，小元就接替打字了。

老官说，我帮你要了一圈钱，没有要来，这帮家伙，根本就不听我话，也不在乎我这个院长。我没办法了。我个人，给你一点补贴吧，你再买一辆车，每天上班这么远，没有自行车骑怎么行？

老官说着，从兜里掏出事先已准备好的200元钱，放到了小元的桌上。

小元没想到，她没想到老官会掏出200元钱给她，她有点发愣。

老官看她不收，就捡起来又塞到她手上，让她收。

老官的这一举动，破坏了小元的感觉，小元想你老官也太小看人了，200块钱，就想动手儿？再说200块钱连个童车也买不来呀。小元把钱推给了老官，说官院长，我原以为单位能赔，我的车是在单位丢的。现在单位不赔，就算了。这钱，我不要。

小元是嫌少。老官没想到这么穷的小元能不把200元钱放在眼里，拒收。老官也有点一时手足无措，他说，你先拿着，这是我的一点心意，你的车是在单位丢的，我要负责。

小元还是没有收那200元钱的意思，她的目光冷冷的，两只手也插进了自己的裤兜里。这使老官很着急，走廊已经有了咚咚的脚步声，如果有人进来，看到这不明不白的200块钱，一定会误会的。老官急出了一脑门汗，他再一次催促，请小元收下。

这时，图书管理员又来了，来找官院长报进书单。

又是这个三闲婆子！不怪女人老了就不招人喜欢，你看她现在的肩、胸、肚子和腿，肥得走起路来颤颤巍巍，波涛汹涌。还有那嘴角、目光，这哪里还是当年舞台上的那个白毛女，整个儿一黄世仁他妈呀。

不知什么时候，桌上那200元钱不见了，小元够意思，手疾眼快，她把那钱划拉到抽屉里了。这使老官对她充满了感激。

后来老官又对元曲表示过一次帮助，是小元过生日，老官不知是怎么知道的，在回家的路上他给小元一个信封，一个很瘪的信封，小元开始以为是老官给她的信，后来她一想不可能，老官是领导，领导是不会轻易给谁留下纸上的麻烦的。上次那200元钱，被小元装在信封里，放在收发室了。现在，这个贪色又吝啬的老官，又出什么新花样？

小元动手要打开信封，老官急忙制止，老官说回去再看。

小元没有听老官的话，继续动手。

老官上来止住了她的手，老官说给我留点面子，回去再拆吧。

看老官那样子，小元的心里更充满了好奇，究竟是什么东西，让老官现出这样的窘态？难道真是情书？小元开始用手指捏，是个金属感的东西，莫非是——首饰？老官已经逃离般骑车离去，小元打开来，是一条项链，还附一小纸条：祝你生日快乐。

老官第二天，很想看看小元收到他礼物后的反映，可他又没有勇气去小元的办公室，他耐心地等待了一天，下班时，他准备像往常一样，出大门后路上和小元相遇。可是，老官收拾自己桌子的时候，他发现，他送给小元的那条项链，却放在了自己的抽屉里，没有小元的半个字，项链没有任何痕迹，就像他刚买来时那样，原包装地躺在那里。

老官走出门，走得很慢。往常，他下班都是走路过小元办公室的那头电梯，也顺便看看有没有还没下班的其他同志，如果还有，他会招呼一声，回家吧，回家吧。当然，大家知道老官这主要是在招呼小元。今天，老官拎着他的那只绿色帆布兜子，走到了走廊另一端的步行楼梯，慢慢地，一阶一阶地向下迈去。

老官对女人，真是伤透心了。如今这女人，怎么都成精了呢，仨瓜俩枣，也就落个逗你玩儿的下场。对元曲，老官是真想付出一腔真情，动点真格的啊，可她不识敬。看来这男女问题，还真是越上赶着就越不是买卖。

那一年的春天，就像三个年轻女子飞来时一样，三个女子又陆续消失了，小唐因为脑炎发病严重，回家休养了。小唐直到回了家，全院还有人不知道小唐是个病人，有人还打听：咱们院那个最漂亮的美人哪儿去了？

小宋在新西兰传来的音讯是：比在国内强，心里不憋得慌。

小元呢，进国家机关的愿望没有实现，和那个局级官员的恋情也没有结果。她去了非洲。

去非洲有什么意思啊，别人出国都是去美国，最次也是去日本。

听说是那个局长的老婆给逼的，要她马上滚蛋，光离开北京是不够的，去美国日本她也不配，这号儿的，只配去非洲。

小元她们一走，我们单位的人更少了，老年的已经退休，年轻的没有补充进来。那些名牌院校的毕业生，特别是男毕业生，谁都不肯来，他们说到这样死气沉沉的单位里，能有什么出息呢？偶尔开会，会议室里的人更少了，面对依然来晚的这些人，老官坐在主席台上，没有什么怒容，相反，因为他长了一双不笑也像笑的眼睛，笑眯眯的，大家以为他心情很好。承德旱灾，内蒙古雪灾，大家依然要捐款，那些不来的，老官吩咐办公室：直接从工资里扣下算了，双倍的。

再就是每年的年终总结、述职报告、发展新党员、培养后备干部，老官不再像从前那样，事必躬亲。他把这些工作，都交由人事和办公室来处理。老官说明年春天，我就不干了，我也快六十的人了，我要主动让贤，倒出岗位让更多的年轻同志们来锻炼。

老官是这样说的，他也真这样做了，他给上级，打过两次提前离职的报告，请求自己退下来，把舞台让给更年轻的同志。

可是，一年多过去了，上面也没有批，好像上面也正在为谁退谁不退的问题闹意见，当然了，上面的头儿级别更高，他们不是为争着退而闹不合，而是为谁到了年纪不肯离席而恼恨。所以老官的院长也就继续干着。

一晃，又是两年过去了。中央的文件一直在说，不但政府机关要加大改革力度，事业单位也要改，全国都要改，不能白白养着这么多闲人，什么坐班不坐班，哪有不上班就给钱的，这样的体制不改革还有好儿吗？事业单位要实行招聘制，能干活的，留下，干不了活的，走人。

大家说能干不能干由谁说了算呢？

当然是由院长了。

他想留谁就留谁，他说谁能干谁就能干，那这研究院不又成了他家的吗？这样的改革跟从前比有什么区别呢？

大家就这样议论着，又是一年过去了，我们单位依然如故，大家依然不用坐班。有一天单位又通知开会，通知说谁若不来，谁就要真的下岗了。算自动离岗。这回可不是狼来了。

这一天，果然人到得都很齐，会上主要还是宣读事业单位改革的文件，大家听了很没劲儿，抱怨白跑一趟。说不是狼来了，还是狼来了。散会的时候，一墙之隔的另一单位的两个女工向我走来，她们是一家民营小厂，两个女工穿蓝色工作服，满面灰尘。她们问：你们今天咋来了这么多人呢？是不是要招工？

我说没有，在开会。

噢，另一个说我还纳闷儿，你们单位招工，怎么招了这么多的老头儿？

没有，这些都是我们单位自己的人。

哎，你们办公大楼这么亮堂，平时怎么见不着你们上班啊？

我们是事业单位，不用坐班。

不用上班也能月月拿钱吗？

能，还是全额的。

她俩笑了，说你们单位太好了，哪像我们民营啊，一天到晚累死累活，还要罚款。我们要是能进到你们这样的单位，别说开会，就是天天上班，我们也愿意啊，反正坐着也不累，是吧？

是呢，天天坐着，顶多开开会，就能拿钱，好恣儿啊。

唉，下辈子，能进你们这样的事业单位，就好了。

两个小女工一齐感叹。

时光倒流

引　子

双莲四岁那年，家里来了个老太太，小脚，大眼睛，身上的衣服比母亲漂亮。双莲后来懂得，那叫绫罗。母亲是布衣。母亲当时怀里正抱着双环，母亲用耸身探怀晃着胳膊里的双环，提醒她："叫，叫姥姥。"

双环不吭声，她比双莲仅仅晚了三十秒，母亲却拿她当宝贝一样惯着。一般的时候，是双莲在地上玩，而她在母亲怀里。母亲再次晃晃她，让她叫，她盯视了半天，勉强叫出："脑脑。"

姥姥的一生充满传奇，这是双莲长大后，在母亲对姥姥断续的怨怼与怀念中，拼接出来的。风尘妓女，伪满洲警察署长的太太，这两样身份的转换，让长大后当了作家的双莲，恍然明白为什么第一眼，就觉这个老太太是那么与众不同——她梳着光溜溜的发髻，直直的中分缝儿，露着青白美好的头皮——若干年后电视上经常播放的一位国母级的人物，就是这个打扮。一点区别，是姥姥下巴的右下角，还有一粒黑珍珠，俗称美人痣。

这个被双环叫成"脑脑"的人，在她们家只逗留了几天，开始时是和母亲嘀嘀咕咕，像在商量。后来，是大声争执，好像一个问什么，一个不愿意答。最后，第四天还是第五天？双莲记得这个叫"脑脑"的人，一跺脚一生气，拎起她的小包袱，气哼哼地走了。并且，永远都没有再回来。

让双莲舍不得的，是那些吃喝儿，松花蛋，黄沙瓤儿西瓜，方型奶糖，这些都是出生在小县城的她们，从未见过更未享用过的。她不明白，松花蛋那褐色的蛋清上，为什么长着那样漂亮的雪花儿？真的是天上下的雪？一块一块用蜡纸包着的方形奶糖，放进嘴里，轻轻一咬，嘎吱儿嘎吱儿直响，醇香的奶味，一直流到心里……双环和她同样的心情，双环从不愿意叫姥姥，待她品尝了这些美味后，成天跟在姥姥的后面"脑脑""脑脑"地叫。她们都有共同的回忆，又共同难过的是，随着姥姥的走掉，那些甜美的感受，就永远地消失了。味觉里的记忆，只恍惚在梦里。姥姥的来，走，在她们的生活中，倒更像是一场梦。因为每当双环问："妈妈，脑脑啥时候还来呀？"母亲的回答，让她们寒冷，母亲说："你们根本就没这个姥姥！"

而姥姥走时，双莲依稀记得，她的话也让人打战："我就当喂了一条狼！"

　　后来的岁月，双莲双环都长成了大姑娘，姥姥果然没再来过她们家。双莲双环一奶同胞，性格和脾气却是那样地不同。在双环惹母亲生气，让母亲气恼时，她常常指着双环的后脑勺儿，说这孩子，太像她姥姥了！

　　在我们家，说谁谁像了姥姥，那就是批评加指责了，也有鄙视的意思。因为在大家成长的岁月里，姥姥的形象，是贪婪和自私，加花钱如流水，还有不知道疼人。姥姥的身上全是缺点，这是我们从母亲的嘴里知道的。

　　"俩孩子只差了半分钟，可你看看，那双莲跟她都不像一个妈养的。"这是母亲对我的表扬，也更加深了对双环的失望。

　　对，我是双莲。从现在开始，我要讲一下我们家三代女人的故事。故事的起因，是我的母亲，她的身世之谜。我母亲至死，都没弄清楚她的生母是谁，姥姥和她，到底是什么关系。这使她的瞑目，充满了遗憾……

第一章

　　在我的记忆中，我没有叔叔大爷，也没有舅舅姨妈，这是因为，父亲独苗，母亲也是单蹦儿。上天好像有了歉意，到了他们结婚，呼啦一下，给了一大群儿女。我和双环出生时，我的上面，已经有了大哥宋富，二哥宋贵，三哥宋荣，大姐宋华。

我和双环的名字父亲本想继续叫宋福宋禄，被母亲坚决地制止了，她不同意两个姑娘也这么叫，"俗气"。再说了，福和禄不男不女的，母亲给我们起了双莲和双环，虽然这样的名字使长大后的双环也极为不满，她还自作主张地改为宋昭阳，但小时候，我们还是欢喜的。比起邻居家的小红小霞，我们的名字，已经让老师高看了。弟弟一出生，父亲又恢复了他的冠名权力，弟弟叫宋财。那时鼓励女人多生产，添一口人，不管男女，均奖励五元钱。每当一个孩子"哇儿"的一声落地，父亲就会欢天喜地，去领他的五块钱了。那时父亲一个月的工资是二十五块，生一个孩子，天上就掉下工资的五分之一。可以想见，他对母亲的生殖能力，是多么赞赏。他还打算，弟弟下面，再来他几个，富贵荣华，金银财宝，加上我们两双，就占全了。十全十美，多好。

母亲生育能力超人，后来，到我能打酱油的时候，又一对胞妹，出世了。父亲惋惜，说你看看你看看，这对儿，该是小子呀。都有一对儿丫头了，再来对儿小子，多好。

母亲用鼻子哼了一声，说种了辣椒就别想长出黄瓜。

父亲一想也是，算了，丫头小子，添丁进口总归是好，人多力量大。他乐颠颠地去街道居委会领他的五块钱去了。回来，手中摇动着一张"大团结"，远远地就对母亲说，"十块呀，这回，又是双份儿，十块！"

看来养了双胞胎，按奖励的标准应该算高产高效率。

母亲嗔他，别美了，生这么多，看你拿啥养。

父亲不愁，他说怕啥，一个也是赶，两个也是放。

他是把孩子当羊了。

　　我在此，不是要叙说母亲的生殖能力，我想告诉大家，母亲因为儿女成群，夫爱邻睦，她曾一度，忘记了自己的身份。忽略了"我从哪里来，我的爸爸是谁，妈妈是干什么的"这些问题的答案。姥姥那次来，她苦口婆心，跟姥姥做思想工作，希望姥姥告诉她，她是在怎样的情境下，来到她家的。母亲还保证，说许多人家抱养了孩子，千方百计地保密，是怕小孩知道了自己的身世，去找他们的父母。而你告诉我，我不会去找他们。让我知道是怎么回事儿就行了。

　　母亲还说，你告诉了我，不但我会继续养你，江林也会对你好，你不是一直夸他是个厚道的姑爷吗？他会更孝敬你。

　　宋江林是我的父亲，铁骊县火柴厂工人。

　　姥姥奋着眼皮儿，思考了有数分钟，一抬，抬得很坚决："我不是说了嘛，你妈是个大姑娘，有了你，没脸活，把你撂到道外医院，就跳江了。"

　　"你还说过我爸是抽大烟儿的呢，没钱了，卖给你家。"

　　——哦，姥姥想起来了，是这么说过。她为自己的谎言又奋拉下了眼皮儿，思考，犹豫，然后抬起，显得很无奈："是，你爸是抽大烟儿的，抽不起了，托人，把你换了十块大洋。我出的。"

　　母亲没有退步，她逼视着姥姥的眼睛："可是，妈，你还说过，我是谁家的私生子，都给扔桶里要浸死了，命大，被女佣捞了出来。转了几手给了你。"

姥姥生气了，问母亲你审贼呢，"是，我说了，我说啥我都忘了，你爱信哪个信哪个吧，反正，跟我没关系"。

母亲静静的，看着她的母亲，说："妈，其实我听说，我根本就不是外人生的，我就是你们老李家的人。那年在江北，我曾找过老邻居赵大娘"。

姥姥的脸一刹那就白了，慢慢地，又缓成黄，再渐渐，红上来，她愤恨且恼怒地看了母亲一眼，转而，目视着空气，好久，好久，才说："嚼舌头根子的婆娘，下了地狱阎王都不放过她的舌头！"

以上对话，是我长大以后，从母亲的回忆中，断续插补进来的。事实上，姥姥那次走后，母亲看谜底无望，她有过一大段时间，不再跟姥姥纠缠，无暇追问自己的身世。丈夫爱、孩子孝，她又成功地打败了婶公婶娘，和父亲胜利地出来单过，好日子让母亲从不后悔她离开了哈尔滨，离开了姥姥奢华的生活。铁骊县这样一个没有"老鼎丰"点心，没有裘皮大氅的小地方，物质生活是委屈了点儿，可是，有父亲这样一个随她心的丈夫，白天晚上丰沛的感情生活，让年轻的母亲，乐不思蜀。连养儿养女的劳累，都在她们汹涌的爱情生活面前，忽略不计了。

母亲再度寻找生之源，是她人到中年，儿女都长大了，父亲的爱情也趋于平淡。她的日常生活，出现了松弛，也叫无聊。

父亲从一名工人，当上了国家干部，人称宋监理。宋监理白天忙工作，晚上忙饭局。母亲和他抗争的方式，是她开始了赌博。在扑克牌局上，母亲一显身手，她的赌博天赋得益于童子功，姥姥当黄太太时的熏陶。母亲玩纸牌玩到很晚，回到家，父亲痛斥她："跟你妈一样，吃喝玩乐！本性难改！"

这句话，可捅了马蜂窝了。我前面说过，在我们家，如果谁被说成像了姥姥，那这个人基本就完了，贪婪自私，水性杨花，等等等等。而此时的父亲，一定还有另外的含义，那含义，是母亲坚决不能接受的。她当初，不就是为了逃避这些，才离开姥姥，跟父亲这样一个穷光蛋结婚的嘛。现在，父亲怎能这样血口喷人？

还有更难听的。父亲说："整不好，你就是你妈生的！你们太像了。"

一句话点醒梦中人。母亲是害怕这个现实的，她怎么能是姥姥生的呢？姥姥有过那样的经历，姥姥一生男人无数，姥姥的日子有奶便是娘。而她，自从懂事，就厌恶了夜夜笙歌、稀里哗啦的麻将、张太太李太太的逗笑，还有隔长不短换成的穷富爸爸。她为了离开那样的生活，十四岁时到了铁骊，便不再随姥姥回哈尔滨，咋说也不回去，怎么诱惑她都不动心。嫁给父亲时，父亲穷得没有一件囫囵的衣裳，她是为了爱情而结婚的呀。关于身世，她宁肯相信真有那么一位父亲，抽不起大烟了卖了孩子，或者，母亲是个好姑娘，被人骗了，抛下她。无论如何，她也不希望姥姥是她的亲生母亲啊。

第二章

　　姥姥的一生有过很多名字，大丫，张黄氏，李艺，黄太太，李绵绵。姥姥叫大丫的时候，她还是关内热河省李家湾的一个小姑娘，弟弟妹妹，一大家子人，要靠她照顾。在她十四岁那年，连续干旱，兵乱，眼看着弟弟妹妹要饿死，大丫懂事，半袋小米，她把自己变成了张黄氏。张家老二，是个跛腿的小儿麻痹，当地俗谚是瘸子狠，瞎子愣，一只眼睛拔横横。老二又狠又愣，比他小十岁的姥姥，时常被他小鸡一样撵得满院子跑，追上了抱住一顿狠揍，拳头落哪儿不计。他主要是嫌姥姥干活慢，饭做得不够好，鸡食剁得不够碎。姥姥小脚，跑不过跛子，当她怀孕了，还要做很多重活，当牛马一样使。有一次，从山上往回背柴，到了家门口，实在背不动了，她坐下喘息。这时，她的跛腿丈夫悄悄过来了，他认为她在偷懒，上来就打，打得劈头盖脸。劳累使姥姥增长了愤怒，也壮大了胆量。她竟然抡起了斧头，与男人相拼。然后，抱着隐隐作痛的肚子，踮着小脚，向娘家跑来。

　　她告诉她的母亲，说她想带着弟弟妹妹逃活命。

　　"去哪儿？"

　　"去关外。"

　　"你这身板儿？"

　　"听天由命。"

"他张家答应？"

"我把瘸子砍了，不跑也不行了。"

姥姥带着她的弟弟妹妹，闯了关东。路上，腹中的孩子掉了，变成了一路的淋漓鲜血。一个弟弟被兵痞冲散了，下落不明。到他们几姐弟丐帮一样逃到哈尔滨时，姥姥给自己起了新名，随她母亲的姓，叫李艺。妹妹李园。

她还叮嘱两个弟弟，那个瘸子生死不知，怕张家人追来，他们以后也姓李，叫李二李三。

姥姥叫李艺的那段时光，是她人生中最艰难的日子。身体虚，妹妹弟弟等着吃饭。他们落脚在了一家"春来"旅店，店主是个瘦干的老头，交过押金，姥姥就躺倒了。

未来靠什么度日，姥姥还没有想好。瘦干的老头暗示她，趁年轻，和妹妹挣点儿好挣的钱。老头儿还一努嘴，对着街角那个佝着背缝穷的女人，说看见了吗，到了这岁数儿，想卖，都没人要了。吃糠咽菜，苦日子你就熬吧。

卖春？这是打死姥姥她都想不到的营生。带着弟弟妹妹跑出来，哪能干这个呢，别说妹妹，姥姥一个掉过孩子的人，都不愿意跳这个火坑。正经人家的女儿，谁愿意干这个？挣再多的钱，也不行啊。姥姥猛喝热水，企图让身体有些力气。跑来关外，一是逃命，二是活下去。老爹老娘，还留在关里呢，她打算站住了脚，安生了，就派弟弟回去接他们。

没等她想出营生，李三跑回来报告，李二被抓了，警察，绑着白腿的，说李二是小偷，把他连踢带打拽进了一个大门。

李三边说边抹眼泪，姥姥噌地就坐起来了，一个弟弟已经失散，又一个，被抓了，她心急如焚。梳光头发，洗净脸，跟店主老头儿求教。瘦干老头儿出的主意，是让她和妹妹去局子里要人。"不能光说好话，还得有银子。有人也行"。

姥姥没让李园去，她吃顿饱饭，自己去了。

李二被她领回来了。

还跟来了一个警察，叫王东山，从此，他是姥姥的靠山。

"春来"旅店改叫了"满堂春"，瘦干老头儿既是茶壶也是大当家的，李二李三成了护院。姥姥为了妹妹，为了一家人，她下水了。

有警察保护，有店老头指点，有李二李三的能干，还有姥姥年轻妖娆的身体，照章纳税，按诺分成，小小的满堂春，很快就红火。水涨船高，一个叫刘香香的姑娘，循声而来，她愿意借姥姥这个码头，栖一段身。她是从奉天跑过来的，做这一行已有时日。

香香的到来为满堂春锦上添花，姥姥发现她不仅是同行，还应该称她为老师。因为姥姥身体上的一次次硕果累累，远远超出了她的营业范围，有一次，打一次，打一次，病一场。那种杀鸡取卵式的掏血捣肉，让她害怕了男人，恐惧起这个行当。好了伤疤，也难忘疼。是香香，传授给她避孕的办法，并能一劳永逸。也是香香，指点她如何侍候男人省力。还是香香，帮她制定了"满堂春八条"：一是价钱要公平；第二，公买公卖勿强行；三呢，损坏东西要赔偿；第四，兵痞作风克服掉；五，嫖客妓女都是人；六，有情有义日日新；七，制度面前人人都平等；第八，和美睦爱满堂春。

生意很红火，银子哗哗地来。可是，姥姥越来越担心，这一行，弄不好，是断子绝孙的饭。姥姥不能想象，自己一生，都会没有孩子，没有孩子叫她一声娘。第一个掉了，她还没觉什么，逃命要紧。第二个，掉了也就掉了，因为她根本不知道，那个是谁的。到了第三个，绑腿的警察狗子，白占老娘便宜，他的坏种弄掉，也是应该。到了第四个，一个商人，长袍马褂，人还不老，干净温和，一看就是小心行得万年船的那种人。他每次来，除了嫖资，还另外给姥姥献上情意，一条丝巾，一块绸缎，甚至，一件略显值钱的首饰。来了，不慌不忙，不急着抓扯女人上床，而是安适地坐下来，品着香茶，跟女人聊天。用凉帽扇风，那份闲适，就像一个远游归来的丈夫。打问姥姥家乡的情况，中间还有因同情而微蹙的眉，无力这世道而发出的轻声叹息。有时聊着聊着，姥姥也忘记了自己的本行，那刻意的艳笑，消失了，拿捏的细腰，也不再摇曳，说着说着还会冒出几句老家的土话和牢骚，那神态，俨然是一个良家妇女在跟丈夫报怨这个世道，很家常。待人走屋凉，姥姥看着地上的水盆儿，桌上的空杯，她会发一会儿呆，恍惚一阵儿，许久许久，泪水，渐渐盈满了她的眼眶……

即便没有富商当丈夫，找一个穷汉，肯干的，正经人，能挣饭吃，能养家，也好啊。姥姥打定了主意，在未来的宾客中，她要培养一两个可以当丈夫的人。同时，她劝两个弟弟，不能一辈子陷在这个泥窝，终是好说不好听。她让李二当了警察，伪满洲国的路警，专门守护铁路不被抗日分子扒掉。李三回去接母亲，这里，总算安生了，有一口热乎饭了。妹妹李园送去了护校，读书的女子总归比自己有出路，毕业后留洋或是工作都不成问题。然后她自己，买了一处带院子的小平房，待母亲接过来，一家人，要过良民百姓的日子。

第三章

"跟你妈一样"这句话，点醒了母亲，也让她伤心了。若说她对双环恨铁不成钢，痛斥她"像姥姥"，起码那里面还有痛惜，而父亲，说她"像她母亲"，那不是在鄙视和唾弃吗？这个，是母亲无论如何都不能接受的。

那时我已长到了十二岁，母亲却拿我，当了二十岁的闺密，倾诉她的衷肠。她告诉我，在她十四岁那年，随姥姥逃债来到铁骊，第一个相遇的，是一个叫孟什么的男子。姥姥的商人丈夫破产了，他破产，就用一死来解脱，而逼债的人，天天来敲孤女寡母的门。姥姥没办法，带着母亲逃到了小县城，这里有先于她从了良的刘香香，香香成功地嫁了个光棍儿好男人，在小县城过着隐居、安闲的日子。姥姥落难了，她不能不管。那时，姥姥的名头已经由黄太太，改叫了李绵绵。刘香香帮助李绵绵住到了宋江林的叔叔家，母亲和宋江林，得以相遇。

宋江林爹娘早逝，他在叔叔家长大。叔叔家因为穷，那院子显得异常阔大。十七岁的少年宋江林，因为长年的劳动，他壮实的胸膛，即使在冬天的破棉袄里，也现出迷人的刚毅。母亲喜欢这样的劳动者，他的辛勤劳碌让母亲看到了另外的风景——抽大烟推牌九一直是姥姥身边的男人，现在，外面的世界是这样。

宋江林的叔叔家是东西屋，满族人的民居结构，姥姥她们赁了另一半，月租仨月才一块大洋，姥姥一下子就付了一年的。债还不起，可这点吃喝用度，还是小菜。姥姥有过那样的日子，即使遭难了，生活质量不减。她所有的细软，都在随身带。一母一女，不干什么营生，饭食上有白馒头，有酱肉，偶尔，还有烧鸡。而房东家，天天是稀稀的苞谷粥。即使这样，姥姥还是想念哈尔滨，她习惯了"老鼎丰"的点心、哈尔滨的红肠、俄式的大列巴。她一直跟母亲说，等那边消停了，咱们就回去。

"回去"，是姥姥那个时期的梦想。

但有两件事，让姥姥的计划泡了汤。

一个是，阔绰的生活，让姥姥的包袱迅速干瘪了下去，她们开始缺钱了。酱肉买的块儿越来越小，直至断顿儿。白馒头，要时不时地换成黄色的，当地人叫大饼子，那个东西铁砂一样难咽，是苞谷面贴到铁锅上的一种粗粮，比糠强点，它在进咽喉的一刹那，像带刺的木块。母亲咽不下，姥姥的嗓子更是早已不适应，首饰一件件地变卖，绸袄换成了布衣，母亲的猞猁皮大氅，防寒的，都被姥姥给当掉了。这时的母亲，她害怕坐吃山空了，她说她去工作。

姥姥说一个女儿家还养不起？你让我这脸往哪儿搁。

姥姥一直觉得不工作，吃喝玩乐，才是上等人的日子。

母亲已经有了自己的主意，姥姥让她少跟东家那帮穷丫头玩，可是母亲照样跟她们围坐在一起，欻嘎拉哈（满族姑娘流行的一种娱乐，其工具是猪羊的后蹄骨关节，状如饺子。打磨光滑，四个为一组。姑娘们抛扔起拳头大的布口袋，在口袋下落过程中，两只手，迅速把嘎拉哈弄成统一的骨面，全抓起来，接口袋的同时保证手中的嘎拉哈不掉，以此计分，越多越好）。宋江林的三个妹妹，秃丫头，玉敏，三多儿，都是欻嘎拉哈的高手，她们小小的两只手，往胸脯上一拍，一摁，炕上的一堆嘎拉哈，就在她们眼睛都不看的情况下，悉数收入囊中。母亲不嫌她们头发上长着虱子，手指甲里是黑泥。姥姥敲打过她，说母亲是玩心之外，另有他想。姥姥还警告母亲，宋江林一家穷得叮当响，叔叔喜欢喝大酒，婶子抽大烟，烟袋杆儿比胳膊还长。这样的人家，没好儿。

母亲说要出去工作，姥姥嘴上不同意，可她的实际生活，是需要有进项的，不然，真要断顿儿了。母亲去了道北的手套厂，道北道南，是以一组铁路线来划分的。日本人修的铁路，神经枝蔓一样触向了四面八方。道南的人家，较穷，以农耕、林木为主。道北的商铺繁华，手套厂，木器厂，均在道北。母亲每天要经过铁道，铁轨上没有天桥，装木材装煤的货车，一列列横在那里，死鱼一样，一横就是几小时。当地人好身手，飞身跳跃，或猫下腰来钻，都非常熟练。而母亲，每当这时，都傻在那里，露出焦急，无助。这时，手执红绿旗子的孟大哥出现了。他走过来，问母亲：姑娘，你不是本地人？

母亲点点头。

哪儿的？

哈尔滨。

孟大哥说，我说嘛。孟大哥说这火车，一时半会儿开不了。想过去，只有跳了，钻也行。说着，他指指那些正猫下腰钻过去的人，有的因为起身早了，后背蹭了一大块，疼得直咧嘴。孟大哥说我看你还是跳吧，来，我帮你。

母亲的细腰，在孟大哥的双手一举中，上去了。再一托，下来了。

下班回来，又如是。接连几天，母亲在前面走，孟大哥在后面偷偷相送，没有路灯，冬天的道南黑冷荒僻，有人暗中保护，很好。

一来二去，母亲和孟大哥熟悉了。跳车这种危险的方式，也被母亲所掌握。和宋江林相比，孟大哥的相貌没有他英俊，但那厚实的嗓音，好听的国语，也很吸引人。母亲慢慢地知道，孟家也是哈尔滨的，母亲没了，父亲随国军去了台湾。孟大哥现在，是单崩儿一人，住在铁路宿舍，是正式职工。

姥姥不同意母亲跟当地人谈婚论嫁，无论是谁。但姥姥却接受了孟大哥带来的好吃喝，也不拒绝宋江林女婿一样的劈柴担水。母亲反感她这样使唤人，她拼命地干，十指都磨出了串串水泡，碰破一个，钻心地疼。即使这样，她挣的一点工资，也才够买一袋面粉。不知不觉中，她们家已经接受了孟大哥的太多太多……

一天早晨，母亲还没上班，院儿里来了一拨人，穿着铁路制服，为首的，要找李绵绵李老太太。姥姥正踩着小脚，从后院儿出来，她问什么事儿？她的脸吓白了，以为是逼债的，从哈尔滨追到这儿来了呢。

此逼债非彼逼债，也是清账的。他们说孟同志这段时间花钱大手大脚，你们知道那钱是哪儿来的吗？他贪污的，那都是公款！

那一刹那，母亲恨不能钻到地缝里。

他们给姥姥摆了两条路，要么退赔，把吃下去的折成钱，退回来。要么，这个孟同志就得蹲号子，姥姥，也脱不了干系。

母亲说，如果不是姥姥贪心，花别人的钱不心疼，何至于让老孟出那种事？如果不出事，他怎么能从此无音讯？人啊，一辈子就是命。后来，是宋江林的叔叔，东挪西凑了几个钱，堵上一部分窟窿。代价是，母亲跟宋江林，订婚了。

人生就是拆东墙补西墙。姥姥说。

刚消停，哈尔滨那边传来消息，逼债的，出事了，打人失手，进去了。这个消息，就意味着，姥姥可以重返哈尔滨了。她耷拉着眼皮儿对母亲说："连生，咱们走，收拾收拾，走"。

"往哪儿？"

"回哈尔滨呀。"

"不是欠了人家的，跟宋江林都订婚了吗？"

"你这个孩子，死心眼儿。以后还呗。谁的日子没个变故。"姥姥的眼皮儿还是夯着，她也有羞愧之心。

"妈，你这样可不好，祸害了人家老孟，又耍江林。"

"有什么不好？我看你是小小年纪，就离不开汉子了，就知道汉子好了。还没嫁呢，就胳膊肘往外拐，你他娘的向着谁？"

"向着谁也没这么做事的，花了人家钱，又想偷偷跑。你看宋江林，一年四季都没有第二件衣裳，凑几个钱，容易吗？"

"这轮不着你操心。跟我走吧，等回去卖点东西，把钱给他家寄来就是了。"

"我不走。"母亲说，眼皮儿也夯下了。

"你真想跟一个穷光蛋过一辈子？在这儿受穷一辈子？"

"那也比天天胡吃海喝、乱七八糟强。"

"谁胡吃海喝了？什么叫乱七八糟？没良心的，养你这么大，没他们你早饿死了？！"姥姥拿着她的右手食指，到母亲的脑袋上点了一下，点一下不解恨，又来一下。母亲长到十四岁，最严厉的责打，也就是这一指头，一指禅。一指禅点不死人的，母亲的心也开始软，她知道她的母亲从来舍不得打她。

"有狠心的儿女，没有狠心的爹娘啊。看着吧，有她后悔的那一天！"姥姥最后是自己走的，在火车站，好姐妹刘香香送她，她这样预言。

一晃儿二十年，母亲后悔了吗？她嘴上一直没说。可是，父亲指责她，说她"像她母亲"，母亲请我评判，如果像她母亲，她会留下来待在小县城？像她母亲，能一辈子守着他宋江林，还为他生养了一大堆儿女？哼，像她母亲，像她母亲一点，都不该挑选这样的日子！

母亲一定是后悔了。

第四章

姥姥的母亲被她三弟从热河接来时，她问姥姥："大丫儿，你怎地改名换姓了？你怎地不叫张黄氏了？那瘸子没死。"

她们老家的话，问什么都是怎地怎地的，姥姥的母亲已经近于瞎，看什么都用手先上去先摸摸。父亲没有接来，被她斧头相向的瘸子丈夫，爬起后的第一件事，就是找她李家算账。算账中，本就身体枯槁的父亲，一命呜呼了。那个瘸子，也没得好，抓丁的去他家，看他如此败象，一枪托砸来，使他的另一条腿也瘫了。不再骚扰，姥姥的母亲得以苟活。和老母相见，姥姥没有表现出母女相见后的喜悦，一个乡下老太太，跟满堂春的日子，是相去太远太远了。近于盲的乡下老太太，闻着满屋子里的香，用手摸着丝啦丝啦光滑的绸缎，恍惚中看着走进走出的人影，她小心地问："丫儿，咱可不是当了那小鸭（养）汉儿的啊！"

这样的话出自母亲之口，比那些直接骂"婊子"的更可恶，姥姥一下子就摔掉了手里的东西，新仇旧恨，她歇斯底里：不当小养汉的，你们都得饿死！姥姥摔了东西后，一屁股坐下来，所有的痛恨最后只变成了一句话，没头没尾的一句话："我就是上辈子欠你们的！欠你们的！"

姥姥是太烦了，接连的流产，让她恐惧。不生育，将来改了行，也当不成母亲了。还有接二连三的麻烦，读了护校的妹妹，到了暑假，竟然没有回来。差李三去找，学校说她已经退学了。这一消息，晴天霹雳，她退学去了哪儿呢？在同学的吞吐中，李三回来回话："好像是被哪个当官儿的接去做小了。"

小老婆？姥姥当时就气昏了，自己费那么大力气，呵着护着，当金枝玉叶养着，可结果，她自己却跳了火坑。

姥姥的母亲还天天跟她要弟弟，那个闯关东时失散的老大。事实上，姥姥从未停止过对这个弟弟的寻找，请王东山动用过警察、线人，还正式摆桌请客，黄署长当时都拍了胸脯的，可结果，还是没有。这样的结果，人就是死了。老黄说。

"还有一种可能，要是他还活着，就是在敌人的阵营里。"王东山说。

"敌人的阵营是哪儿呢？"

"整不好，钻山当胡子去了。"

时局确实太乱了，城头不停变换着大王旗，今天抗日的打过来，明天国军冲过去，后天，传说日本人要完蛋了，他们的老窝让美国人给炸了，炸得不轻，据说几辈子的人都将缺胳膊少腿儿。一天晚上，街角大乱，有人袭击了日本人的军用物资车，日军全城搜捕，连满堂春也没放过。香香平时打点，基本没有麻烦。现在，宪兵车突突突地开进来了，亲自搜人。日本人一翻脸，谁都不认识。捣天入地，掘地三尺，要找出那个炸军车的人。空气中飘荡着血腥，满堂春被他们沙尘暴一样刮过，一地狼藉。

香香对姥姥说："看来，天下又要变了，咱们得有打算了。"

"你打算咋？"

"我有老孙，早就跟他商量好，一有乱，去铁骊避难。小地方，安稳。你呢，也别嫌老黄人粗了，好歹是署长，喜欢你，能给你撑日子，就跟了他吧。"

姥姥是信服香香的，香香从奉天来，据她说，皇帝都见过。在奉天的码头，得罪了什么人，才跑到哈尔滨。香香比起后来戏中的阿庆嫂，在对付各方势力方面，更胜一筹。她的话姥姥基本全盘执行。

后来，姥姥就成了黄太太。

关于黄姥爷的记忆，母亲有过这样的描述：

人未到，声先来，大嗓门儿，有时是皮靴的咚咚响，个子胖矮，披军校呢。回得家，抱起母亲就在地上连转三圈儿，举起来，抛扔，扔够了还让她坐到自己肩膀上骑梗梗儿。一次母亲从外面回来，说谁谁说她是野孩子。黄姥爷小个子不高，一个箭步却蹿出很远，冲出大门外，对着跑没影的孩子就是一枪，吼：他妈了个巴子的，欺负到老子头上了！

黄署长给姥姥带来了一段风光的日子，家里的用人成群，母亲是黄小姐。大冬天里，来拜访的有钱人鲜花果篮，献上的是空运过来的水果。女人们围在一起，张太太李太太麻将外交。

母亲出门，是卫兵跑前跑后。好日子的结束，是在一个早上，他们正吃着饭，电话，找黄姥爷。那天早晨有黄姥爷最爱吃的炸糕，糯米的，很黏。黄姥爷嘴里咬着炸糕，抄过电话，喂了一声，接下来，就大声咆哮，他只大骂了几句，姥姥看着他的背影就不对了。噜噜噜，他的咆哮变成了晃脑袋——他被噎住了，大张着的嘴合不上，也张不开，那口黏糕堵进了他的嗓子眼儿。有那么几秒的僵直不动，在姥姥的小脚还没踮到，他就一扇门板一样，哐，仰倒了。

黄姥爷是被噎死的，一口黏糕，要了他的命。

黄姥爷的死亡，让姥姥的日子又陷入僵局，再找个男人，嫁汉吃饭，是接下来迫在眉睫的问题。还好，一个做牙刷的小商人，不算富，但人好。姥姥嫁给了他。

牙刷商人也很喜欢姥姥，他读过一些书，对姥姥的过去，只字不提。在母亲的记忆中，这是个文明的继父，说话温和，就是姥姥声音高了，他也只是微微一笑，露出一口好看的牙，就继续忙他自己的去了。

如果不是后来破产，他自杀，姥姥应该过上一段良家妇女的日子，可惜，这个商人太脆弱，刚来一拨债主，他就用一死，逃开一切了。

姥姥再回哈尔滨，小心翼翼，又一次隐姓埋名，住到了江北。母亲说，姥姥特别爱搬家，小时候，她刚跟一帮小伙伴玩熟了，回到家，姥姥就问："她家大人都跟你问什么了？"

母亲如实说来，"问我多大了，叫什么。"

"你怎么说？"

"我叫李连生，七岁了。"

"没问你打哪儿搬来？"

"问了，我也不知道。"

"对，谁问都说不知道。"姥姥又叮嘱，"以后，少去他们家！"

再去一家，回来，又是这些。

母亲特别烦。

有一天，母亲回到家，不等姥姥问，她就说："妈妈，我今天去小桂莲家了，她妈跟一个大婶说话，她们说我是要来的，你抱的我。她们以为我没听见，其实，我全听见了。妈，我是从哪儿抱的呀？"

姥姥的小脚当时正呈八字站着，手中拿着水瓢。听母亲这样一说，水瓢哐啷一声仰脸儿掉在了地上，两只小脚，也跟水瓢一样，仰天竖了起来。

第五章

母亲说她要是像姥姥，就不该选这样的日子！这句话是对的，儿女成群，除了给她带过欢乐，也给她，无尽的麻烦和伤恸。我的那对胞妹，金宝银宝，她们的夭折，让母亲长久地沉浸在哀痛中。

事情的经过是这样的。

双莲长到七岁时，五岁的弟弟宋财下面，又来了一对妹妹。

母亲头上那个怕风寒的花头巾，是睡觉的枕巾充当的。家里的经济生活已经可见一斑。父亲给她们起名宋宝宋金，如果再来一个就叫宋银，取财宝金银之意。母亲给他打住了，像不同意双莲双环叫宋福宋禄一样，母亲叫她们金宝银宝。小金宝银宝的到来，让家里的住房出现了紧张，必须要盖房了，不然这品种齐全的搭配，儿女们又越来越大，没法安排。金宝银宝太小，如果太挤了，睡着了给压着，怕是都不知道。父亲宋江林决定盖房，满族人的建筑居式，东西两大间，又有南北炕，再来几个，也住得下！

木料备得差不多了，起房架这天，是要请人帮工的。大清早，宋富宋贵宋荣，哥仨加邻居的叔叔大爷们，谁都不惜力，围上泥池子拧拉禾，这是个极需体力的苦活。母亲，则带领一帮妇女，准备一天的饭食。大女儿宋华，她的任务是看哄金宝银宝，这一对婴儿。双莲双环加宋财，他们自己能玩，不用背不用抱，看住别添乱就行。而那对宝儿，要处处小心的。

宋华是不愿意领受这项任务的，她宁肯干些粗活。拴着弟弟妹妹，是最闹心的事了，跑不得，玩不得。母亲知道她的心思，早晨，看她捧捧打打，还拧了她的脸。现在，母亲和那群热心的妇女，烧火的，拉风箱的，择菜的，蒸面食的，手上忙着嘴里也不闲，逗着各家老爷们儿的事。宋华替她们害臊，心里也更怨恨母亲，只图自己乐，生了一帮孩子，让我哄。宋华今天不但要看哄金宝银宝，还被分配负责鸡鸭的菜食，一头猪的午餐晚餐。如果是光剁剁鸡食鸭食猪食，宋华有盼头，它总有个完啊。而现在，全天，她都要看着两个不会走的妹妹，双莲双环小时，就是她的坠脚，现在，金宝银宝又来了。本来，她跟邻居小红约好，今天去她家学习领子的花样编织，宋华打算用偷母亲的白线，钩织一个假领子，白白的，冬天缝在棉袄领上面，煞是好看。母亲早晨给她分完工，她心里就老大不乐意，地上满是钉子、斧子、锛子、刨子，她把双莲双环和宋财，撵到了王娘家，让她们去那儿玩，免得扎着脚。接下来的金宝银宝，她把她们放到悠车里（鄂伦春人用桦树皮做的一种婴儿摇篮），悠车能荡得很高，悠一会儿，也许她们迷糊了，就能睡了。宋华打算趁她们睡着，她就快速跑去小红家，学习花样编织。

鸡食鸭食剁好了，猪食也搅拌完毕，金宝银宝，还是不睡。宋华把她们摁在一只悠车儿里，一颠一倒，想让她们尽快睡。两个妹妹，好像知道她的企图，无论怎么哄，她们都不听。亮晶晶的眼睛，一直看着老大姐。宋华就加大了悠车的力度，悠车的棕绳历史悠久，拴在房梁，发出吱扭吱扭的响声。宋华越使劲，金宝银宝越调皮，她们花样游泳队员一样伸胳膊举腿，这个摁下去，那个站起来。宋华一遍遍地命令她们老实点，听话！可是她们根本不听，此起彼伏。宋华说，看来你们是不能好好睡了，分开，一人睡一个悠车吧。说着，把她们分开了，一人一只悠车，宋华用两只手，同时悠。

那边，母亲和大家还在哄笑，她们议论完了各家的爷们儿，又说着各家的孩子。母亲的成群儿女，让她们质问母亲是不是一天二十四小时，都没起被窝儿？那边的男人都夸老宋真有一把好体力。生孩子的话题，又是一个高潮，当初的洞房都没这么热闹。他们不知道，乐极处，悲要来了。宋华带着恨意悠起来的两只悠车，越荡越高，高空中，两个婴儿不敢再站起来，无奈躺下了，她们开始哭。宋华怕哭声惊动了母亲，她不好好哄妹妹，免不了就要挨掐。宋华拿过饼干，塞到她们嘴里。饼干是好东西，她们不哭了，可是，还不睡呀。

宋华左手一下，右手一下，比着赛似的往高悠。这时小红来找她，问她怎么还不去。宋华说快了，等她们睡着。说着，简直是在炫技，两只悠车发出了嘎吱吱声——棕绳和木檩条绞着劲儿地较力——悠车儿上棚顶了，宋华终于抬起了头，她想停下来，她害怕了，但是，晚了，她看到，其中一只，竟然绕过房梁，绕了一圈儿后，啪——嚓——朝着地上扣了下来。

宋华箭一样扑上去。

母亲镖一样奔过来。

金宝被人捡了起来，抱进怀里，还有微弱的热气儿。老中医说，孩子是受惊了，吓掉了魂儿。他用招魂术，给金宝银宝治了几天，银宝也不会哭了。开始几天，她们还能吮吸奶水，几天后，金宝开始抽风。再等两天，金宝不睁眼睛了，银宝也不吃奶了。塞进去，她无力地吐出来。当金宝没了呼吸，永远的闭上了眼睛，母亲知道，银宝也活不成了。

一生俱生，一亡俱亡。当地人对双胞胎的存活，有这样的经验。

金宝银宝夭折了，邻里用"是儿不死，是财不散"来安慰母亲，但没有用，母亲没有眼泪没有欢笑了好长时间，经常独自一人，去埋过金宝银宝的松树下，坐着。冬天去，夏天也去。那棵古老的红松，因为年头久远，像一座篷盖，独立在呼兰河的右岸。每当我找不到母亲时，就去那棵苍老的红松树下面，远远地，能看见母亲瘦小凄惶的身影。

金宝银宝后，母亲停止了生育。母亲的一生，怀孕加流产，共育过十八胎。两次是双胞胎。母亲说老天够意思，自己一辈子没父没母，一个血亲都没有，上天却送给了她这么多的孩子。

母亲说这些话的时候，我已经离开故乡。当作家的愿望，让我四处流浪。那一年因为爱情，因为伤痛，我也来到了河边的老松旁。曾经浩渺的河水，变得弯曲窄瘦，两岸的土地，也干枯贫瘠。坐在那里，我恍若看到了母亲，她就像这一脉呼兰河水，由青春润泽的少女，变成了衰老的妇人。那株老松，是驼了背的父亲，他们虽然不再年轻，但根魂相伴，隔河相望……

我也想念金宝银宝，她们是我的妹妹，还未成年的婴孩儿。她们的尸骨，永远地埋在了红松树下，化作泥土，膏养树根。她们的眼睛，一定是变成了星星，晴朗的夜晚，星空因为她们的加入而更加璀璨，那是一个未知的世界，课本上叫它们银河。其实，我更愿意承认，那是天堂，极乐的世界。坐得时间久了，我能看到母亲向我走来，妹妹向我飞来，她们修着的两只小胳膊，是天使的翅膀，她们让我抱，和我亲抚。母亲说，双莲，我这一辈子，确实后悔过不听你姥姥的话，但我从没后悔，生了你们这么一帮儿女……

第六章

把姥姥她们解放了的人，是李连长。李连长那天带领一个连的人，冲进满堂春。李连长不像国民党军队，进到这地方又打又骂。李连长属于共产党的部队，解放军。解放军一进城，处处给老百姓好印象，都是宁肯住在大街上，也不进百姓家骚扰的人。当他向姥姥打了个立正，开始宣讲共产党的政策时，姥姥愣了，他也愣了——这不是当年闯关东，那个被兵痞冲散的大弟弟吗？姥姥认出了他，他也认出了姥姥。但那一刻，他们都克制住了，装作不认识。

李大是被抓了壮丁，然后从国军，到共军，又新四，到八路，最后是东北民主联军，解放军。李连长一路北上，他也有寻找亲人的意思。但老家那边，东北这边，他都寻遍了，也没有姐姐，兄弟。老母亲，还下落不明。当他端着枪，一片儿一片儿的接手，一个城一个城的解放，最后到了哈尔滨，这块繁华的街道，满堂春挂着牌子，他们叫这种地方为窑子。上面命令，把这些妓女，都解放了，让她们去工厂干活，做自食其力的劳动者。这些女人不但要改造肉身，还得改造思想，改造她们四肢不勤五谷不分的本性。统统送去亚麻厂，搓麻绳，缝麻袋。姥姥因李连长是她弟弟，成为漏网之鱼。香香呢，也走得从容，金银细软，一并收拾了，才奔向了事先商量好的那个山东光棍儿。其他姐妹，有的害怕吃不了苦，跑掉了。有的，干脆嫁人。送去亚麻厂，她们认为是火坑。

李连长还给姥姥弄了个五保户，新政权，运动一个接着一个，名头一个接着一个。开忆苦思甜大会，忆旧社会的苦，品新社会的甜，李连长让姐姐上台，控诉旧社会如何把她变成一个鬼，新社会又怎样让她变回了人。做动员工作的时候，那个街道的妇女干部，盯着姥姥手腕上的玉镯，真漂亮啊，配在大理石般的玉腕上，浑然天成。妇女干部说，李绵绵同志，这个，就不要戴了，新社会，妇女们不兴这个做派了。如果不是李区长保护你（李连长已经升任李副区长了），我们大家同情你，你早就跟那些受改造的——妇女干部停顿了一下，她没有再叫出"妓女"，而改用了——"女人"，——和那些女人一样，搬石头，缝麻袋去了。劳动改造，你哪儿还有心思臭美！

绵绵在台上诉苦的时候，一个小姐妹揭发了她。那小姐妹说，这个老鸨，跟刘香香一样，看着蜜儿似的，毒着呢。我们几个小姑娘，你让她看看，她下了什么毒手，看看我们现在，还有一个能生出孩子的吗？没有！她给我们吃了什么药，断子绝孙，她狠着呢，比日本子还狠。

姥姥无力地争辩说，是你们愿意的，是你们自己愿意的嘛。

我们愿意也是你教唆的，不听，就打猫。

打猫是一种残酷的刑罚，在妓女中通用了千年。

姥姥说没我这厦子，你们得饿死。

饿死也比天天缝麻袋好！

两人越说越不像话了，听不出这是改造救人。主持会议的李副区长挥挥手，让人把她们都弄下去了。李区长说，咋说，李绵绵同志也是受害者，她的女儿是抱养的，穷人家养不起，是她发了善心，救下、收养了。现在，她养着一老一小，没有工作，她是我们的阶级姐妹，不能不管。要说有罪，是那个时代的罪，国民政府无能的罪。这笔账，要算到蒋介石的头上。

到了"镇反"时，又有人揭发李绵绵，说她的满堂春曾经养过日本人，日本的嫖客。李绵绵是潜伏下来的日本特务。

好在有李区长，他说李绵绵是地下党发展的线人，只有利用这个身份，才好潜伏，跟敌人斗争。李绵绵同志对革命胜利有功，不能镇压她。这样，姥姥躲过了一场一场的劫。为了安生下来，李区长把姥姥的户口迁到了道外，江北一处人烟稀少的地方。李大还帮助姐姐介绍了从前的战友，现在的房管科科长。李大说，要想牢靠，还得找政府干部。可是，两年后，反贪污反浪费又开始了，房管科长抽过人家的烟，喝过送的酒，都算贪污，揪出来投监狱了。

姥姥又成了单身。

第七章

从哈尔滨走来的母亲，原本邻里关系很淡，很多妇女都说她端架儿，不合群儿，母亲心里也确实鄙夷她们，觉得她们没文化。一年四季，除了牛马一样干活，伺候丈夫孩子，其他，就什么都不懂了，更不知道教育孩子，成天闷头拉磨的驴一样。干不好还要挨男人的打。她们是家里的奴隶吗？

母亲跟她们完全相反，她也是家庭妇女，但她是全家的最高领导。她说话，没有人敢不听。实践证明，她的权威是靠她的智慧打拼下的。先说教育孩子方面吧，大哥宋富和二哥宋贵，都已经去了省城，省城啊，那就相当于大家心目中的北京。他们每个月，都往家里寄钱，贴补家用。而老三宋荣，刚毕业，就被留校了，当了老师，也是正式的国家干部。我们几个小的，见了邻里，叔叔大婶地叫得非常有礼貌。相比之下，他们的孩子，见了爹娘都是头一低不说话。邻居们尽管不太喜欢母亲，可是她们常常不由得夸奖：看看人家老宋家的孩子，个个儿有家教。那宋江林的媳妇，还真不白给呀。

她们开始跟母亲搭腔了，家长里短，母亲也愿意听她们询问：老大在哪儿呀？老二又干什么呢？宋荣宋华，也都不错啦。母亲听她们的提问，在回答中，一定是有快感，自豪感。在双莲的记忆中，母亲最欣喜的笑脸，是宋荣"公出"回来。——"公出"，即是出公家的差。老三宋荣，小时得过肺结核，长大了，也瘦瘦的，经常咳几声。但是，他学习好，有才，一毕业，就留校了。在学校，又很受领导喜欢，出差啦，干点什么公派了，都是指定他。他每次公出回来，气色就好很多，可以说红光满面。那几天是母亲骄傲的日子，快乐的时光，她逢人便说，我家三儿，又公出啦。

邻居夏婶听了，会啧啧，说看，人家她宋婶，养的孩子多好，个保个儿，都那么出息。老三公出，那是花公家的钱呢，吃得好，还有剩儿。

三哥宋荣平时脸色蜡黄，出了几天门，油水比家好，回来脸色就好，已经是人所共知，人所共羡。

王娘接话，她说也不知老宋上辈子积了什么德，这辈子是这样儿。

母亲笑意盈盈，听着她们说。

夏婶又说，我看你们家三儿，这回回来，不但气色好，也胖了。

"能不胖吗，顿顿四菜一汤。"母亲回答。

"我看他也不咳嗽了。"王娘又说。

"油水大，身体就壮了。"母亲答。

夏婶和王娘都说，公出就是好啊，我们家那犊子，这辈子也没有公出的命！

宋荣是争气的，他不仅留校当了老师，还因为会写大字块，不久，被县团委抽去了，刷大字块儿、写标语，宋荣成了团委的干事。团委比学校还有油水，处处都能得公家的济。双莲双环，我们几个姐妹上学用的纸，作业本，后来都是宋荣从团委拿回来的，根本不用花钱。还有，他们办公用的墨水瓶啊，订书机、文件夹什么的，他们有什么我们家里就能用上什么。包括羽毛球拍和一架小型的"快乐弹拨琴"。团委有经费，隔一段就要开展什么活动，有益青少年身心健康的，就从我们家几个少年做起了。那时，宋荣经常叮嘱我们的一句话是"注意影响"。宋荣说，白纸可以在学校里用，因为那上面没有字头。而稿纸，带字头的，就在家里使吧。让老师看见，影响不好。

母亲说老三，我看你们那儿的白纸又软和又透亮，前院儿你赵二奶奶当卷烟纸用了几张，她说好抽，让你再给她拿点儿。

宋荣说拿是行，但让她别往外说，影响不好。

看三哥那严肃的表情，"影响不好"四个字曾影响了我后半生。

晚上吃饭的时候，一家人围坐在桌前，桌上，一盆清澈见人影的清汤，没有油花，几块寡淡的土豆，沉在盆底。每个人手里都是难以下咽的苞谷饼子，一碟咸菜。母亲节俭，大哥二哥三哥都挣钱了，并且贴补家，但她舍不得花，每月，她要好好攒出一笔，因为，大哥二哥三哥他们挣钱了是不假，可是，男儿哪个不要娶媳妇呢？娶媳妇，不得花钱嘛。所以，这样的饭食，是我们家的常态。素素地吃着，宋荣又讲起了他的"公出"，公出的会议饭，四菜一汤。红烧肉，木须肉，还有那漂着黄瓜片的蛋花汤——双环已经馋涎欲滴了，她一遍一遍地问："三哥，那红烧肉，有多大块儿啊？像土豆这么大块儿吗？"

母亲用胳膊一碰她，快吃吧，都引出馋虫来，这饭就没法吃啦！

双环咬着筷子说："长大了，我也要'公出'！"

第八章

双环长大了，果然实现了她的理想，她不但经常"公出"，她"公出"时，还有前呼后拥。双环已经是一个要害部门的领导了。

一切的一切，都源于双环的美貌。母亲说过，这孩子，最像她姥姥！那应该是指的秉性。而相貌，母亲说过，那鼻梁、眼睛，完全是从姨姥姥脸上扒下来的。

姨姥姥，就是姥姥的妹妹，当初那个念了护校的李园。姥姥一个人开了满堂春，不让妹妹下水，可是神不知鬼不觉，这个姨姥姥，自己把自己嫁出去了，当了人家的小老婆！

母亲给我讲，她当小老婆，是假，真实的身份，是打入，打入那个大商人身边，目的是策反，让他的军火，支持山里的游击队。李园读了书，受了进步的影响，她不再甘当亡国奴，以护士的名义，千方百计，接近那个商人。商人在国民党里有职位，亦官亦商，他的军火，让游击队死伤惨重。李园为了让丈夫相信她，进门就给他生了孩子，第一个，说是没活，给扔了。不久，李园又怀了孕。她的策反工作进展不大，如何恩爱都行，一旦关心战事，关心商人的财力，那个老头儿就用凌厉的眼光看着她。一次，老头儿发现她的手镯不见了，那个东西价值连城，问她，她说不小心磕碎了。老头要碎了的玉镯，李园拿不出来。过不久，李园的钻戒也没了。老头儿开始对她留心，就发现了她的秘密。

姥姥知道妹妹跟了商人，当了小老婆，当时是痛不欲生。动用一切关系，警察王东山帮助出了大力，最后，寻到了，那时李园已经怀了孕。王东山告诉姥姥，这个心思，动不得了。那商人势力太大了，日本人都要给面子。

姐妹两个见面，妹妹没有多说。只告诉姥姥，她现在的生活，很有意义。姥姥看不出她有什么意义。姥姥说如果知道妹妹就这么短的眼光，她早给她寻一个好人家了。开着堂子，手边的巨贾，不多得是？

李园说不只是为了有钱，是为了更多的。她告诉姐姐："你现在还不懂。"

对这个妹妹，姥姥有点灰心。她带出来三个弟弟一个妹妹，实指望能有点出息，可是，老大丢了，现在的老二，当着警察比匪还匪。老三，也不是个省心的。妹妹，也蹚了浑水。家门不幸啊。看来爹娘，上辈子，没积什么德。

商人老头儿发现了李园的秘密，他对她的惩罚，是大半夜里，把她撵出了家门，让她光着身子站在屋檐儿下，秋雨滴答滴答淋着她。脚下，是碎石子儿。寒冷，疼痛，羞耻，让她浑身打战。共产党的意志不是钢铁，李园越来越冷，呼吸都微弱了。待老妈子出来给她披上衣服，抱她进屋，李园就一病不起了。

流产，结核，李园的身体几个月内变成了纸糊的。

她没有扛过老头儿的审讯，也抵不住活下去的诱惑，她还想见见她的姐姐。老头儿告诉她，只要放弃立场，一切，还跟从前一个样儿。

"只要不革什么命，一个女人家，钱，可劲儿花。"

李园坚持了一阵儿，摇摆了一阵儿，最后，她放弃革命了。那个商人老头儿，确实对她不错，看她一心跟他过日子了，马上给她换了洋房。

但，李园的病越来越重了。

母亲只见过一次她的姨娘，也是最后一次。母亲说，姨娘的脸上有结核红，漂亮得像画儿上的人。她管母亲叫"小宝贝儿""我的小宝贝儿啊"——而姥姥一直叫她要账的，欠账的，小冤家，小祖宗。

母亲说姨娘死前连张照片都没留下，不过，看着环子，就看见你姨姥姥了。她们长得一模一样。

双环确实漂亮，小时候，虽然我们是双胞胎，可常常是，她在母亲怀里，而我在地上玩耍。和弟弟宋财一同淘气了，父亲的巴掌能毫不犹豫地落在宋财身上，到了双环那儿，就半天落不下来。吃什么东西，也是可着双环吃，这使她的嘴特别刁，就为了吃也发誓长大了要"公出"。家务活儿，也是我们干得多，她做得少。双环的美貌，在她童年少年和青年，一路特权。

母亲常用"坐生娘娘立生官儿"来诠释双环的命运，我和双环一胞，我痛快儿的就出来了，到了她，迟迟不动，费了老大的劲儿，才大模大样的，坐着，屁股在前——坐着出来的。

这样的姿势，叫"臀儿生"，是万万万分之一，娘娘命呢。而众多的庶人，不都是头朝下就钻出来的吗。

双环占尽了漂亮的便宜，她的漂亮就是她的通行证，上中学时，除了语文，她没有一科能听懂的。上课回答不上问题，多数学生都要罚站，最次老师也要贬损挖苦，而双环，她沉默地站在那里，尊贵而高傲，化学男老师像对不起她似的，直摆手，坐下吧坐下吧，宋双环。下次别忘了复习啊。

十六岁时，双环读够书了，她也想上山，当知识青年。她还把自己的名字，改成了宋朝阳，她觉得宋双环太土。她要上山下乡，去工作，去挣钱，不再过这吃苞谷面的穷日子。

母亲问她："你才十六岁，上山吃得了那份苦？"

双环说把年龄改大两岁呗，她不回答吃不吃得那份苦。有钱挣，比上学强。她是这样认为的。至于年龄不年龄，很多同学都是这样改的。

当时三哥宋荣已经是县团委的资深干事了，有弄副科级的指望。母亲就把改年龄改名字这样的重担，落实到了他的肩上。

宋荣说："双环啊，你以为那山，是那么好上的吗？多少男的，都扛不住，你小小年纪，就掉钱眼儿里了。"

双环不接他们的问话，坚定地闭着嘴角，不说话。

然后，宋荣就按母亲的旨意，给双环办成了知识青年。

双环去的地方，叫香水河，名字很诗意，地方很糟糕。景色优美，那得远看，离近了，草丛里的花斑大虫子，毒蛇，让女知青们发出一声接一声的尖叫，惨叫。饭菜，那就不是人吃的，大铁锹翻炒猪食一样的大锅炖，面食里有苍蝇，清水一样的汤里，漂着的不是油花，是蚊虫的尸体。

双环是第二天早晨去的香水河，第二天晚上回的家。

黑咕隆咚的，外面扑进来一个人。母亲一看，这不是双环吗？双环满脸泪痕，像一尾鱼，嗖地一跃，一头趴到炕头儿上，打着挺儿，号啕大哭了。

双环说我不当知青了，我还想念书。

想上山就上山，想下山，还得再改年龄回学校。这样的担子又落在了宋荣的肩上，谁让他是公家的人，跟知青办认识呢。三哥宋荣抱怨母亲，你这样惯着她，让她以为，她是生在了县长家吗？

双环没有生在县长家，但是，双环碰到了亚麻厂的厂长，她嫁给了厂长的儿子。

大哥宋富已经是亚麻厂的工会干事，无所事事的双环，去省城找哥哥玩，就巧遇了厂长。当时，双环像一道阳光，让老厂长的眼睛亮了一下。然后，他就被老厂长分配给了刚刚当兵转业的儿子。他儿子叫李兵，接过父亲的枪，进厂没一年，就当了劳资科长。双环第一步，是劳资科长的太太。

四室两厅的房子，双环可着劲儿地住。饭食上，也远远超过了她曾羡慕的会议饭"四菜一汤"。厂长家有保姆，双环生了儿子，又给雇了厨娘。母凭子贵，双环再上班，公公把她从化验员，一下就调到机关当干部了。双环有过一段幸福的时光。

这时候，双环又把自己的名字，从"朝阳"改为"昭阳"，觉得"昭"更能母仪天下。有一天，双环出差回来，她看到家里的床上，丈夫正跟一男人，赤身裸体。此前，她只想过，不定哪一天，她会抓到丈夫跟女人，因为她觉出了丈夫对她的冷。眼前，是一个男人，两个男人，她的惊骇，让她发出了聋哑人一样的惊叫。她实在不明白，眼前这是怎么回事。

公公婆婆都没给她解释，丈夫更是一言不发。双环过后想了很久，如果丈夫跟的是女人，她现在，只有心痛，心伤。而眼前，那一幕，让她怎么想怎么恶心，怎么都过不去那个恶心劲儿。一想床上，她无论正干什么，吃饭，或是哄儿子睡觉，她都要跑向卫生间……

双环离婚了。

若干年后，双环对我说："当初谁知道，那是同性恋呢。"

双环说这话时，她已经离婚十多年了。一直单身。不是她不想找，是找不到中意的。双环就化悲痛为力量，把精神头儿都用在了工作上。不到三十岁，就当上扫黄打非处的处长了。经常跟文化、电台等部门，联手对全市的歌舞厅进行扫黄。有钱有权。即使星期天，双环休息在家，那些打电话、递条子的，找人，求情的，都在候着。双环在我们家，可以说是一言九鼎，那份中流砥柱的作用，可以和当年的姥姥有一拼。双环手中，都是有头有脸的大人物，公安，法院，地税，财政，家里谁有了事儿，比如宋财打架被抓了，宋华下岗没工作了，都是双环打电话，找人。

但双环也有苦恼，她跟母亲抱怨，请她评理："妈，你说说，就算我哥他们当年对我有恩，帮我改过年龄，也不能讹我一辈子啊。是事儿就找我，是事儿就找我，好像我是市长似的。忙了半天落个好儿也行啊，不，我都知道，那几个嫂子，背地里讲究我，看我热闹，说我怎么怎么找不着男人……妈你说他们有良心嘛，用着妹妹，使唤着妹妹，还讲究妹妹，看妹妹笑话——都是什么东西嘛。"

"一个一个的，还真没冤枉他们，可不都像了你那些舅姥爷！"母亲说。

第九章

母亲说的哥哥们像了舅姥爷，是有所指的。三哥宋荣，其实非常像大舅姥爷，就是那个闯关东跑失，后来当了李连长的李大。李大是官儿迷，为了仕途，谨小慎微。他保护了大姐，但是公开场合不跟姥姥相认。李二给"伪满"当过警察，镇压时，李大就在眼前，但他装作不认识。后来，李连长当了李副区长、李区长，他一直让血缘亲人们以老乡相称。姥姥抱怨过他，说他官儿迷了心窍，树叶儿掉了怕砸脑袋。

三哥宋荣就非常胆儿小，他从团委往家里拿一些纸啊，订书机什么的，总叮嘱我们"注意影响"。后来，他的影响果然控制得很好，熬了几年，提上副书记了，团委副书记。宋荣的弱项，是他身体不太好，咳嗽，脸黄。为这个，母亲一直愿意让他"公出"。公出能养出好脸色。宋荣跟母亲闹了纷争，是从他提上副书记，有了对象史家梅以后。母亲说，这孩子，看着那么蔫，可是好色上，跟他舅姥爷一个样儿！

宋荣跟史家梅刚认识不到三个月，就急着谈婚论嫁了。婚嫁是要花钱的，这时候的母亲，心情像更年期一样不好了。她跟宋荣公开翻脸三次，背后翻脸无数次。争端是从一只手表开始。宋荣恋上爱后，几乎每晚，都不再按时回家。有时是大梅给他带饭，有时是大梅把他领回家。开始几次，母亲还觉得挺好，少了一口人吃饭，又省钱又省事。可时间长了，母亲受不了了，她说我养大的儿子，怎么总跑别人家去？我一把屎一把尿拉扯大的儿子，却去给丈母娘天天尽孝，哪有这个理儿！

矛盾的开始是脸色，后来是口角。宋荣认为母亲小气，娶儿媳妇心疼钱，当初，他交给她钱的时候，她怎么收起来得那么利索？这些年，他挣的钱还少嘛，一分不留，全都交给了家里。你当妈的平时是怎么说的，你也不花，给我攒着。怎么到了事儿上，也跟那些当官儿的似的，说一套，做一套？

母亲被噎得直打嗝儿，脸都气红了。但她不跟宋荣讨论这些细末，她从大局出发，说老三，你上面有两个哥哥，下面有两个弟弟，还有妹妹。你哥他俩娶媳妇，都是打打家具，做做被褥，给媳妇买两套衣裳，就完了，哪有一开口就要梅花表的？那可不是一般的表，三百九啊，数儿小吗？值咱家半个房子。给你买了，将来宋财怎么办？他也跟你学吗？你大哥二哥，人家的媳妇咱再给补上？

她史家梅，要块表可以，非要梅花的干什么？上海的不行吗？再说了，她那么高个大个子，戴块梅花小坤表，像啥啊？我看"上海"牌儿的就行。

宋荣不说话，用眼睛盯着母亲。

母亲说看见了吧，为了媳妇，要用眼睛吃了我。

宋荣又把眼睛望上了天，两眼向上翻着，泪水却哗哗地落了。

母亲说宋荣，我知道你为什么哭，你是觉得委屈，觉得对这个家贡献大。平时除了工资，没少往家里倒腾东西。知道我喜欢特一号饺子粉，给领导送的时候，也不忘给我来一袋；领导家送油，家里也是成桶的。过年过节，家里沾了你单位福利的光，要是折钱，也不少呢。你觉得你比你两个哥哥有功。

宋荣不说话。

但是你想一想，你守家在地啊，你比他们有便利。你大哥二哥，谁不是有一分热发一分光呢。他们都结婚了，还背着媳妇偷偷往家里邮钱呢。上次你大哥回来，我看他穿的背心都破了几个洞，他不知道钱好花吗？他不知道给自己买衣服穿着好看吗？可是他舍不得，都背着媳妇，还顾着家。

母亲也眼圈红了。

自从你认识了史家梅，心里就没我这个娘了，眼里也没了弟弟妹妹。下班回家，根本就没心思理他们，你可记得当初，你下班回来，她们是怎么围着你转，跟你闹着玩儿的……

母亲抬出了人民群众，宋荣终于低下了头。

"不是要钱买表，你小子今晚都不会回来！"母亲直指问题要害。

"还没结婚，就这样儿。她们是姑娘，不在乎，我家是儿子，我还怕这个吗？！"最后一句，彻底把宋荣打败了。他低下了头，说不行，就买"上海"吧。

"有你这句话，宋荣，妈还非给你买'梅花'不可，让你堵住你媳妇的嘴！"

至此，矛盾解决。

可是第二天，史家梅又提出了新的要求，让宋荣转达：四套被子变成六套，两套衣服之上再增加两套。这叫六六大顺，四通八达。

母亲一听就火了，六套，她家要开被服厂吗？这是聘姑娘还是卖姑娘呢？论斤儿还是论堆儿？买菜一戳包圆儿了还得降降价呢。她家姑娘……母亲气得要口不择言了，老三宋荣吓得直冲母亲作揖。

后来，是刘香香，姥姥的好姐妹，她借给母亲钱，成全了三哥宋荣的婚礼。有一个时期，只要我们家资金周转不开了，香香奶奶家就是我们家免利息的借贷银行。每次去香香奶奶家还钱，母亲都要带上我和双环两个兵，我们挎着篮子，里面是刚摘下的顶花带刺儿的新鲜黄瓜，豆角，还有母亲亲自手工制作的韭菜盒子（母亲的招牌菜，当年姥姥也喜欢这口）。我们熟门熟路，到了香香奶奶家，人家的餐桌上，是飘着香味的牛奶油条，牛奶的味道让母亲泛起久远的回忆，自从嫁给父亲，给宋家生了一堆孩子，牛奶、油条这些东西已经被苞谷饼子永远代替了。香香奶奶接了钱，告诉我们缺钱了再来拿，没事，拆兑着花。母亲则是感动得默默无言。走时，香香奶奶总是随手抓起桌上的吃食，油条啊，包子啊，给我们一人塞一个。母亲回到家，坐到炕上，对着空气，没头没尾的感慨一句："人啊，一辈子没儿没女活神仙呢！"

姥姥和香香奶奶都是这样。

第十章

母亲和宋荣闹了分裂，父亲一直算中间派。他不得罪左，也不得罪右。两方交锋，他就尽量避开。有时，母亲会一把拉住他的胳膊，命令他别走，一定要评评理。父亲左看看右看看，唉一声，算开场。再唉一声，也就结束了。

在这儿，该说一说我的父亲宋江林了。父亲命硬，硬得妨人，在他一出生的时候，因为立着来，奶奶大出血而死。父亲的哭声，是为奶奶命赴黄泉的送葬。

在他三个月大时，因为没有奶水，又不肯喝米汤，眼看着要断气儿，爷爷想为他打点儿鱼，熬鲜鱼汤来救命，结果鱼没打回来，爷爷命丧冰河。

父亲就寄养在了叔叔家，他的三叔。三叔家并不缺孩子，玉敏秃丫头，大小子二小子，男男女女一大堆，自己的儿女还养不过来呢，三婶对父亲，用烟袋锅教育。没爹没娘的父亲，一下子就知道乖了，一口混浊的凉水，他都不再嫌弃，递到嘴边就喝。苞谷稀饭，他也渐渐长大了，并有了一身好力气，能干活了。

父亲长到十四岁，就是家里一名好长工了。他差不多扛下了三爷家里所有的苦活儿。也是在这一年，父亲见到了母亲，随姥姥来铁骊避难的李连生。

父亲的能干、伟岸，得益于他旗人血统的母亲。在当时，满汉是不通婚的，父亲的父亲，给旗人大营喂马的马夫，就是凭着朴实能干，俘获了奶奶的芳心，生下父亲。叔叔瘦小枯干，还一脸麻子。三婶也瘦得竹竿一样，罗圈腿，他们结合后生下的孩子，都矮小瘦弱。当地民谚说，爹矬矬一个，娘矬矬一窝儿。和那些孩子比，父亲一下子显得那么英俊、漂亮。在和秃丫头三多儿玩嘎拉哈时，母亲就对父亲印象良好，父亲呢，因为孟大哥的公款问题，捡了个漏儿。他的三叔凑俩钱儿，西屋一倒出来，不再收房租，一房媳妇，就有了。

婚后，大大出乎了三叔的意料，他本意，是侄子有了媳妇，男主外，女主内，里里外外，他们一大家子人，就有人侍候了。可是，母亲不但不甘心侍候他们，还把父亲拐出去，有分家另过之势。

母亲这样教育父亲：你们一家子，一个喝大酒，一个抽大烟，弟弟妹妹一大帮，天天啥也不干，就知道趴在炕上耍。这样的穷家，就是一个大窟窿——你累折了腰，也填不满啊！

母亲还说，他们养大了你，不错，我们也记恩。分家后，咱们月月给他们赡养费，养老钱，让他们不白养大了你，这样，不也还情了吗？

要是一大家子都这样一起混，一块儿糠，最后，都糠死拉倒。

道理是这个道理，可是事情，不能那么干。父亲为难。

母亲又说，人多没好饭，猪多没好食，这大锅饭，最要不得了。父亲天天最累，可是他要跟大家吃一样的，顿顿苞谷大饼子，没有一点油水，身体累夸了谁心疼？黑爪子挣钱白爪子花，这样的日子，永远过不起来，旺不了！

父亲的弟弟和妹妹，三多儿秃丫头，他们从前欻嘎拉哈时是玩伴，现在，是姑嫂，小姑子自古要告刁状，嫂子没给她们做饭了，嫂子给白眼儿了。这样，一场场嘴仗就不可避免。母亲趁又一次嘴仗打起，三叔三婶偏袒着断官司之际，果断地撕破脸，提出分家。她说，既然大家在一起不愉快，都这么憋屈，就分开吧。分开单过，是福是罪，谁也别怨谁。

我和江林搬出去。

搬出去？你可想得倒美！三婶的烟袋把炕沿都刨出了个坑。

我们白养小林子长大啊？三叔也会算账。

我们出去可以月月给你们钱，算养老费。

那也不行！拿两个钱儿就算完了？家里一大摊子。三叔说。

是啊，一大摊子，大家都有手有脚，却不干活儿，江林成了你们的长工，我是你们不花钱的老妈子。这样的日子你们当然不愿意散了。

你没良心。当初，我们家可没藏着掖着。没我们兜着，你还嫁不了我们小林子呢，是你自个儿愿意的。三婶的嘴可比铜头儿烟袋锅儿厉害。

揭短的羞怒使母亲意志更加坚定，她说就算我当初是愿意的，你们一家老小，也不能赖在我和江林身上一辈子啊。

"赖"这个字让三叔愤怒了，太不像话了，这还是晚辈跟长辈说话吗，反了天啦！三叔蹭蹭蹭冲到那堆破烂棉花堆，抓出父亲的那条破被，扔一条大鱼一样，把被子扔了出去。"分吧，分吧，滚犊子吧。"软塌塌的被子让小个子三叔一下扔出那么远，可见他的怒气。

父亲正下班，被子把他盖了个正着。肯定是屋里又交火了，一个时期以来，母亲鼓动他分家，父亲左右为难。他顶着被子进来，被三叔喝住："小林子，你说，你媳妇要分家，你是愿意还是不愿意？你想不想出去单过？"

三叔暗想，借这个侄子一个胆儿，他也不敢说分吧。从小长大，父亲的老实都是出了名的，现在，众目睽睽，他敢跟他媳妇一个鼻孔出气？

父亲抬头看着他。

父亲的犹豫使三婶搭了腔儿："哼，白眼狼。没了媳妇就不活了？"

一句话似提醒了父亲，是啊，没了媳妇咋活呢，年轻的父亲刚刚尝到日子的滋味，媳妇的甜头，没了女人，这可怎么活？

父亲就开口了，说分吧，分了单过我也养你们老。

三叔手里的酒瓶子，绿色流弹一样带着呼哨就飞过来了，父亲躲闪有技巧，这得益于他平时练就的躲铜头儿烟袋锅的工夫，酒瓶子在空中走了一个抛物线，再落到地上，碎得很彻底。

满屋酒味飘香。

叔侄的养育账，就在酒瓶飘香和破碎中，两讫了。

父亲和母亲说话算数，他们不但分文不取，还把家里欠下的八十多万外债（当时的东北九省流通券，面值最大有一千元的），给还上了。闹革命成功了，两个人的日子欢天喜地，全身都是力气。宋富宋贵，宋荣宋华，一个接着一个。她们开始了新生活。男人白天去上班，晚上跟母亲学文化，有了文化的父亲还从工人阶级队伍走出来，当上了干部，成为宋监理。成了宋监理的父亲穿制服，锃亮大皮鞋，头型也分成了三七开，手腕上还戴着亮闪闪的手表，脸上天天都是笑容。他们白天工作，晚上不惜力，富贵荣华，金银财宝的诞生，就是他们相亲相爱的有力证明啊……

第十一章

金宝银宝的夭折，让大姐宋华，有很长一段时间，在我们家说话都低着头。我爱金宝银宝，但我也爱大姐宋华。她每次下山回来，都要给我带一点东西，有时是一包野果，有时是一枚红了的枫叶，实在没什么可带的，她就给我一个拥抱。有一天，她拿回了一大包东西，是一方花格子毛巾包着的画笔和颜料，还有一本油印漫画。漫画上面墨迹斑斑，用手指一翻，油墨就沾到了手上。大姐指着册子上的漫画，告诉我说，她们场的小尹子，就会画这个，因为画这些东西，她从来不用上山，风不吹虫不咬的，更不用出苦力——画画儿，这是最俏的一个活儿。大姐鼓励我，从今往后，就天天学画画儿。长大了，有这样一份工作，干干净净，出出黑板报，就拿钱，多好。

大姐认为小尹子的画画是一门手艺，天天不闪腰不岔气儿，站着坐着都能把钱挣了，全天下也没有这么恣儿的活儿了。

这本画册成了我最早的艺术启蒙。大姐走后的日子里，我没有老师，完全是自我摸索，画得很费力，不得要领。倒是那本册子上的文字，让我读了又读，它们给了我无穷的艺术想象空间，让我从此热爱上了美妙的文字……

后来，我发现，我真正热爱的艺术，是手风琴。有一天，宋财和他的同学，在一起讨论郊游。他们从学校弄来了手风琴。当我听到嗡嗡的手风琴声时，我长时间的，不能动了，仿佛灵魂飞出了躯壳。他们去河边，我也跟着去了，浩渺的河水，是他们的背景，干净的沙滩，是他们的舞台。观众，就我一个。可我是那样迷恋，忠贞，他们都玩累了，够了，下河捉鱼去了，我坐下来，抱起那架琴，无师自通地拉了起来。

我把手风琴摁出了曲子，那是我从快乐琴上学会的谱子，我拉出了《雁南飞》——雁南飞，雁南飞，雁叫声声心欲碎——我的肩膀勒得好痛，整支曲子拉完了，我还坚持拉第二遍。另一面的贝斯键，我也是自悟配合的。不知什么时候，他们已经坐在了我的周围，他们给我鼓起了掌。那天宋财还说，琴，咱们先不还了，让双莲，多玩几天。等暑假过完，再还回去！

这架重重的手风琴，被我抱回家了。学过一点乐理的宋财告诉我，黑键盘上那个带小坑儿的，是基准音。找准了它，其他的，就好配合。当天，我晚饭都没吃，一直在院儿里练琴。有一本歌谱，照着上面来，那曲子会得更多。到了晚上，只觉双肩火烧火燎地疼，脱下衣裳偷偷看，手风琴的两个带子，像两把烧红的烙铁，竟把我的肩膀烙成了两条紫色的印子。后背酸，前胸，一直觉着碍事儿。这时候我忽然想，如果我也有一件大姐宋华那样的"小衣服"，是不是练起琴来会舒服一些呢？

那天晚上，我决定自制一件"小衣服"。这种小衣服大姐有，前面是一排密密麻麻的扣子，特别紧，勒着胸部。我曾问过宋华这小衣服有这么多扣子干吗，大姐说这不叫小衣服，它叫"大布衫儿"。

这么小的小衣服怎么叫"大布衫儿"呢？我不明白。

"等你长大就明白了。"宋华说。

现在，我明白了，小衣服（大布衫儿）的作用就是紧身，方便干活，也方便拉琴。这晚，我自己动手，照着大姐那件衣服的样子，偷来母亲箱子里的碎布料，一片儿一片儿，开始剪裁。大家都睡熟了，我设想着，明天早上，我就能，穿上我自制的小衣服，不鼓胸不驼背的练琴了。一边做一边心里得意，那屋的灯忽然亮了起来，吓我一跳，母亲看见了，是不得了的。我呼隆一下子，把剪子，针，线，还有那些花瓣儿一样的一片片材料，团巴团巴，一下塞到了褥子底下，关灯倒头装睡。

母亲好像小解，几分钟后，那屋的灯又黑了。

我再次起身，投入工作。这回，我加快了速度，不再斟酌片儿与片儿之间的顺序。可是，我的缝制技术不支持我的速度，不是缝住了不该缝的，就是漏针了，要么线太长，打了结。就在我手忙脚乱，忘记了边制作边观察敌情时，母亲已经站到了我的面前。

我呼隆一下，又要把那堆东西卷到褥子底下。母亲脸色很冷，她问我你在干什么？

没干什么。

撒谎？

真的什么也没干。我把那堆东西团巴团巴还是往褥子底下塞。

母亲一把拽出来，这是什么？

我不说话，眼睛瞪得视死如归。

双环手欠，她一把抓出那堆布料，说妈，她在缝小衣服呢，她想跟我大姐一个样儿。说着，还一片一片地抖搂起来，喊了我一下，说不知害臊。

母亲生气了，她声色俱厉："双莲，你才多大呀？我还以为你在缝小口袋玩，原来你在弄这个！你才多大呀？！——"母亲不屑又痛恨的神情，影响了我的一生。后来，当我离开小县城，到了外面的世界，生活好了，才知道，那种服装，它既不叫"小衣服"，也不叫什么"大布衫儿"，它的准确叫法，应该是"胸罩",或者"文胸"。又过了若干年,这种东西不再是女人的内饰,光天化日,女人也可以穿着它们拍照,游泳,沙滩上玩儿。款式和颜色,不再是千篇一律,"罩杯"的大小,完全因人而异。不幸的是,对于我来说,那些花花绿绿的东西,有很多年,我都懒得看它们,更不愿意,触碰。

第十二章

我婚姻的不幸,除了罩杯的障碍,还因为贾楠。贾楠是我在亚麻厂的好友,她为人热情,唱歌跑调儿,嗓门粗过男声。当我们大家累了,就会坐下来,让贾楠来一段。她唱的歌,能把一圈人笑翻,劳动的疲乏,也随着笑声散出去了。

晚上,我们躺在宿舍睡不着时,由贾楠讲故事。她的故事都是真的,她的母亲是医生,她讲的多是和婴儿有关的内容,医院又发现三条腿的弃婴了,没人要的豁唇了,啥毛病也没有的胖小子等。贾楠边讲边给答案,她说啥毛病都没有的,还被扔了,就是大姑娘养的。

那时我的心咯噔一下,母亲就是啥毛病也没有的人。她的母亲,也是大姑娘?

贾楠还说过一个老头儿,她妈医院烧锅炉的。那老头儿,一辈子没结婚,光棍儿。大家都奇怪,他怎么天天红光满面,那么大岁数了脸上却没有皱纹。就算他天天喝人参酒,也没这神奇功效啊。还有,谁都有个头疼脑热,跑肚拉稀,可他,长年累月，没生过病。老头儿好像也不想女人，从不跟女人逗闷子，每天，按时来按时走，谁都说不出他的不好儿，可是，总觉哪儿不对劲儿。

有一天，一医生去他家拿点东西，正赶上他吃饭，一旁是他的酒壶，玻璃的，妈呀，你们猜他看到了什么？那老头儿的瓶子里，泡的全是人体各种——我妈说恶心死了。

后来公安局把他抓走，问他从哪儿搞的那些东西。老头儿交代，他跟看太平间的那个看尸老头儿，老哥俩经常联手，喝一壶。

老头儿说吃什么管什么。确实挺好。

贾楠说老头儿还交代了他用那些东西包过饺子呢，可香了。

大家听到这，都说恶心，要吐了。让贾楠别说了，别说了，再说点别的吧。

贾楠就又回到胎儿，弃婴。

贾楠说，也是她妈那个医院，有一天，洗手间里，扔着个盒子，不用问，有经验的老大夫就知道是弃婴。她把院长，领导，还有派出所的，都叫来了，让大家当着面，打开了纸壳箱子。天啊，里三层外三层，那小孩正睁着眼睛呢，没哭没闹，全身上下检查两遍，一点残都没有，还是个男孩。这是为什么呢？翻找了半天，被子里掖个条，上面写着孩子的生辰八字。多余的，一句话没有。大家就猜，这又是哪家的大姑娘被祸害了，生了孩子没法养，就扔了。你想啊，有爹有娘的，小孩儿又不缺彩儿，哪儿都挺好，谁能舍得扔呢？

那个晚上，因为这个话题，大家就讨论起如何防范男人，防被骗。贾楠的经验是，怎么着，也不能跟男人那样。只有结了婚，才能那样。

　　"那样"是什么样呢？跟男人一被窝儿就会那样了吗？贾楠成了解惑的老师，她跟她妈学了很多名词，听得大家脸红心跳，热血沸腾。我们大致地明白了婴儿产生的源头。贾楠还教给我们，如果男人强行想那样，不管他是谁，她说她妈告诉过她一个最好的对付办法。

　　我们七个小脑袋，都伸了出来：什么办法？

　　掐住男人那儿，死攥住，别撒手，他就不能了。

　　天啊，那地方——女孩子们一想都脸红。

　　贾楠说，害臊也不行，就得掐那儿。接着，她说她妈说了，下不去手可不行，歹人就得逞了。那我们一辈子就完了。贾楠又举出一个她表姐的例子，她表姐是中专生，放暑假的时候，回家下火车是半夜，她想抄近道，就沿铁路线，一直走。走到后来，后面跟上一个人，表姐害怕，但是她没办法，四面都没人。她就快走，那人也快走，几乎是小跑儿了，眼看要追上了。表姐突然一嗓子，把那人吓一跳，站下，四外看看，再不下手，怕迟了。那人就直扑上来，把表姐抱住了。

　　表姐要是有那一手，能攥住男人那儿，就好了。可惜，表姐当时不知道，她摘下了表，给那人。那人说表也跑不了，人也跑不了。两个人撕掳了半天，表姐还是被摁倒了。身子底下是道边的石头，硌得表姐很疼。表姐摸起地上的石头砸他，他抢过石头把表姐打晕了。我妈说表姐就因为这事儿，后来都没毕业，生生挺着一个大肚子，又找不着人……

大家唏嘘，半天不说话了。

第二天晚上我们小姐妹集体看电影，回来的路上，没有路灯，胡同儿很黑。我们内心复习着贾楠传授的女子防身术，一直到进了工厂的北门，都平安无事。后来，当我走进了婚姻，才有机会对这一功夫得以实践。那时，灯一熄，不等丈夫抓住我的手，我已经先下手为强，稳准狠地使出了这一招儿，疼得他直嘶气，咧着嘴说你傻啊，变态呀，有福不会享啊！如是几次，好景不长，我们离婚了。

第十三章

母亲是六十岁这年，身体有疾的。她让父亲陪她，再次去了哈尔滨。这么多年来，她让宋富，宋贵，还有宋荣宋华，都帮她寻找过母亲，她的生身亲娘。这些人的寻找，都绕不开姥姥这一关，他们给姥姥买好吃的，好穿的，姥姥高兴，说没白疼他们。当年，姥姥一怒之下回了哈尔滨，扬言和她断绝母女关系。后来，也果然没再来铁骊。母亲接二连三的生产，她都没有再来。母亲顾了小的顾不了大的，正如姥姥所说，有狠心的儿女，没有狠心的爹娘。母亲照顾不了这一堆，宋荣宋华，就轮番送到了哈尔滨，由姥姥将养。姥姥说我这儿成了你们的幼儿园，福利院了。说是这样说，哪个送来，她都高兴。

宋富和宋贵，和姥姥开什么玩笑都行，就是不能提妈妈，当年的来路。一问，姥姥就翻脸，说你们不是来孝敬我的，你们是你妈派来的探子。

宋贵会逗姥姥，他说饮水思源，我是想听听你当年怎么养大的我妈，姥姥你肯定不容易。

一这样说，姥姥就来劲了。她说你妈抱来，没有奶，是我一口粥一口粥喂大的。没有我，你妈早死了。没她，也就没有你们。你们几个，可不能忘了姥姥。

那是，我们都多亏了你。姥姥。宋贵说。不但我们感谢你，将来我们的儿子，儿子的儿子，子子孙孙，都要感谢你。没姥姥您，就没有我们。

但是，宋贵又问，我怎么听我妈说，你们疼她，没有二心，跟自己的孩子一样？好像哪个老邻居说，我妈就是李家的人。

别听你妈臭美了，谁跟她有关系！姥姥又怒。

宋贵跟母亲学了姥姥的弯弯绕，说如果她不是我姥姥，我就给她上老虎凳、竹签子。实在不行，我把小脚老太太吊起来审，只要妈妈你不心疼就行。

母亲被他逗笑了，眼里涌出泪花。她叹息：我就不信，我真的跟那孙悟空一样，是从石头窠儿里蹦出来的？

母亲再去哈尔滨，用的是攻心术，她和父亲背上姥姥最爱吃的猪头，整副猪蹄儿，猪下水，这都是半夜三更，父亲用一根儿老朽的木头，慢慢地，烧烂的。咸香的滋味全烀进了猪头里，闻着就要流口水。母亲已经想好了，这一次，无论姥姥怎么急，她都不翻脸，不跟她急。以柔克刚。

这时的姥姥，已经九十多岁了，不聋不花，一口灿烂的假牙，吃什么都香，咬钢嚼铁。看母亲率领父亲背来的整个儿的猪头，她眉开眼笑，说小连生，我没白养你啊。

母亲说我都多大了，妈，我也老太太了，别再叫我小连生小连生的了。

姥姥说你多大在我跟前儿也是孩子，也得叫连生，改不了。

姥姥说小连生，你这么孝敬我，你那点小心思，我知道。还把江林搬来了，你为什么来，我心明镜儿似的。你刚有汉子那会儿，心里可没我，十年八载，都不想我这个妈。那时你什么都不认。现在，你三番五次地来，还背来了这么多好吃喝儿，不就是想从我嘴里套话嘛。

母亲说妈，你老人家火眼金睛，我也不说别的，就等你话儿了。

什么话儿？实的我说了你也不信，假的你让我编？

你不说，我也有办法。三舅的地址我都打听出来了。

三舅就是姥姥当年的那个三弟，李三。二弟被镇压了，这个三弟，吃喝嫖赌了一辈子。大弟弟，当年的区长，吃得太胖了，脑溢血，也死得很早。一家子，就姥姥长寿，姥姥不愿意提他们。

"小连生，你还真能打听，你是要把我的老脸都丢尽哪。"姥姥说。

母亲说我都一把年纪了，我不能白活。

"那我就实话告诉你，你妈当时是个穷人家的大姑娘，被人给祸害了，有了你，生出来就送人了。送来送去，转到我这儿都是一个老头儿了，他抽大烟儿，养不活你，就扔到我屋檐儿下，我就捡起了你。"

"那个大姑娘是被谁给祸害的呢？听说是一个叫李二的警察。"母亲像唠别人的家常，尽量不动声色。

姥姥一下就翻脸了："小连生，你血口喷人，往自己的脑袋上扣屎盆子是吧。"

这一次，母亲没有吵翻即走，她改变了战略，让父亲先回了，她似乎打算长住沙家浜了。第二天，她早早地起，说出去给姥姥买点心，道外区，一道街一道街的，母亲乘了公交，一路一路地倒。她的目的地是江北，老棚户区。上一次，那个老邻居告诉她，想打听明白自个儿，还得去江北，找她三舅。"那老头儿还活着，什么都知道。"

母亲一条街一条街地看，仰得脖子发酸，在她手里，提着著名的"老鼎丰"点心。可是走了三个来回，没有那个门牌号。母亲试着敲开了一户院子，开门的是个老头儿，年纪也不小了，他听了母亲打听的那个地址，歪着头想了半天，说那个呀，那是解放前的叫法了。现在，早扒了。

回到家，已是中午了。母亲知道会有一场硬仗等着她打，果然，姥姥不问她去了哪里，而是叉开两只小脚，笃笃定定地看着她，那意思，交代吧。

母亲也不惊慌，回来的路上她都想好了，那是一种绝望的想好。她诈姥姥说："我见过三舅了"。

说完，也笃笃定定地看着姥姥，等待姥姥的反应。

姥姥的手已经接过了那包点心，那是她热爱了一生的、吃一辈子也没厌倦的"老鼎丰"。听了母亲的话，姥姥有过一秒钟的犹豫，两秒，三秒，然后，姥姥两只手像抢链球一样，把"老鼎丰"狠狠地掷了出去——圆圆的点心像棋子儿，轱辘轱辘——在母亲的脸上，身上，地上，到处滚……

母亲没动，她眼含热泪，说妈，如果敲开你的脑壳能让我知道我到底是谁生的——我真想，扒开你的脑壳看看！

尾　声

我的名字叫双莲，和双环是双胞胎。幼年时家里来过一个穿着打扮不一般的小脚老太太，母亲说那是姥姥。姥姥穿绫罗，用轿夫，腰里的银圆叮当响。长大后我才知道姥姥为什么那么奢华，因为年轻时，她开过满堂春。

母亲是姥姥抱养，母亲的一生，都是谜。关于她的身世，姥姥给过多种答案：大姑娘养的，没脸活跳江了；父亲抽大烟的，抽不起了卖孩子；火车站捡的；屋檐下拾的……母亲的身世成了罗生门。

母亲走在了姥姥的前面，一个人都要离开这个世间了，而活着的人，还不肯给她答案，这是怎样可怕的秘密啊？！难道人间，真有所谓的天机？天机为什么不可泄？恍然的猜测让我脊背一阵发凉，在这儿我就不说了，要说，就等下一部故事吧。

花　烛

1

　　追溯奶奶的故事，要从父亲讲起。东北民谚"坐生娘娘立
生官"，父亲是立着来的，可是父亲直到退休，也只是个股级干
部。这是另一个故事了。在这儿，只说他那天的出生，让奶奶
命劫。

　　"立生儿"也就是倒茬儿，先出脚、腿，然后是胳膊。一般
的胎儿，以头为始，接生婆只需双手抱握住头，顺势一拽，接
下来一切就会顺理成章。然而父亲不是，他先伸出了一只脚，
一只脚丫，这是多么危险，接生婆给他塞了回去。父亲又跃跃
欲试地捅出了一只拳，一只小拳头，这是更可怕的，拉一只手

出来，其他会像树枝一样挂住，接生婆又把父亲整体地推了回去。用两只手，揉面一样轻轻地揉、推，希望这个男婴，能像更多的胎儿那样，转个个儿，倒着来到这个世界。

但父亲很犟。

两只脚一只手都出来了，剩下的一只，手搭凉棚一样扣在了头上，迟迟不肯下落——奶奶的血，似一床汹涌的河，越汇聚越汹涌……

两条命，危在旦夕。接生婆眼睛看着别处，一用力，父亲下来了。

奶奶慢慢闭上了眼睛。

出生三天的父亲，一直用米汤充当奶水。虽然他从不知母乳为何物，却一下子也分别出了奶水和米汤的不同。小汤匙送到嘴边，他舌头小木棍一样狠狠一顶，再喂，再顶。顶洒的米汤糊得被子一片褯褯，爷爷也浑身抹了糨糊。没办法，爷爷再换来糖水，甜滋味的糖水或许能蒙混过关，可是闭着眼睛的父亲依然还是不吃那套。爷爷仰天长叹："小冤家你想喝奶水，别要了你妈的命啊。"

2

奶奶是满族人，爷爷是汉族。那时候满汉通婚，是有条件的。我猜想打动奶奶的，除了爷爷堂堂的相貌，还应该有他的勤劳能干和质朴的品质。

爷爷当时是一家豆腐坊的伙计，更早的时候，他是马夫。当马夫的爷爷，喂马，驯马，把东家的活儿料理得井井有条。爷爷祖辈云南，因为战乱，一路陕西、山西、山东、辽宁，直至黑龙江，这块地广人稀的繁茂土地，让他们扎了根。爷爷比较聪明，在喂马之余，偷偷学会了做豆腐的手艺。做豆腐是一项更辛苦、更细心，技术要求也更高的劳动，因为他们的豆腐长年供应奶奶父亲的大营。奶奶的父亲当时管着一个甲喇，是帐中参领。这天做豆腐的老豆倌病了，起不来炕，爷爷不但替他做出了一锅美味的豆腐，还亲自担当送豆倌，前往兵营。

这就相遇了奶奶。

满族的姑娘喜欢荡秋千，奶奶已经十五岁了，还经常跟她的妹妹玩这项高风险，也险中有乐的童龄游戏。她们的秋千是动物皮子编结的，特别结实。脚下的木板有松木、桦木，日久摩擦得像光滑的大理石。这天，姐妹俩越荡越高，比着赛地玩胆儿，炫技。牵着白马来送豆腐的爷爷，远远地就看见了她们。

爷爷是第一次来到兵营，非常紧张。他看过姑娘，又用眼睛找寻兵营的正门口。正门口养着两条狼狗，紧挨着是几十匹正在吃草的马，非常壮观。爷爷正紧张着，让他更紧张的一幕出现了：人至云端的奶奶，脚下的木板劈飞了，飞掉的木片镖一样击中了正在悠闲吃草的马，马瞬间成为惊马、疯马，它的狂奔毫无目标，所有的人和物都是蹄下之尘……跌落的奶奶正掉落在马的前蹄——情形万分危急，爷爷平时练就的本事有了用武之地：他一只有力的胳膊伸出去，力抱美人；另一只长年摆弄马的巨擘大手，狠狠一勒，擎住了马缰。

漂亮！连多年玩马的满兵们，都叹服这个汉人的好臂力、好身手。

救命恩人，以身相许，不只是舞台上的专利，况且爷爷很英俊，在那个刀耕火种的年代，四肢强健就是美。奶奶的心动了，奶奶的父亲也觉得这个汉族小伙子不错，够汉子。可是贫穷，地主家的长工、汉民等这些身份，让身居甲喇额真的老父亲断然地摇了摇头。

3

没有奶水的父亲，向这个世界抗议的唯一方式，就是嘹亮的哭声。他的哭，低低高高，峰回路转。睁开眼睛有劲儿了，就大声地哭，哭上半天没力气了，转成小声，啊哈——啊哈——啊哈——哭得上气不接下气，扯得爷爷耳鼓生疼。按着习俗，婴儿在第二天，是该有人来给开奶的。开奶就是找那种孩子多、体格壮的妇女，来给孩子喂上第一口奶。预示着该孩子以后也会像该妇女一样，强健，壮实，生命力顽强。由于父亲当场"妨死"了奶奶，他的开奶仪式没有如期举行，因为一般的妇女是不愿意接受这一任务的，"这个孩子命太硬"。她们会找各种理由，拒绝这一义务。"命硬"的孩子，谁敢碰边儿？

爷爷倒也没有强求，他把豆腐汁儿搅拌熬熟了当奶，喂给父亲，父亲不上当；爷爷又把土豆块、土豆条磨碎研粉煮成糊，诱到父亲嘴边，说土豆泥最有营养了。父亲伸出一只小拳头，一拳击洒这有营养的土豆泥。爷爷没办法，又弄来了山羊奶，山羊奶发着膻烘烘的膻味，父亲眉头五官皱成了小老头儿，闻一下都躲。爷爷说你不吃这不闻那，小崽子你到底想干什么呀你！

更让爷爷为难的，是对"小崽子"的包裹。那时，当地汉人在侍候小孩儿这一习惯上，已经完全满族化了，婴儿无论是睡着还是醒来，胳膊和腿都是捆紧的，用上下两段红布带，分上下捆牢。这样的孩子会长高，四肢也笔直。擅长饲马开粉坊做体力活的爷爷，实在不擅炕上这个软乎乎的小东西，一抓就软，浑身皮包骨头，让爷爷都不知从哪里下手。爷爷捆不牢他的胳膊，绑不直他的腿，一切女人备下的东西，在爷爷手里都成了高科技。邻居瞎奶奶实在看不过去，过来帮忙，说福义，男人再能干，有些活还是要女人来做的。你别再犟着了，邻居那个女人，对你也不错，看得出真心。丑是丑点，把她娶过来吧。

邻居那个女人，就是爷爷做长工时东家的女儿，小时候睡在炕上摔了下来，脖子摔歪了。爷爷跟奶奶相思难见的时候，那个东家的女儿也喜欢上了爷爷，并一辈子没有出阁，守在了家里。现在奶奶没了，瞎奶奶鼓励爷爷续了东家女儿这根弦。瞎奶奶说这日子，都是成双成对的，双桥好走，独木难行。你看那门锁、扣子，也都是一公一母的，走了单儿，不好活。

爷爷谢了瞎奶奶的好意，爷爷还在深切地怀念着奶奶。奶奶多年轻啊，十七岁的姑娘，他们的爱情刚刚开花、结果。两情相悦得形影不离，奶奶怀了孕，按规矩是忌讳牵马、走进马棚的，奶奶爱爷爷，她每天就站在门口，远远地遥望，一直望到爷爷料理毕一切，迈着轻快的步子，走回屋来。

他们的新生活刚刚开始啊。

夜半的时候，爷爷望着奶奶的照片：宛兰，我们走到一起，是多么不容易！你怎么就舍得扔下了我和儿子！唉，老天妒良缘？

那个晚上，如果不是奶奶家的马病因不明，已经带着"歪脖"来告假的爷爷，他的故事也许主演就是"歪脖儿"了。

4

救下了奶奶的爷爷，人家姑娘脸未红，他先红成了关公。奶奶的爸爸当即要赏恩人马一匹、粮食五升。意思很明显，恩物相抵，情恩两讫。爷爷当时的表现很不凡，他既没有再看姑娘一眼，也没有接受这个参领的盛意，他放下了他该放下的豆腐，请那人过了数儿，然后拉过他的白马，说"走了"，就回城了。

像什么事都没发生。

事了拂衣去。好汉。

第二天，奶奶早早地打扮好，趴在营棚的大帐里，从帐篷缝儿向外看。她侥幸地等待着天上掉下的这个汉人小伙儿，今天还能来。可是，她失望了，十点钟，走进院落的，又是那个老豆倌。老豆倌放下豆腐，两方数数儿，交接，然后几分钟后，人就走了。

一连多日。

每天奶奶看着老豆倌放下豆腐，转身，牵马，走没了影儿。

第七天，奶奶发起了高烧。

幼兰说，姐姐的病是惊吓的。

她们的继母说当天没有惊吓，怎么过去了这么多天，倒惊吓了呢？

幼兰说姐姐都烧得说起了胡话。

奶奶的爸爸，这个管着一千多号人的老甲喇，他不愿意早没娘的女儿再受委屈，他请来了萨满，也是方圆百里最有名的神汉，本地人叫他"大神儿"。大神儿细高的个子，半男半女，半人半仙，布好了场子，清退一切闲杂，口中念咒，摇铃晃鼓，给屋中的奶奶驱邪。马精附体，意在压惊，连作了七日。奶奶的病情很奇怪，每天上午，她都没病，好人一样能起床，能走动，还能到帐子以外，走走看看，精神得很。十点钟过后，老豆倌送完豆腐，奶奶就回屋了，她再躺回到炕上，眼望天棚，不吃不喝，直到第二天。

无声无息。

最明白姐姐心思的，当然是她的妹妹幼兰了。那天惊马，她也在场。说实话，她都喜欢这个汉族的小伙子了。擅骑马射箭的幼兰，给姐姐出主意：天天这样躺下去，什么时候是个头儿啊！干脆，等老豆倌再来，我们跟他去好了。看看那个汉人，到底住在哪儿。

找到他能当面跟他说？

不说他还不明白呀！幼兰比姐姐简单。

奶奶一想，也好，采纳这一主意。

好像是心有灵犀似的，奶奶在这边下定决心，破釜沉舟。爷爷那边，形势也不妙啊。爷爷的东家女儿，也长成了少女的"歪脖儿"，她对爷爷怀春了。她给爷爷绣了一件红彤彤、暖洋洋的肚带。这是汉家女子最真挚的表白。

爷爷没敢接。他的心，更乱了。

两相比较，爷爷肯定是更喜欢奶奶的，奶奶高大、白皙，满族女人的高鼻阔嘴，还有深陷的眼睛，都让她有种别样的美。满族女子还是天足，和缠足缠得小小年纪走路就像老太太的东家姑娘比，奶奶一定是更有优势的。何况他们还有过那千钧的一抱，万载的一险。

一抱一险，两颗心已经认定了前世今生。

5

　　怀上了孩子的奶奶，她脸上的笑容就像路边的野菊花，开了一茬又一茬。她幸福地想，这一辈子，是跟马分不开的。爷爷属马，现在胎中的孩子，也属马。奶奶他们那时，没有 B 超。判断腹内是男是女，凭的全是经验。"男孩像锅女孩似盆儿""姑娘打扮妈小子丑化妈"。说的都是个中道理。怀了男孩，他和母亲是相对的，撅着屁股，使母亲的腹上，就像扣着一面小锅儿。而女孩儿呢，和母亲是同向的，脸朝上，这样，母亲的腹部就呈盆儿状。还有，怀了小子的妇女脸上会一圈一圈地长斑，不好看，由此说小子丑妈；而怀了女儿家呢，脸上不长花儿（斑），相反，还会红扑扑的、桃红李艳的。奶奶的脸上有了色素沉淀，肚子也像个小锅儿，双重迹象表明，她腹内怀了一匹小马驹儿——沉浸在幸福中的奶奶才不在乎自己的美丑，怀了男孩，像自己的丈夫一样又是一匹骏马，还有比这更让女人兴奋的吗？他们满人，最崇尚的就是马了，好马是他们心中的神。马和箭，江山之两翼。

　　随着日子的临近，胎位有异，这个孩子恐怕要立着生了。产婆已经给过奶奶这样的昭告，但信奉"立生官"的奶奶，听其自然。和儿子的前途比，母亲的这些，又算什么呢？真龙天子不敢说，生个比甲喇更大的官，都统、固山额真（统领八旗的一种职位）什么的，奶奶还是不拒绝的，内心也是欢喜的。

　　她还憧憬着，当她的儿子满月这天，按满人的规矩，回门、回娘家的时候，她这个做了妇人的姑奶奶，手把儿子的头对着门柱磕时，一定要轻轻的，千万别磕疼了心爱的小马驹儿。据说这一磕一撞，以后的孩子就结实了，强壮了，禁磕禁碰，好养活了。

可不能磕疼了孩子。奶奶想。

6

老豆倌一回头，看着身后策马追来的两个"小伙子"，老豆倌火眼金睛，一下子分辨出她们是改扮的丫头。老豆倌不敢大意，心下也明白了几分。他停下来，问，姑娘，你们这是要到哪儿去啊？

去你的东家看看。幼兰倒也干脆，她替姐姐回话。

噢，可是老东家轻易不让生人进啊。

我们是生人吗？你就说我们来自你天天送豆腐的大营嘛。

大营哪有姑娘家呀？

我父亲，你提我父亲。

你父亲要是知道我把你们领到这么远，还不马拖我啊？

我们就说是我们自己来的，跟你没关系。

我们只想让你把那个拦惊马的小子叫出来。奶奶心急得忘了羞怯。

噢，老豆倌听明白了。福义啊。你们找他。

奶奶说，那天他的救命之恩，我还没有当面报答呢。

老豆倌笑了，说姑娘，谢恩人可以，只是你们出来工夫大了，你爹会着急的。这么着好不好，你们先回去。等明天，我还让福义来送豆腐，有什么谢你们当面来，好不好？

你说让他来，他就能来？奶奶不信。

当然，我身体老了，也跑不动这么远的路了啊。

老豆倌捶着腰。

第二天，老豆倌果不食言，来送豆腐的，真的是爷爷。那个身材匀称、相貌周正、一笑牙齿生辉的汉人小伙子。爷爷的突然出现，让将信将疑，因而也没有好好打扮的奶奶措手不及。她快速地再加件衣裙，让妹妹帮她戴上了一朵野花，觉得不满意，又把指甲到盆里浸了浸，那里面是染指甲的植物花水。奶奶边整饰边快速地想，他来了，也就十分钟啊，十分钟过后，没有别的理由，他又将像每天送豆腐的老豆倌那样，走人了。

人一走，影儿也看不到了。

奶奶顾不了许多，她大步奔出来，上去就塞给了爷爷一支金钗。那是她们仅有的，表达爱，也寄托爱的方式。

爷爷举着金钗，接也不是藏也不是地正愣着，老甲喇走了过来。他很热情地向爷爷打了招呼，还叫他汉人里的鹰。他说谢谢你那天救了我的兰儿。她这段身体不好，一会儿，就让她妹妹陪着，跟她额娘，去龙山的庙里进个香，许个愿。等她身体好了，我带她亲自去还愿。

龙山？那不是在很远的，几千里外的一个庙吗？那里好像都没有多少人烟。女人去，够呛吧？这些话爷爷在心里说，他没敢问出声。

幼兰说，姐姐的病，全好了。

老甲喇说，还是去一趟，去根儿的好。

爷爷每天去送豆腐，都要把他那头钢针一样的硬发，悄悄用东家豆饼上的残油抿几下，抿倒，抿成城市青年的三七式，偶尔也抿个中分。他不知道哪一天，奶奶会突然出现。女为悦己者容，同样适用于恋慕中的男子。

爷爷的豆腐车上，有时是一束火一样红的野山花，有时是一把刚刚红的山丁果，有一次进城，他还用一块银圆，换来了一块翠绿翠绿的绸缎，那是他准备献给奶奶的。爷爷每次走，都比从前老豆倌的交接时间长，他磨蹭一会儿是一会儿，那个院落，流下了他的汗水，也留下了他期盼的眼神。他多么希望，奶奶还能像他第一次见到的那样，在兴高采烈地打秋千啊。

好久的分别。

老甲喇承认这个汉族小伙子不错，朴实，能干，不多言不多语。每次厨房让他歇歇脚，他都守本分地回绝，水都不多喝一口。老甲喇知道他是好样的，可是若把大女儿嫁给这样一个汉人，他还是不甘心。帐中有多少驰骋疆域的好射手，在等着他选啊。

奶奶知道老甲喇的用意，她跟妹妹再商议，怎么能让老父亲死了这个心，同意她嫁给这个汉人呢？妹妹幼兰眼珠一转，再生一计。

7

"男修车前车后，女修产前产后。"这一民谣无论是汉人还是满人，都小心遵奉并身体力行。厚道的爷爷，他不惜力气，穷人家遭难了，他会不吃饭不要工钱地帮人家干上三天活儿。门前有乞丐要饭，他把他们请到门槛下避着风就口热水吃。还有一次大洪水，很多财主资财都不要了，急着逃命。爷爷一人连着背了三个老太太过河，他是最后才逃生的。帮助孤寡，扶助贫弱，爷爷力所能及地干过很多好事。奶奶也是，自从有了身孕，不坐锅台，不进马棚，不带着"双身板"去别人家，凡是孕妇应忌的一切，她都谨记。初一十五，她还去给"佛托妈妈"烧香，她祈求这个神姑奶奶，保佑她们母子，平安……

宛兰啊，我们是犯了哪条天条？爷爷悲苦长叹。

父亲是在哭声中长大。无论是把他摆进摇车，还是放在炕上，只要父亲有一丝力气，他就哭。他一定是在哭他的奶水，他的妈妈。生下来，母子就是永别。也只有在他渐渐长大了，才越来越体验了这一彻骨的苦痛。别的婴儿，开奶啊，抱上悠车，回门啊，这些母亲偕爱子一项一项要进行的仪式，他一项都没享受过。在他的眼睛里，来过一位慈爱的、像妈妈一样的女人，那是小姨幼兰。幼兰已经出嫁了，嫁给了兵营里的一个射手。外公对爱女难产死亡，心怀记恨，他认为汉人在接生这一关上缺少经验和能力。两家淡凉了往来。倔强的爷爷，也倒没去低三下四，他坚信，一个人，也能把孩子养大。

为此，他还坚持不娶。

那个"歪脖"倒时常来帮爷爷照看这没奶吃的"小崽子"，没有生育过的她，包裹孩子，技术上还是无师自通的。可惜的是她没有奶水，抱着这个一直在找奶的孩子，在怀里乱拱，歪脖阿妈满脸通红。

以哭度时光的父亲，六个月的时候，他那宽阔的脸盘上，只剩下了一双大眼睛，和比筷子粗不多少的四肢了。

爷爷听人说，春天的鲫鱼汤，最鲜，最有营养。给女人喝，女人的奶水如长江，给孩子喝，孩子的皮肤像气吹，能迅速地发胖、润泽。爷爷那天把粉坊关了，把父亲托付给歪脖阿妈。他自己，借上胶衣胶裤还有胶皮筏子，带上中午的干粮，他想去河里打鱼，用鲫鱼汤，调理瘦成木乃伊的父亲。

春天的江河还没有完全化开，大块大块的冰排，小冰山一样移来，非常壮观，也特别危险。并不擅水的爷爷，穿上胶衣胶裤，放下皮筏，向深水划去。

8

幼兰的第二计类似后来的虎妞怀揣枕头，不同的是奶奶不是吓唬爷爷，而是威逼她父亲。不知道是她们抄袭了后来的剧本，还是后来的剧本在创作时改编了她们的故事，由头如出一辙，结局也差不太多。中间有一点小波折，她们的继母额娘，识破了计谋，伸手就把那个小枕头拽了出来。

幼兰羞愤，奶奶难当。

恰在这时，令兵来报，大事不好！棚里的马，正在一匹匹倒下，症状差不多都是一样，先是腾空四蹄，蹦，然后轰地倒下，抽搐，口吐白沫。

有人下毒吗？老甲喇一阵心疼。马就是他们满人的腿啊。他令传令兵再叫兽医和有经验的老马倌。老甲喇说着话，两只脚腾空得像四蹄，奔向马棚。

这一天，爷爷是该上午来送豆腐的，不知什么原因，太阳都偏西了，他还没来。到底发生了什么大事？奶奶也随老甲喇来到马棚，她的心却牵系爷爷那边。

老马倌讲了喂马情况，跟平时没什么两样，他也不知为什么，这些马突然就这样了。以前没有过啊。

兽医来了，他摸摸这儿，试试那儿，像试人鼻息一样试马的鼻息，一匹老马就在他试息中慢慢没气了。

然后，又是一匹。

马们在挣扎，打滚，倒下，打得老甲喇心头一阵阵破碎。他抱住一只马头，泪如雨下。

大营里人慌马乱。暮色中，爷爷打马来了。他的白马，他的红脸膛，他急咻咻得一头汗。马上还坐着歪脖姑娘。爷爷说，老东家今早出事了，突然就不省人事。爷爷说这一锅的豆腐，因为送晚了，就不要钱了。

爷爷说，他要帮助老东家料理后事，明天来送豆腐的，就是这个姑娘。她今天跟来，是认认路。

认路？奶奶的眼里一下子沁出泪。

幼兰机智，她说，福义大哥你不是会喂马驯马吗，你来看看，我家这些马，是怎么了？

小伙子，你有本事救了我的马，宛兰就归你了。奶奶的父亲说。

9

爷爷那天，一条鱼都没打到。他光顾着躲避河面上的冰排了，忘了防备水下的树枝。暗流中，树枝剐漏了皮筏子，漏气的皮筏子像一只打着旋儿的黑陀螺，越来越瘪，越来越陷，终于沉得没了踪影。

爷爷葬身冰河。

一出生就没了娘，六个月，又要了爹的命。

"这孩子命太硬了。"这是所有人的共识。

父亲的命确实很硬，没有奶水，没有父母双亲，他竟也长到十六岁了。歪脖阿妈收养了他。歪脖阿妈后来身体不好，抽起了大烟。东北姑娘的大烟袋，说的就是歪脖阿妈的形象。

　　没有双亲的父亲，终于懂事了，他活得格外小心，也非常勤劳。这一点他像了能干的爷爷。虽然这样，喜欢抽烟袋的歪脖阿妈，还免不了用那拐杖一样长的锅柄，猛刨一下干活不中意的父亲。

　　父亲身材高大，十六岁，就长得相貌堂堂了。上天好像后悔了，那么小就让他没了娘，还剥夺了他父亲的爱。似乎是为了补偿，上天给他送来了一个姑娘。富家女爱上穷青年，在父亲身上，又一次演绎了这个故事。

　　母亲是哈尔滨人，和她的妈妈，因为商人姥爷破产自杀，流离到这个叫北林的小镇。情窦初开的少女，毫不犹豫地爱上了父亲——眼前的青年和她见惯了的那些城市二流子相比是多么不同啊。一双手一把子用不完的力气，他的汗水，他古铜一样的力臂，还有那张因混血而生机勃勃的脸，是多么可爱，多么不同寻常。过惯了荣华的母亲，对清贫的日子，倒充满了好奇。

　　一年后，姥姥再回哈尔滨，重续奢华的生活。母亲没有跟她走，不稼不穑的母亲，用一副亲手编织的线手套，表明了她爱情的决心。后来的日子，不担不提的她，每天任劳任怨跟在丈夫身旁，男耕女织，繁荣生命的家园。

10

　　妙手的爷爷那一天分开众人，也强硬地推开了抱着马头的老甲喇。他走上前去力大无穷地托起了马后部，提，拉，扭，甩，还像给女人妇检一样，在马的肚子上轻轻地揉，推，轻轻地按……一匹匹马在他的手下喘息了，复活了，不吐了，也不打滚儿了，有的还慢慢睁开了眼睛，一点一点，抬起头，脖子昂起，再然后，能站起来了。甩尾巴，打马咳了——马们得救了，老甲喇泪花闪闪，再一次上去抱住马头，一匹匹抚摸，像在抚爱自己的儿子。快马传来的那个老兽医和周围的满兵，都对这个汉人小伙子竖起了大拇指。

爷爷指示他们再去拿一些鲜嫩的苤苤草，由他像喂婴儿一样给马逐一喂下。爷爷说这些马，是中风了，撒蹄跑热了全身有汗，就吃冷豆，才会出现这些症状。爷爷还给一匹待产的老马，顺利地接出了小马驹儿，马们添丁进口，老甲喇比生孩子还高兴。他要给爷爷重赏，收入帐中封官加爵。爷爷说，官儿我就不要了，我把宛兰领走就行了。

老甲喇哈哈大笑，言而有信，他当着众人的面，宣布了奶奶的大婚。

那一天，有情有义的奶奶，还随同爷爷帮助歪脖姑娘，料理了老东家的后事。爷爷因为奶奶的陪嫁，结束了长工的生活，和奶奶一起，开起了他拿手的豆腐兼粉坊。粉坊是东北的一大特色，以土豆为主。爷爷做的粉条晶莹、匀称，远近闻名。他们的粉坊开张那天，爆竹声声。同一天晚上，为爱情蹚过了万水千山的一对男女，满汉两族，因为爱情，点起了洞房花烛……

　　然后就有了父亲，有了我，我们野草般狂放的生命，生生不息。